Les Loups du Millénaire

À propos de ce livre

Veuillez noter que cette œuvre de fiction contient des éléments explicites et sombres ainsi que des passages qui sont susceptibles de heurter la sensibilité d'un public non averti.

Ce livre est une fiction. Toute référence à des évènements historiques, des personnages ou des lieux réels serait utilisée de façon fictive. Les autres noms, personnages, lieux et évènements sont issus de l'imagination de l'auteur, et toute ressemblance avec des personnages vivants ou ayant existé serait totalement fortuite.

First published by Inkitt and Galatea

Ouvrage dirigé par Bénita Rolland
Traduit par Anaïs Papillon
Graphisme de couverture : Laetitia Kalafat

Pour la présente édition

34-36, rue la Pérouse
75116-Paris
www.hugoetcie.fr

ISBN : 9782755663471
Dépôt légal : juin 2023
Imprimé en France par CPI Bussière (2069981)

Les Loups du Millénaire

Traduit de l'anglais (États-Unis)
par Anaïs Papillon

TOME 3

SAPIR A. ENGLARD

Hugo Roman

Romantasy

ÉPISODE 1

RETOUR À LA VIE

Sienna

Des gémissements d'extase se faisaient entendre dans les couloirs de la Maison de la Meute.

Les vastes pièces étaient étrangement vides, pas une âme en vue.

Un courant d'air frais a soufflé à travers ma chemise de nuit transparente, me donnant la chair de poule et des frissons. L'air transportait les bruits de la passion, une ferveur sexuellement chargée s'enroulait autour de moi.

M'appelant. M'attirant à elle.

D'où cela pouvait-il venir ?

Des escaliers en colimaçon se dressaient devant moi et j'ai monté les marches, tournant en rond, toujours en rond, jusqu'à ce que je sois prise de vertiges. Finalement, j'ai atteint l'entrée de la salle de bal. Ouvrant à la volée les portes en chêne massif centenaire, je me suis retrouvée illuminée par la lueur chaleureuse d'un foyer tout proche.

Un lit à baldaquins trônait au milieu de la salle de bal. Mes yeux étaient fixés sur lui. Sous les draps d'un rouge cramoisi se tordaient, les uns contre les autres, trois corps nus. Malgré les ombres projetées créées par les flammes, j'ai deviné qu'il s'agissait d'un homme et de deux femmes, entremêlés.

Alors que je m'approchais avec précaution, un visage familier a levé la tête un instant des affres de la passion. Ses yeux perçants ont fait s'arrêter mon cœur.

Konstantin.

Pourtant, je ne pouvais pas bouger. Il contrôlait mon corps. Tout comme avant.

Sans pouvoir détourner mon regard, j'ai observé le vampyre continuer d'aller et venir entre les jambes d'une femme alanguie sous lui. Les draps ont doucement glissé, révélant des cuisses, des hanches et des seins jusqu'à ce qu'elle secoue en arrière ses boucles châtains…

C'était Michelle.

Elle m'a regardée, transie de plaisir, un sourire en coin, comme si elle appréciait d'être regardée.

À côté d'elle, l'autre femme paraissait jeune et douloureusement fragile tandis qu'elle caressait les deux amants enlacés. Ce n'est que quand elle m'a regardée que je me suis aperçue qu'il s'agissait d'Emily.

Ma défunte amie. En compagnie de ma meilleure amie actuelle. Toutes les deux criant de plaisir et de douleur sous les crocs du vampyre. J'ai voulu lui crier d'arrêter, mais aucun son n'est sorti.

– Sienna… a gémi Michelle, en faisant un geste vers moi. C'est toi qui as permis tout ça.

– Elle va mourir, Sienna. Et c'est ta faute. Comme pour moi… a ajouté Emily, touchant son entrejambe en écartant les cuisses.

Puis Michelle et elle se sont mises à jouir, les yeux révulsés.

De la boue noire a commencé à suinter de tous les pores d'Emily et à former une flaque sur le sol. Puis un raz-de-marée de ce liquide sombre m'a submergée lorsque le vampyre a enfoncé ses dents dans la gorge de Michelle.

***

Je me suis redressée dans mon lit, tentant de reprendre mon souffle. Il m'a fallu un moment pour retrouver mes esprits. La lumière du matin projetait des rayons brillants sur le lit king-size de notre chambre d'hôtel, où nos valises étaient ouvertes.

Une semaine s'était passée depuis le désastreux bal de Yule où notre « ami » vampyre Konstantin nous avait presque vaincus. La maison de mes parents était un peu surpeuplée, alors nous avons décidé d'habiter ailleurs. Pour la santé mentale de tous.

Aiden est sorti de la salle de bains, ne portant qu'une serviette de toilette. Il s'est précipité vers moi.

– Hé, est-ce que tout va bien ? a-t-il demandé en me prenant doucement la main.

– Oui… ai-je répondu. C'était juste un autre rêve horrible.

Comme toujours, la simple vue de mon compagnon et de ses grands yeux verts remplis d'amour et d'inquiétude a suffi à apaiser mon cœur qui battait à tout rompre.

– Konstantin ?

Il paraissait déjà connaître la réponse. J'ai hoché la tête.

– Mais tout va bien, maintenant. Vraiment.

Dans la lumière du matin, sa peau était dorée. Mes jambes étaient comme du coton, rien qu'à le contempler… L'éclat sur ses épaules… les lignes bien dessinées de ses abdos…

– Surtout quand tu viens me secourir dans cette tenue… ai-je dit avec un grand sourire en regardant la serviette autour de ses hanches.

– Oh, cette vieille chose ? a-t-il plaisanté.

J'ai approuvé et laissé courir un doigt sur les gouttes d'eau qui perlaient sur son cou. Je me suis léché les lèvres d'une façon suggestive. Les yeux d'Aiden se sont assombris, la faim a remplacé l'amusement sur son visage.

– Eh bien, j'imagine que je devrais m'habiller comme ça plus souvent, m'a-t-il taquinée.

Comme une flamme naissant sous ma peau, ma Frénésie s'est embrasée si fort qu'elle a failli me couper le souffle.

Sans attendre, j'ai laissé mes doigts parcourir ses abdos, les glissant sous la serviette de toilette. J'ai posé ma bouche contre ses lèvres offertes et l'ai embrassé passionnément. Aiden a émis un son rauque, ses mains ont trouvé leur chemin sous ma chemise de nuit jusqu'à mes seins, les prenant en coupe pour les caresser. Notre baiser s'est approfondi et je m'y suis perdue. Aiden m'a attrapée par les hanches et m'a serrée contre son corps encore humide. J'ai inspiré profondément, son contact a suffi à repousser toutes mes idées noires.

Si seulement je pouvais rester là, pour toujours. En sécurité, dans les bras de mon compagnon. Ma Frénésie semblait chanter dans mes veines.

Mes doigts se sont glissés le long de son ventre et j'ai arraché la serviette. Aiden a gémi de plaisir. En me retournant, il a retiré ma culotte, exposant mes fesses sur lesquelles il a donné deux petites claques qui m'ont fait haleter. Deux fessées plus tard, ma Frénésie était à un niveau que je n'avais jamais connu. Ses mains ont glissé entre mes cuisses, chaudes et calleuses. J'ai protesté, m'appuyant sur son autre main pressée contre mon ventre pour me caler. J'ai senti le bout de son sexe pousser en moi. Le souffle court, j'ai bougé les hanches pour m'offrir à lui.

Plus de cauchemars. Rien ne pourrait m'atteindre, aussi longtemps que je serais avec Aiden. Tant qu'on était ensemble.

Nous étions tous deux hors d'haleine à présent. Ses coups de reins étaient profonds et rythmés. J'ai fermé les yeux, me perdant dans ma Frénésie et les sensations qui grandissaient à l'intérieur de moi.

– Oh, Aiden, ai-je crié. Oh, mon Dieu. Je vais jouir…

Il a accéléré la cadence. Mon orgasme m'a ravagée et j'ai gémi tout du long, le laissant m'envelopper complètement. Aiden a joui peu après. Nous nous sommes tenus l'un l'autre pendant un long moment, respirant nos parfums mutuels et profitant de notre plaisir assouvi.

Quand je suis revenue à moi, nous étions toujours allongés ensemble sur le lit. Je n'étais plus sûre de ce qui s'était passé pour qu'on se retrouve comme ça.

Puis le téléphone près du lit a sonné. À reculons, j'ai quitté l'étreinte d'Aiden pour décrocher.

– Oui ?

– Madame Mercer-Norwood ? Une personne vous attend à la réception.

– Ah oui, merci, ai-je répondu en raccrochant.

Aiden a levé les sourcils.

– C'est la guérisseuse Lowell. Elle est en bas, ai-je expliqué.

Mon cœur s'est serré. Elle était là. Peut-être qu'elle serait en mesure de l'aider. D'aider Michelle.

Une image a surgi, tout droit sortie de mon rêve. Ma meilleure amie en train de jouir, dans un gémissement plein de désir, ses jambes entourant les hanches de Konstantin.

J'ai frissonné tout en prétendant que c'était à cause du froid.

***

L'une des principales guérisseuses de la Maison Lawrence attendait à la réception. Sharon Lowell se déplaçait rarement, mais avait accepté de le faire pour examiner Michelle à la demande spéciale de l'Alpha.

Elle était petite et forte, avec des cheveux gris tirés en chignon emmêlé. Elle nous a salués d'une voix était chaude et douce.

– Alpha Norwood ! s'est-elle exclamée. Et Madame !

Elle nous a tendu les mains.

– Mercer-Norwood, ai-je précisé en souriant.

J'ai pris une de ses mains, Aiden l'autre. Elle a serré les nôtres chaleureusement.

– Madame Mercer-Norwood, a-t-elle répété avec un geste appuyé de la tête.

– Merci infiniment de vous être déplacée, a dit Aiden. Une voiture va nous emmener.

Alors que nous nous dirigions vers la sortie de l'hôtel, j'ai espéré avec ferveur que la guérisseuse Lowell puisse réussir là où Jocelyn avait échoué et qu'elle trouverait le moyen de faire que Michelle se réveille.

***

Jocelyn nous a souhaité la bienvenue dans le foyer de la Maison de la Meute, puis nous a guidés à l'étage où se trouvait la suite médicalisée. Quand nous sommes entrés dans la chambre de Michelle, mes yeux se sont immédiatement posés sur mon amie. Un monitoring cardiaque bipait sur le côté. Des aiguilles étaient plantées dans son bras. Mon cœur a vacillé devant ce spectacle – elle était si pâle et si maigre.

Elle n'avait pas rouvert les yeux depuis l'attaque de Konstantin au bal de Yule. Personne ne savait si elle se réveillerait un jour.

La télévision était allumée et mes oreilles se sont tendues quand j'ai entendu un nom familier.

– Cela fait une semaine que les terribles événements du bal de Yule ont eu lieu, touchant l'Alpha Aiden Norwood et sa compagne Sienna, débitait la reporter.

Elle était minuscule, avec des cheveux châtains bouclés et un sourire fait pour passer à l'antenne.

– Et les autorités n'ont toujours pas appréhendé de suspect. Pendant ce temps, la compagne de notre Bêta, Michelle Daniels, est toujours plongée dans le coma…

Elle était en live depuis la Maison de la Meute !

J'ai noté le nom de la reporter en bas de l'écran. Monica Birch. Alors que j'essayais de comprendre comment elle avait pu entrer, j'ai remarqué Josh avachi dans un fauteuil près du lit de Michelle. Il avait mauvaise mine, il était mal rasé, et ses yeux étaient cernés… Il avait l'air dévasté par la culpabilité.

J'ai attrapé la télécommande pour couper le son.

– Bonjour, Josh, ai-je dit doucement.

Il a levé les yeux et les a braqués sur moi avec une hostilité non dissimulée. Je ne pouvais pas lui en vouloir. On savait tous les deux que ce qui était arrivé à Michelle était ma faute.

Aiden

Incapable de supporter la vue du corps inerte de Michelle, j'ai poussé Josh et Sienna en dehors de la pièce jusque dans la salle d'attente, laissant les guérisseuses s'occuper de leur patiente.

J'avais échoué à protéger Michelle. J'avais échoué à protéger tout le monde en laissant ce bâtard de vampyre pénétrer sur mon territoire. J'avais apprécié Konstantin. J'avais eu confiance en lui et je l'avais respecté. Il avait utilisé la douleur du deuil de mon frère Aaron contre moi. J'avais joué le jeu et ignoré les signes qui auraient dû m'alerter parce que je mourais d'envie de savoir comment était morte Jen, la compagne d'Aaron.

Maintenant, je le savais.

Konstantin l'avait tuée quand il avait fait exploser le laboratoire. Il avait également assassiné la mère biologique de Sienna et, par extension, son père.

Il avait tué Jen, et donc Aaron –à cause du lien entre compagnons.

Il avait incendié notre maison. Plongé Michelle dans le coma.

Il avait violé l'esprit de Sienna.

La semaine suivant le bal de Yule, mon envie de le retrouver, de le tuer –de le déchirer membre après membre – n'avait fait que grandir. Je n'arrivais à me débarrasser de la rage, du désir de vengeance, que pendant de très courtes périodes.

Je le cachais assez bien à Sienna. Elle avait déjà affronté tant de choses. Elle n'avait pas besoin de gérer ma fureur en plus de ses propres traumas. Ses cauchemars –elle pleurait nuit après nuit, tous les soirs – me réveillaient chaque fois. Je ne pensais pas qu'elle savait combien de fois je m'étais tourné pour me serrer contre elle et tenter de calmer ses gémissements, de relaxer ses muscles tendus, de la réconforter assez pour qu'elle laisse aller la peur et retrouve un sommeil serein.

Chaque fois, je faisais le même vœu silencieux. Konstantin paierait pour ce qu'il avait fait.

Sienna

La porte de la chambre de Michelle s'est ouverte. Jocelyn et la guérisseuse Lowell nous ont regardés. Leurs visages étaient graves.

– Nous avons terminé notre examen, a déclaré Jocelyn. Vous feriez mieux de vous asseoir.

Personne n'a bougé. Ça ne sentait pas bon.

– Est-ce que le reste de la famille de Michelle est arrivé ? On pourrait aussi les attendre pour…

– Non, dites-nous. Maintenant, a insisté Josh.

Ils veulent que la famille de Michelle soit présente ?

J'ai laissé échapper un souffle lourd. C'était beaucoup plus sérieux que je ne l'avais réalisé. J'ai serré les poings.

– Très bien, a dit Jocelyn. L'état de Michelle ne montre aucun signe d'amélioration. Pire, ses organes vitaux commencent à sombrer les uns après les autres.

– Quoi ? Qu'est-ce que tu veux dire par « sombrer » ? a asséné Josh.

J'ai pris la main d'Aiden et l'ai serrée fort.

Jocelyn a penché la tête sur le côté. Elle était clairement troublée, ses sourcils étaient froncés et elle semblait chercher les bons mots.

– Les organes de Michelle sont en train de lâcher.

ÉPISODE 2
LES PEARCE ATTAQUENT

Sienna

Les organes de Michelle sont en train de lâcher…

Ces mots étaient si clairs, et pourtant, ils ne faisaient aucun sens.

– Attends ! Qu'est-ce que tu dis ? a demandé Josh.

Il était appuyé au mur comme si c'était la seule chose qui le maintenait debout.

– Je dis que… a commencé Jocelyn en jouant avec le bracelet en argent qu'elle portait autour du poignet. Qu'elle ne va pas passer la nuit.

Le silence s'est imposé à nous. Personne n'a fait un geste.

– Mais, et les machines ? ai-je réussi articuler.

– Nous l'avons placée sous ventilateur pour calmer sa respiration anormalement rapide, a expliqué Jocelyn. Mais ses reins et son foie sont le véritable problème.

– Elle est presque en anurie, a expliqué la guérisseuse Lowell.

Devant nos expressions perdues, elle a ajouté :

– Elle ne produit pas assez d'urine.

Mon cœur a commencé à s'emballer.

– Comme ses reins ne font plus leur travail, elle va finir par entrer en état de choc.

– Je ne comprends pas. Qu'est-ce qui se passe ? a dit Josh.

– Le trauma qu'elle a subi a causé un nombre significatif de dégâts internes, a expliqué Jocelyn de sa voix la plus douce.

– Mais est-ce que vous allez la guérir, oui ou non ? a exigé de savoir Josh.

– J'ai essayé… a commencé Jocelyn.

– Alors continue ! a crié Josh.

La guérisseuse Lowell a secoué la tête.

– Je suis venue ici aujourd'hui pour aider Jocelyn à accomplir un rituel. Un rituel qui nécessite la présence de deux guérisseuses d'expérience. Mais même dans ces conditions, c'était un pari risqué, et j'ai bien peur que nous ayons échoué.

– Échoué ? a répété Josh.

– Michelle a été attaquée par un vampyre, a expliqué la guérisseuse Lowell. Votre compagne a été en quelque sorte empoisonnée par lui. La magie de guérison des loups-garous est puissante, mais nous sommes ici face à de la magie vampyrique.

Josh a émis un son de dégoût.

– Ce n'était pas n'importe quel vampyre, avec cela, a-t-elle continué. Son pouvoir est sans commune mesure avec tout ce que j'ai pu voir. C'est un ancien, j'en suis certaine.

Oh mon Dieu, Michelle.

– Alors, qu'est-ce que vous dites ? a exigé Josh, la voix légèrement chevrotante à travers sa colère. Vous ne pouvez pas la sauver ?

Jocelyn a écarquillé les yeux.

– Il y a bien un rituel…

– Non, il n'y en a pas, l'a coupée la guérisseuse Lowell, d'une voix soudain très froide.

– Un rituel, a poursuivi Jocelyn, qui est interdit.

– Absolument interdit ! C'est dangereux et cela va à l'encontre de l'éthique des guérisseurs. Tu ferais mieux de te le sortir de la tête, et vite.

L'attitude de la guérisseuse Lowell était désormais glaciale et tendue. Elle fronçait les yeux en direction de Jocelyn, qui avait les siens plantés sur le sol. Le regard de Josh passait désespérément d'une guérisseuse à l'autre, espérant que l'une d'entre elles suggère une autre solution. Moi, j'avais bien compris ce que la guérisseuse Lowell avait dit.

– Elle va mourir, n'est-ce pas ?

Tout le monde s'est tourné vers moi, et le visage de Josh a perdu toutes ses couleurs. Nous avons tous reporté notre attention sur Jocelyn. Elle secouait la tête.

– Non, a-t-elle affirmé, je ne laisserai pas cela arriver…

– Je suis désolée, mais je ne suis pas d'accord, a contré la guérisseuse Lowell.

Nous l'avons tous dévisagée, outrés. Elle a plongé son regard dans le nôtre, l'un après l'autre, avec sincérité.

– Je ne vous donnerai pas de faux espoirs. Je n'affirme pas que Michelle est incapable de s'en sortir… mais, là, maintenant, nous ne pouvons rien faire de plus. Jocelyn veut qu'elle s'en sorte – c'est notre cas à tous, mais j'imagine que pour elle, eh bien, c'est personnel…

Jocelyn a baissé les yeux à nouveau.

La guérisseuse Lowell a levé les mains et a fait un signe en direction de la chambre de Michelle.

– Je pense qu'il serait sage que vous rendiez tous visite à Michelle. Que vous commenciez à vous préparer. Peut-être même que vous lui fassiez vos adieux.

J'ai ravalé le sanglot qui s'était logé dans ma gorge.

Nos adieux ? Michelle n'avait que vingt ans. Comment sa vie pouvait être aussi tragiquement écourtée ?

Emily n'avait que quinze ans quand elle est morte. Parce que je n'avais pas réalisé à quel point elle avait des ennuis avant qu'il ne soit trop tard. Elle avait été abusée par un homme violent, diabolique, et s'était ôté la vie deux jours plus tard. J'avais été impuissante.

Tout comme pour Michelle. Elle avait été prisonnière de son propre esprit, et je ne l'avais même pas remarqué.

Konstantin avait gagné, au final.

– Non ! s'est exclamé Josh.

La guérisseuse a froncé les sourcils et posé les yeux sur lui.

– Je suis vraiment désolée, Bêta Daniels. Mais je pense que vous devriez penser à mettre vos affaires en ordre.

– Nous allons passer quelques appels maintenant, a réussi à balbutier Jocelyn en avançant dans le couloir.

Avec un bref signe triste de la tête, la guérisseuse Lowell lui a emboîté le pas.

Nous sommes tous restés là, figés, dans la salle d'attente, à échanger des regards silencieux.

Josh

J'ai grincé des dents. Je ne pouvais pas laisser l'Alpha et sa compagne voir la haine dans mes yeux. Ils ne devaient pas deviner que je les tenais pour responsables – tous les deux – de ce qui était arrivé à Michelle.

Ma compagne était sur un lit d'hôpital, luttant pour sa vie, reliée à des machines. C'était ma faute. Je ne l'avais pas protégée. Mais le tout-puissant Alpha de la côte Est non plus. Non, il avait laissé ce putain de vampyre s'immiscer jusque dans la Maison de la Meute.

– Si ma compagne meurt, ai-je dit, je mérite de mourir aussi.

Et vous tous aussi.

– Josh… a commencé Aiden.

J'avais trahi Michelle. Trahi mon rôle de la protéger et celui de la venger de celui qui lui avait fait tant de mal. Savoir ça me tuait. Konstantin était libre, là, dehors, et moi j'étais ici, inutile.

– Elle avait des problèmes, ai-je continué, elle luttait contre… contre cette chose et ce qu'il lui faisait subir… Et je l'ai laissée toute seule pour l'affronter. Seule.

Jamais je ne pourrais me le pardonner.

–Tu as mené l'enquête concernant Konstantin, a dit Aiden. Tu essayais de tous nous protéger de lui. C'est ma faute si Konstantin était si proche de nous, pas la tienne, Josh.

Mes poings se sont serrés.

Il ne le pensait pas vraiment. Il n'avait aucune idée de ce que cela faisait de voir sa compagne, étendue, brisée, mourante dans cette pièce.

J'ai failli péter les plombs, mais une voix, à l'intérieur, a fait se desserrer ma main.

–Tu as raison. C'est bien ta faute, mon Alpha.

Aiden

J'ai regardé autour de moi pour voir la famille de Michelle, les Pearce, arriver dans le couloir. Son père, Owen, en premier. Son torse imposant et sa haute stature en faisaient une figure impressionnante, même pour moi. Derrière lui se tenait la mère de Michelle, Irene, des cheveux roux coupés court.

Il y avait de la rage dans leurs yeux.

Mais ce qui m'a le plus surpris, ce n'était pas l'arrivée des Pearce, mais celle du cameraman et de la petite brune qui agitait son micro. Ils étaient sortis de nulle part.

–Alpha Norwood! a appelé la reporter en me mettant son micro devant le visage. Monica Birch, *Les Nouvelles de la Meute*. Je viens de m'entretenir avec la famille de Michelle Daniels. Ils ont l'impression que vous êtes à blâmer pour ce qui est arrivé à leur fille.

J'étais surpris. Des accusations aussi directes étaient rarement proférées contre un Alpha, surtout aussi publiquement.

–Attendez une seconde, ai-je commencé.

–Ils prétendent que votre négligence au sujet de vos responsabilités de leader de la Meute l'a mise elle, et de nombreux autres, en danger. Avez-vous un commentaire?

La lumière de la caméra m'éblouissait. Je n'arrivais plus à penser. J'ai ouvert la bouche pour répondre...

–Comment avez-vous pu! a hurlé Irene en m'accusant, me coupant la parole.

Sa bouche était tordue par la douleur.

– Comment avez-vous pu laisser un vampyre s'approcher de ma fille !

J'ai secoué la tête et levé les mains avant de les laisser s'abattre, désespéré.

– J'ai commis une erreur, ai-je dit, plein de regrets. J'ignorais qu'il était un vampyre.

– Vous l'ignoriez ? a grondé Owen.

– Il avait un artefact qui masquait son essence, a expliqué Sienna en glissant sa main dans la mienne.

Je l'ai serrée avec reconnaissance. Pendant presque ma toute ma vie en tant qu'Alpha, j'avais été seul. Parfois, j'avais encore du mal à croire que j'avais désormais une compagne à mes côtés. Il fallait que je me montre digne d'être aux siens.

– Personne vous a causé ! l'a rabrouée Owen.

Le cameraman s'est approché pour faire un gros plan. Le visage de Sienna était un masque de douleur.

J'ai redressé les épaules.

– Ne lui hurlez pas dessus, suis-je intervenu en essayant d'ignorer la caméra. Elle est aussi victime que…

– Conneries ! s'est étouffé Owen qui a pâli quand il a réalisé qu'il venait de dire ça à l'Alpha.

Je l'ai fusillé du regard et il a détourné le sien.

– J'ai cru comprendre que tu avais été prise pour cible, a dit Irene à Sienna tout en gardant son regard rivé sur moi. Tu avais besoin d'être protégée également. Mais Michelle est dans le coma, et tu m'as l'air d'aller très bien.

– Waouh. Des mots très forts, s'est immiscée Monica de manière très inappropriée avant de se tourner vers ma compagne. Qu'avez-vous à répondre à ces accusations ?

Sienna

J'ai senti un bruit étouffé quitter ma gorge. Qu'est-ce que j'avais à répondre ? La mère de Michelle, qui m'avait donné des gâteaux et un verre de lait tous les après-midi pendant des années, m'accusait ainsi qu'Aiden d'être responsables de la situation dans laquelle se trouvait sa fille.

Il m'a fallu chaque goutte de mon sang-froid pour ne pas partir en courant de la salle d'attente. Tout mon corps tremblait, et puis j'ai senti la présence chaleureuse d'Aiden à mes côtés.

– Si vous désirez vous adresser à ma compagne, vous pouvez prendre rendez-vous auprès de notre attachée de presse…

Je l'ai regardé, lui, puis la caméra.

Dis quelque chose. Il faut que je dise quelque chose.

Je ne pouvais pas laisser Michelle être confinée au silence.

– Non, tout va bien, ai-je affirmé en avançant près d'Aiden.

Invoquant tout mon courage, je me suis tournée vers Monica et les Pearce.

– Vous avez raison. Vous tous. Rien n'est juste dans cette situation. Et j'en suis désolée.

Tout mon corps était secoué de frissons. Aiden a passé son bras autour de moi.

– Attaquer ma compagne ne va certainement pas régler le problème, a-t-il asséné, mais j'ai hoché la tête, sachant pertinemment que la caméra captait chacun de mes gestes. Rien de tout cela ne va aider Michelle.

– Peut-être pas, s'est étouffée Irene, mais je ne vois personne, ici, agir utilement.

– Où est ce Konstantin ? a demandé Owen. Dans l'une de vos geôles ? Ou mieux encore : empalé et décapité ?

Son ton sarcastique suggérait qu'il savait exactement où Konstantin se trouvait. Dehors. Libre, et probablement de plus en plus fort.

Une vague de nausée m'a traversée.

– Vous l'avez laissé s'échapper, n'est-ce pas, Alpha Norwood ? a questionné Monica Birch. Et il est libre, à présent, libre de s'en prendre aux innocents membres de la Meute de la côte Est.

Tous les regards étaient posés sur Aiden, attendant sa réponse. J'ai senti ses ongles, sur mon épaule, se transformer en griffes. En me lançant un coup d'œil, Aiden a inspiré profondément.

– Vous avez raison, a-t-il dit à Owen.

J'ai regardé mon compagnon avec surprise.

– Je vais retrouver ce fils de pute. Je vous le…

Mais Aiden a été interrompu par un bruit aigu. Une alarme. Qui venait de la chambre de Michelle.

– Qu'est-ce que c'est que ça ? s'est exclamé Josh. Qu'est-ce qui fait ce bruit ?

La caméra s'est tournée vers la source du vacarme. Je me suis précipitée vers la porte de Michelle, Aiden et les autres rapidement derrière moi.

Ma main s'est plaquée devant ma bouche quand j'ai vu ma meilleure amie. Michelle hyperventilait, tout son corps remuait. Son monitoring cardiaque allait dans tous les sens.

Monica, agitant son micro, s'est fait une place dans la chambre.

– Qu'est-ce… qu'est-ce qui se passe ? ai-je à peine réussi à balbutier, mais Aiden était mutique.

– Ses organes vitaux, a dit Jocelyn, arrivant derrière nous. Ils ont commencé à lâcher.

ÉPISODE 3
TEMPS DÉSESPÉRÉS

Sienna

Un malaise m'a envahie en entendant l'alarme résonner dans la chambre de Michelle.

–Non, ai-je soufflé.

Josh s'est précipité dans la pièce et nous l'avons tous suivi.

–Sortez! a rugi Aiden à l'équipe de journalistes qui tentaient de s'immiscer dans la pièce.

Ils ont déguerpi avant qu'il ait besoin de se répéter.

À l'intérieur, le monitoring cardiaque faisait beaucoup trop de bruit.

Michelle semblait se débattre contre le respirateur. Pendant un moment, j'ai même cru qu'elle était réveillée. Mais ses mouvements étaient trop désordonnés, comme si elle avait une sorte de crise.

Josh a attrapé la main de Michelle et l'a suppliée:

–Allez, bébé. Ça va aller. Il faut que tu t'en sortes!

Sous mes yeux, le corps de Michelle s'est détendu et est redevenu calme. Les bips du monitoring cardiaque se sont espacés.

Jocelyn travaillait rapidement, faisant quoi ? Je n'en avais aucune idée… Mais son expression était sombre. Le monitoring cardiaque continuait de sonner de manière erratique, même maintenant que Michelle était apaisée. Les battements de son cœur faisaient des pics et ralentissaient.

D'autres pics, d'autres ralentissements.

Je suis passée devant Irene pour me rapprocher de Michelle et lui prendre la main.

– Michelle, on est tous là. On t'aime, Michelle. Accroche-toi, ai-je imploré.

– Éloigne-toi d'elle, s'est énervée Irene.

J'ai reculé, choquée.

– Tu as laissé ce vampyre s'approcher d'elle, Sienna. Tu étais censée être son amie et tu n'as même pas remarqué qu'il la possédait !

Elle s'est tournée, fixant sa fille de ses grands yeux noisette.

– S'il te plaît, va-t'en… Laisse-moi seule avec elle. Pour la dernière fois.

Hébétée, je me suis rapprochée d'Aiden qui se tenait debout contre le mur. J'ai réalisé que pendant tout ce temps, la caméra avait capté cette scène. Monica patientait juste en dehors de la chambre d'hôpital, son cameraman n'en ratant pas une miette.

Sales vautours.

J'ai pressé mes mains sur mes joues, mes yeux piquaient.

Irene avait raison. C'était évident. C'était ma faute si Michelle était ici. À se battre pour sa vie. À perdre la bataille.

J'ai secoué la tête en observant le monitoring qui émettait à nouveau une série de bips.

Je savais que quelque chose clochait. Dans sa façon d'agir. De parler. J'aurais dû m'en apercevoir. Michelle avait appelé à l'aide de tant de façons… Mais j'étais restée aveugle. Trop happée par mes propres problèmes égoïstes. Oh, bien sûr, j'en avais parlé à Jocelyn, mais rien d'utile. J'avais fait passer ça pour un souci idiot, rien de très sérieux. J'avais échoué à l'aider. Je l'avais trahie.

Une longue pause dans les bips a soudain plongé la pièce dans un silence oppressant. J'ai retenu mon souffle avant de les entendre redémarrer. Et, à cet instant, j'ai prié n'importe quel pouvoir divin qui puisse exister. N'importe qui. N'importe quoi.

S'il vous plaît, ai-je supplié. Sauvez Michelle. Faites quelque chose. N'importe quoi. Je ne peux pas perdre ma meilleure amie. Pas une nouvelle fois.

Aiden

La pièce était trop remplie.

Je ne faisais pas partie de la famille et Michelle et moi n'avions jamais été particulièrement proches. Je suis sorti en essayant de ne pas attirer l'attention. Jusqu'à ce que je me cogne dans Monica Birch.

– Veuillez m'excuser, Alpha Norwood ! a-t-elle dit, le sourire aux lèvres. Vous bloquez la caméra !

Je me suis précipité sur elle, toute ma colère devant mon incapacité à aider Michelle a ressurgi.

– Dégagez de là. Maintenant ! ai-je rugi.

Pourtant, au lieu d'obéir instantanément, Monica s'est tournée vers moi, les yeux brillants et aiguisés.

– Des commentaires sur cette tragédie, Alpha Norwood ? Si Michelle Daniels ne s'en sort pas, cela fera monter le nombre de décès liés à Konstantin à trois. Trois dont nous sommes au courant, bien sûr…

– Michelle s'en sortira ! ai-je répliqué avec plus d'émotion dans la voix que je ne l'aurais voulu. Elle va s'en tirer.

– Mais si ce n'est pas le cas…

– Cela n'arrivera pas ! Pas tant que je suis là !

Enragé, j'ai tourné les talons et je me suis redirigé vers la chambre médicalisée.

– Et dégagez de la Maison de la Meute avant que je vous fasse jeter dehors ! ai-je hurlé à leur intention. Ce n'est pas pour rien que nous demandons des cartes de presse !

***

Dans la chambre de Michelle, tout le monde était tendu et se tenait en demi-cercle, à un mètre du lit, pour laisser de l'espace aux guérisseuses qui travaillaient.

Jocelyn avait posé ses mains sur la poitrine de Michelle et tentait de la réanimer. La guérisseuse Lowell bougeait tout autour du lit et touchait différents endroits du corps de sa patiente, ses poignets, son ventre, ses pieds, en criant des choses incompréhensibles, en tout cas pour moi.

– Rigidité abdominale du quadrant inférieur droit.

Elle a fait courir un objet que je ne pouvais pas voir le long de la plante de pied de Michelle.

– Réponse active de l'hallux.

Jocelyn lui a lancé un regard alarmé. Owen a couvert sa bouche de ses mains, en s'éloignant du lit.

Je ne pouvais pas assister à ça.

Quand j'ai jeté un œil vers regard Sienna – qui était figée, les yeux fixés sur son amie mourante –, j'ai hésité.

Si Michelle mourait, Sienna aurait besoin de moi. Mais qu'est-ce que ça voulait dire, au juste ? Est-ce que « être là pour Sienna » signifiait m'occuper de combattre les menaces extérieures ? Ou est-ce que cela voulait dire rester à ses côtés quand elle était perdue et effrayée pour son amie ? Qu'est-ce qu'un Alpha était censé faire quand il était tiraillé entre son devoir pour la meute et son devoir envers sa compagne ?

Je restais debout dans la chambre d'hôpital, en proie à une lutte intérieure.

La meilleure façon d'aider Sienna, d'aider tout le monde, est de tuer Konstantin.

J'ai hoché la tête, en accord avec mes propres pensées.

Si Michelle mourait, ce serait une perte énorme pour Sienna, et je ne pouvais pas l'abandonner face à cette situation. Mais si je ne sortais pas d'ici et ne commençais pas à faire quelque chose à propos de cet horrible assassin qui avait déjà fait tant de mal à mes proches et à moi, j'allais perdre la tête.

Il y avait une chose que je pouvais faire, mais je devais agir rapidement pour être de retour ici le plus vite possible.

J'ai quitté la pièce.

Monica

J'observais la douleur de la famille de Michelle Daniels alors que la jeune femme s'agitait et luttait sur son lit médicalisé. J'ai su à ce moment-là que mon instinct avait été le bon. C'était celle-là. L'histoire qui allait consolider ma place parmi les meilleurs journalistes.

– Est-ce… qu'on devrait arrêter de filmer ? a demandé mon cameraman, Curtis, en me regardant du coin de l'œil. L'Alpha vient juste de nous ordonner de quitter la Maison de la Meute.

Comment je pourrais accepter d'éteindre les caméras maintenant, alors que la petite compagne du Bêta est aux portes de la mort ?

C'était de l'or en barre pour la télévision !

Mais si Aiden Norwood nous voyait sur son territoire après nous avoir demandé de partir, cela pourrait interférer avec mes futurs projets de plus grande ampleur. Et ça, c'était hors de question.

– C'est bon, on remballe. Allons-nous-en, ai-je dit en tranchant la situation, déjà prête à partir.

– Mais… et si elle meurt ? a demandé Curtis en baissant la caméra et en m'emboîtant le pas.

Mes chaussures à talons hauts faisaient beaucoup de bruit dans les escaliers alors que nous quittions la partie médicalisée du bâtiment pour sortir sur la pelouse. J'ai haussé les épaules.

– Si elle meurt, elle meurt. On trouvera un angle différent.

Il y a toujours un angle différent.

– Est-ce qu'on ne devrait pas en toucher un mot à nos supérieurs ? On n'a pas vraiment l'autorisation d'être ici…

Curtis avait l'air nerveux, et j'ai levé les yeux au ciel. S'il ne se prenait pas en main – et rapidement –, il allait falloir que je me trouve un nouveau cameraman.

Ce qui serait très dommage parce que Curtis se débrouillait plutôt pas mal au lit…

– Arrête de faire ta chochotte et fais-moi confiance. Les Norwood sont notre ticket d'entrée pour la cour des grands.

Notre van nous attendait. Nous sommes montés à l'intérieur pour commencer à travailler sur les images du jour. Les gars, aux *Nouvelles de la Meute*, allaient m'adorer. Et bientôt, le monde entier aussi.

Une fois que tout serait accompli, Aiden Norwood se souviendrait de moi pour toujours.

Josh

Mon cœur battait fort dans ma poitrine en regardant Jocelyn et l'autre guérisseuse – Lowell – s'affairer autour de Michelle.

J'étais vaguement conscient de la présence d'Aiden, quelque part derrière moi, puis de sa sortie.

Où est-ce qu'il va ? Il va enfin se mettre à traquer Konstantin ? Je devrais y aller aussi.

Mais le pouvais-je, vraiment ? Je ne pouvais pas quitter Michelle des yeux.

Les moniteurs faisaient toujours autant de boucan.

– On a besoin de cette pièce, a aboyé Jocelyn. S'il vous plaît, sortez tous !

– Pas question, ai-je rugi.

Plutôt crever.

Ils devront me déloger manu militari.

– Elle a besoin de passer un scanner et sans doute une IRM, a expliqué la guérisseuse Lowell. On doit la transférer hors de la Maison de la Meute vers un hôpital.

– Elle ne tiendra pas aussi longtemps. Il faut qu'on la stabilise d'abord ! a crié Jocelyn.

– Nous n'avons pas le matériel adéquat ici, Jocelyn. Il faut l'emmener dans une unité de soin dédiée et vite, a insisté Lowell.

Jocelyn a secoué la tête.

– Je ne peux pas arrêter ou elle va faire un arrêt cardiaque !

– Personne n'ira nulle part tant que Michelle ne sera pas stabilisée ! ai-je hurlé.

La guérisseuse Lowell a tourné sur elle-même pour me faire face.

– Vous ne comprenez pas, Bêta Daniels. Jocelyn ne peut pas faire de miracles. Michelle montre des signes de lésions cérébrales très sérieuses.

Ma respiration s'est bloquée dans ma gorge. J'ai plongé mes mains dans mes cheveux.

– Jocelyn essaye de stabiliser son rythme cardiaque, a continué Lowell, mais si le problème vient de son cerveau et pas de son cœur, ce que fait Jocelyn ne va pas la sauver.

Je ne comprends pas.

Je ne comprends rien à tout ce qui se passe.

– Mais si j'arrête de la masser le temps du transfert, elle pourrait faire un arrêt cardiaque dès que je retirerai mes mains, a argué Jocelyn.

– Vous ne pouvez pas… réparer ce qui ne va pas avec son cerveau ? ai-je demandé, perdu.

Lowell a serré les lèvres et secoué la tête.

– Nous n'avons pas assez de temps.

La fatalité de ses paroles s'est imposée à moi. J'allais voir ma compagne mourir sous mes yeux.

– Vous ne pouvez donc rien faire ? ai-je demandé, en tentant d'accrocher leur regard.

Jocelyn a plissé les yeux.

– Si, je peux, a-t-elle affirmé.

La guérisseuse Lowell et moi nous sommes tournés vers elle.

– Non, tu ne peux pas.

– Quoi ? ai-je demandé. De quoi est-ce que vous parlez ?

– Le rituel.

– Il est interdit pour une bonne raison, guérisseuse White. Je n'aurai pas cette discussion à nouveau. Et je ne participerai certainement pas.

Lowell avait l'air furieuse.

Juste à ce moment-là, le monitoring cardiaque s'est mis à décrire des pics et à hurler une série de bips avant que la courbe ne devienne plate.

–Peut-être, a dit Jocelyn, la voix tremblante. Mais il faut bien que je fasse quelque chose.

–Non! s'est exclamée son aînée en avançant, mais c'était trop tard.

Jocelyn a fermé les yeux et a pressé ses deux paumes fermement sur la poitrine de Michelle.

La guérisseuse Lowell a eu un mouvement de recul.

Pendant un moment, il ne s'est rien passé. Puis la pièce a été plongée dans une lumière blanche aveuglante.

ÉPISODE 4
LES YEUX BRILLANTS

Jocelyn

Rassemblant toute ma force et ma concentration spirituelle, j'ai insufflé toute ma magie dans le corps en souffrance de Michelle.

Je n'avais jamais accompli le rituel que je m'efforçais de réaliser. Personne de ma connaissance ne l'avait fait. On me l'avait appris seulement pour m'alerter de ses effets, parce que chacun des guérisseurs qui l'avait tenté avait été blessé à la fois physiquement et spirituellement.

C'était une technique qui permettait à la personne soignante de convoquer toute sa magie et d'en inonder le système du patient. En cas de succès, ce rituel pouvait guérir plusieurs blessures en même temps et renverser les blessures majeures comme celles de Michelle. Mais cela demandait toutes les ressources du guérisseur. Cela les vidait complètement. Et si un guérisseur donnait plus ce qu'il pouvait supporter, il mourait.

Mais je n'avais pas le choix. Je ne pouvais pas assister à cela et accepter que le cœur de Michelle s'arrête de battre. Je ne pouvais pas regarder ses parents en face et leur annoncer que j'avais échoué. Je ne pouvais pas la laisser mourir alors que j'avais cette dernière chance de l'aider.

Le bracelet en argent sur mon poignet a tinté doucement.

Je suis une guérisseuse. Ma mission est de soigner.

En fermant les yeux, j'ai continué à insuffler mon pouvoir dans le corps de Michelle. Dans mon esprit, je l'ai vu se disperser, se divisant et s'insinuant en elle aussi vite que la foudre. Mon pouvoir s'est frayé un chemin jusqu'aux lésions de son cerveau – elle avait eu plusieurs attaques que je ne percevais que maintenant.

Son cœur avait été endommagé, lui aussi. Ainsi que ses reins. Et son foie.

J'ai poussé ma magie le plus loin possible, expulsant chaque goutte que contenait mon corps, la noyant dedans.

J'ai rouvert les yeux et j'ai reculé.

Josh

Jocelyn a vacillé en s'écartant de Michelle et a levé les mains. Ses yeux se sont écarquillés, ils brillaient d'une lueur sinistre.

Soudain, la lumière a disparu. Je me suis tourné vers Michelle.

S'il te plaît. S'il te plaît, ne meurs pas.

Mais le visage de Michelle était d'une pâleur extrême et elle était toujours inerte.

Ça *n'avait* pas fonctionné… Un sanglot rauque a jailli de ma gorge. Je n'ai même pas pu lui dire au revoir.

Mais ne t'en fais pas, mon amour. Où que tu ailles, j'y serai avec toi bientôt.

Ses yeux se sont ouverts.

Jocelyn s'est évanouie.

L'espace d'un instant, j'ai été paralysé. Puis mes muscles se sont enclenchés et je me suis précipité vers Michelle.

Ses yeux noisette ont cligné et se sont posés sur moi, pleins d'amour et de reconnaissance.

Sienna

Je n'ai pas su quoi faire en premier, me précipiter vers Jocelyn, qui était affalée sur le sol, ou vers Michelle qui venait de se réveiller.

La guérisseuse Lowell s'affairait autour de Michelle.

Je suis restée debout, immobile, à observer. Pourquoi Aiden était-il parti ? Et où ? J'avais besoin de lui. J'étais seule, complètement invisible.

OK. Réfléchis. Comment peux-tu te montrer utile ?

Jocelyn !

Je me suis précipitée vers la guérisseuse qui était étendue sur le sol. Pressant un doigt contre son cou, j'ai tenté de trouver son pouls. Mais rien. Du sang a afflué dans mon crâne, je me suis penchée sur son visage pour essayer de sentir son souffle.

– Elle ne respire plus, ai-je dit.

Irene s'est approchée au plus près de sa fille, suivie par Owen. Personne ne m'écoutait.

– Elle ne respire pas ! ai-je répété, en hurlant cette fois.

– Ma responsabilité est de sauver Michelle, s'est exclamée la guérisseuse Lowell. Jocelyn le savait très bien.

Mon sang s'est glacé. Est-ce que Jocelyn s'était sacrifiée pour sauver Michelle ? Comment était-ce arrivé ? Je me suis accroupie à côté de Jocelyn et j'ai pris sa main dans la mienne.

– Joce ! Hé ! Réveille-toi, Joce, reviens vers nous, ai-je dit. Tu as réussi ! Michelle est réveillée !

Un instant plus tard, la guérisseuse Lowell était près de moi. Elle m'a souri et a pris la main de Jocelyn que je tenais dans la mienne.

Allez, Jocelyn. Allez, il faut que tu t'en sortes.

Jocelyn a inspiré brutalement et a commencé à tousser. Sa tête est tombée sur le côté, elle a brièvement cligné des yeux.

Une vague de soulagement s'est emparée de moi. Mais ses yeux sont restés clos.

– Il faut qu'on l'amène à la Retraite des Guérisseurs, a indiqué la guérisseuse Lowell.

Je me suis levée pour leur laisser de l'espace. Où était Aiden ? J'avais besoin de sa présence réconfortante, là, maintenant. Quand je regardais autour de moi, ce que je voyais me réchauffait et me serrait le cœur tour à tour. Josh avait les yeux plongés dans ceux de Michelle, il pleurait à chaudes larmes et sa bouche formait un sourire triste.

J'ai souri à mon amie, le cœur serré.

– Hé, ai-je dit. Tu es de retour.

Elle a hésité. Son expression est restée neutre, puis elle s'est à nouveau tournée vers Josh et lui a souri.

Est-ce qu'elle se souvient de ce qui s'est passé ?

– Hé, bébé, lui a-t-elle dit.

Il a pressé ses doigts contre sa bouche.

– Je suis là, mon amour. Je suis là. Je serai toujours près de toi.

Aiden

– Merci d'être venu aussi rapidement, ai-je dit.

Sayyid Hamdi était un grand jeune homme musclé aux cheveux courts et foncés. Il se tenait en face de mon bureau, et moi debout de l'autre côté, trop nerveux pour m'asseoir.

Sayyid était membre de la police de Mahiganote, mais il travaillait également comme chasseur quand le besoin se faisait sentir. Je le connaissais depuis l'école.

– Comme tu le sais, notre meute a été attaquée par un puissant vampyre nommé Konstantin, ai-je expliqué en ravalant la culpabilité et la colère qui jaillissaient en moi chaque fois que j'étais contraint de prononcer son nom.

Il avait possédé Sienna, l'avait blessée. Et je n'avais pas été là.

La seule façon que je connaissais pour pouvoir l'aider, pour apaiser les cauchemars qui détruisaient toutes ses nuits, c'était de pourchasser ce vampyre et de le tuer.

Tu l'as quittée à nouveau. Elle avait besoin de toi à l'hôpital et tu es parti. Sienna est intelligente, elle comprendra. Elle veut voir disparaître Konstantin autant que moi. Plus, même. C'est son esprit qui a été envahi.

Je me sentais mal, mais j'ai serré les dents. Il n'y avait qu'une seule façon de mettre un terme à tout cela.

– Je vais former une équipe de chasseurs, je lui ai dit. Je veux que tu en sois. En tant que capitaine. Prends avec toi qui tu veux, retire-les des missions qui leur ont été assignées.

Sayyid a hoché la tête.

– À vos ordres, mon Alpha.

– Konstantin est extrêmement dangereux, je l'ai prévenu. Ce n'est pas un vampyre normal.

J'ai ouvert le livre que Josh m'avait donné sur une colonie de vampyres dans le Maine.

– Il est très certainement ce qu'on appelle un « Saint » chez les vampyres.

J'ai feuilleté l'ouvrage jusqu'à tomber sur un paragraphe précis. Cela désignait de très anciens vampyres qui avaient développé des pouvoirs spéciaux. Ceux de Konstantin semblent être principalement mentaux.

J'ai regardé Sayyid en maintenant un contact visuel fort.

– Il est extrêmement dangereux. Et s'il mord quelqu'un, il peut le dominer. Tu comprends ? Ne le sous-estime pas.

– Oui, Monsieur, a dit Sayyid en hochant à nouveau la tête.

C'était un homme qui ne gaspillait pas ses mots et j'appréciais cela chez lui. Surtout maintenant, quand le temps était plus précieux que jamais.

J'ai attrapé un dossier.

– Tout ce qu'on a sur son récent séjour à Mahiganote. J'ai aussi envoyé des liens sur ton adresse e-mail.

Sayyid m'a pris le dossier des mains.

– Retrouve-le, ai-je dit. Retrouve-le hier, est-ce bien compris ?

Sayyid a commencé à tourner les talons, mais s'est interrompu pour me dire :

– Et quand on aura mis la main sur lui, mon Alpha, quels sont vos ordres ?

J'ai hésité, pesant le pour et le contre. Sayyid était efficace et il avait toute ma confiance. Mais Konstantin était dangereux et nous l'avions déjà sous-estimé par le passé.

– Quand cela arrivera, contacte-moi, ai-je enfin déclaré. Ne l'attrapez pas sans que je sois là.

Sienna

Michelle va s'en sortir. Ce n'est pas comme pour Emily. Michelle va VIVRE. Et Jocelyn aussi. Ils vont l'emmener à la Retraite des Guérisseurs. Elle va aller mieux. Tout ira bien.

La guérisseuse Lowell et deux infirmiers ont installé Jocelyn sur un brancard.

J'ai regardé Michelle et Josh se serrer silencieusement dans les bras. Je pouvais pratiquement ressentir l'amour qui transparaissait de leur lien de compagnons à nouveau réunis.

Mon cœur s'est serré de culpabilité.

C'est à cause de moi que Konstantin s'est immiscé dans nos vies.

Rien de tout cela ne serait arrivé.

Alors que je regardais les amoureux, je me suis soudain sentie désemparée. Devrais-je partir ? Ma présence n'était plus nécessaire ici. J'avais l'impression de déranger. Aiden me manquait. Être témoin de la puissance du lien unissant Michelle et Josh me donnait envie de voir mon compagnon. Mais si je partais, quel message cela enverrait-il ?

– Je peux vous apporter quelque chose ? ai-je finalement demandé. À l'un d'entre vous ? Comme un verre d'eau ?

Josh m'a lancé un regard par-dessus son épaule et m'a étudiée un moment, puis a reposé les yeux sur sa compagne.

– Personne n'a besoin de toi ici, Sienna, a-t-il dit d'un ton neutre.

J'ai grimacé de le sentir aussi amer, et parce que sa phrase était pleine de sous-entendus. Mais au moins, Michelle était de retour. C'était tout ce qui importait. Même si mon amie ne pouvait jamais me pardonner.

Michelle s'est allongée sur son oreiller en fermant les yeux. Elle avait l'air épuisée. Ce n'était pas le moment de se disputer.

Une fois que Jocelyn a été sécurisée sur son brancard, ils l'ont fait rouler hors de la chambre. Sachant que Michelle était entre de bonnes mains, je les ai suivis.

***

Pendant tout le trajet jusqu'à l'aérodrome de la meute, Jocelyn est restée inconsciente. La guérisseuse Lowell a continué à s'occuper d'elle à l'arrière de l'ambulance qui a dépassé toutes les limitations de vitesse pour arriver le plus vite possible.

La peau de Jocelyn avait pris une teinte grisâtre qui ne m'inspirait rien de bon.

– S'il y a quoi que ce soit que je puisse faire… ai-je commencé, mais personne ne m'écoutait.

La guérisseuse avait les deux mains appuyées sur sa patiente et lui insufflait de l'énergie réparatrice, encourageant a priori ses cellules à se reconstituer. Mais rien ne semblait fonctionner. Elle respirait toujours, mais c'était une mince consolation.

J'ai tendu la main pour lui caresser les cheveux, essayant de lui communiquer d'une certaine manière combien j'étais désolée et reconnaissante pour son geste. Mais la guérisseuse Lowell a repoussé ma main.

– Désolée, Sienna. On peut se débrouiller à partir de maintenant, a-t-elle dit alors que l'ambulance se garait sur l'aérodrome.

Une équipe de guérisseurs attendait près d'un hélicoptère.

– Vous êtes sûre ? ai-je demandé.

Michelle allait bien, mais maintenant, c'était Jocelyn qui allait payer le prix de ma stupidité. Il fallait que je fasse quelque chose.

– Oui, ma chère, je suis sûre. Laissez-nous nous occuper d'elle. Vous en avez déjà beaucoup fait.

Les mots de la guérisseuse étaient apaisants, mais elle fut distraite par les ambulanciers qui commençaient à hisser Jocelyn dans l'hélicoptère.

– Je vous tiendrai au courant, a-t-elle dit en leur emboîtant le pas.

– Dites-moi qu'elle va s'en sortir, je vous en supplie.

Mais mes mots se sont noyés dans le fracas de l'hélicoptère qui venait de démarrer. Mes cheveux se sont envolés tout autour de mon visage et j'ai reculé. L'engin a décollé du sol.

La peur et l'espoir irrépressible m'ont envahie quand l'hélicoptère s'est enfoncé dans le ciel nuageux et a disparu de mon champ de vision.

***

Quand on m'a redéposée à la Maison de la Meute, je me suis arrêtée avant les portes principales et j'ai couvert mes sanglots avec mes mains. Je me suis assise sur les marches et j'ai laissé couler mes larmes.

Comment tout avait aussi mal tourné ?

Michelle va s'en sortir, je me suis dit. *Et Jocelyn aussi. Elles iront bien toutes les deux. Il le faut.*

J'ai observé la façade de la Maison de la Meute et respiré profondément. J'ai hoché la tête.

Tout va redevenir normal. Sauf moi. Je ne serai plus jamais celle que j'étais.

À cet instant, seule dans le vent froid et piquant de l'hiver, j'ai fait un vœu silencieux, et désespéré, à n'importe quelle divinité qui pourrait m'entendre.

Je ferai mieux. Je me concentrerai sur les autres plutôt que sur moi. Je serai la meilleure amie, la meilleure compagne qu'on ait jamais rêvé d'avoir. Peu importe le prix.

ÉPISODE 5
MESURES EXTRÊMES

Jocelyn

Je savais que j'étais en train de rêver, parce que Nina était là. On était assises dans une barque, nous laissant dériver en riant, essayant de récupérer une rame qui s'éloignait de nous en flottant. Mais alors que je riais en admirant ses magnifiques yeux et le lustre d'ébène de sa peau, une partie de moi souffrait.

Je n'avais pas eu de nouvelles de Nina depuis qu'elle avait disparu du bal de Yule. Elle était restée et avait aidé pendant un moment. Puis elle avait disparu, sans même me dire au revoir.

Dans le rêve, la barque s'est séparée en deux. Elle n'a pas pris l'eau, elle est juste devenue deux embarcations différentes.

Je me suis penchée vers Nina au-dessus de l'eau :

–Attrape ma main !

Elle ne me regardait plus, mais riait toujours. Son bateau s'est tourné et elle s'est retrouvée dos à moi.

– Nina ! Nina tu dérives !

Mais elle ne s'est pas retournée.

– Nina, s'il te plaît ! Ne me quitte pas !

J'ai enfoncé mes doigts dans les nervures de la coque de la barque. Et j'ai senti des draps doux et soyeux. Une odeur de lavande. Mon bracelet en argent s'est enfoncé dans la chair de mon bras.

Où suis-je ?

Tout mon corps me faisait mal, comme si chaque muscle avait été étiré à son maximum. Mes yeux ont papillonné avant de s'ouvrir. Du papier peint rose et blanc.

Quel est cet endroit ?

J'ai regardé autour de moi. Sharon Lowell était assise dans un fauteuil, à ma gauche.

– Bonjour Jocelyn, a-t-elle dit. Bienvenue à la Retraite des Guérisseurs de Lawrence.

Sienna

Le jour suivant les événements à l'hôpital, je suis retournée à ma galerie. La clochette accrochée à la porte a retenti quand je suis entrée. J'ai verrouillé la porte derrière moi.

Dehors, un petit attroupement de journalistes m'espionnaient, menés par l'inévitable Monica Birch, mais je les ai tous ignorés. Ils obtiendraient bientôt des informations officielles de la part d'Aiden.

Pauvre Aiden ! Je m'étais arrêtée à son bureau juste avant de venir à la galerie. Il avait l'air très inquiet et éreinté, se murmurant à lui-même les différents endroits où il pourrait trouver Konstantin. Je savais que mon compagnon ne s'arrêterait pas avant d'avoir abattu ce vampyre et cela m'apportait beaucoup de réconfort de voir combien il y travaillait. Mais quand même, il me manquait.

C'était la première fois que je remettais les pieds dans mon studio depuis les événements désastreux du bal de Yule. Tout était en ordre, rangé de manière impeccable, mais être de retour ici me faisait frissonner.

Konstantin et moi avions passé des heures ici, ensemble. J'avais ri et discuté de tout et de rien avec ce vampyre et, pendant tout temps, il en avait profité pour prendre possession de l'esprit de mon amie.

Et du mien. Mais au moins, j'avais réussi à le repousser. D'une manière surprenante, d'ailleurs, me suis-je dit en me remémorant les événements dans la forêt quand j'avais littéralement jeté un arbre sur le vampyre. Comment avais-je fait ça ? Je n'en avais pas la moindre idée. Si je n'en étais pas aussi viscéralement certaine, j'aurais pu penser que je l'avais rêvé.

Mais Michelle n'avait pas eu la même chance. Le vampyre l'avait possédée complètement. Je ne pouvais pas imaginer une seule seconde ce qu'elle avait dû subir.

Je me suis rendue dans la pièce, à l'arrière, qui me servait de studio, me préparant à me reconnecter finalement avec moi-même à travers l'art. Qu'est-ce que je pourrais bien peindre ? Un portrait ? Michelle dans son lit d'hôpital ? Jocelyn se battant pour l'aider ?

Jocelyn…

Elle s'était presque sacrifiée pour sauver la vie de ma meilleure amie. Nous avions eu de ses nouvelles depuis la Retraite des Guérisseurs au Kansas, mais pas dans le détail.

J'ai pensé peindre plutôt quelque chose d'abstrait pour essayer de gérer mes émotions. Mais quand j'ai franchi la porte de mon studio, toutes mes idées se sont évanouies, je ne pensais plus qu'à Konstantin.

Mon cœur battait la chamade en revoyant ses yeux rouges luisants qui avaient marqué mon esprit au fer rouge.

Est-ce que tu sortiras un jour de ma tête ? Est-ce que je serai vraiment libérée ?

Mon souffle était court, ma poitrine oppressée.

Oh, Aiden. Comme j'aimerais que tu sois là…

J'avais presque perdu mon duel contre Konstantin. Et même si je lui avais résisté, le coût en avait été bien trop élevé.

Après quelques respirations profondes, j'ai démarré une playlist sur mon téléphone en choisissant une musique relaxante.

Concentrée sur ma respiration, j'ai installé une toile vierge sur le chevalet et je me suis assise sur le tabouret en bois disposé devant.

Mon cœur, pourtant, continuait de battre la chamade.

Il fallait que j'agisse rapidement, comme si me dépêcher pouvait me permettre de mettre mon anxiété de côté. J'ai pressé un tube de bleu foncé sur une palette neuve. J'ai ajouté du cramoisi et une teinte terreuse et j'ai mélangé toutes les couleurs.

Qu'allais-je bien pouvoir peindre ? Mon esprit me semblait aussi vide que la toile devant moi.

Qu'est-ce que je faisais là ?

Ma meilleure amie était à l'hôpital, se remettant d'une agression qui l'avait presque tuée. Mon autre amie se battait pour sa propre survie au Kansas parce qu'elle s'était presque sacrifiée pour sauver Michelle.

Et moi… je jouais avec de la peinture.

J'ai posé la palette et je me suis levée.

Est-ce que je devrais appeler Aiden ?

Là, maintenant, voir le visage de mon compagnon, sentir ses lèvres contre les miennes, c'était tout ce que je désirais au monde. Mais Aiden était occupé. Il traquait le vampyre qui était la cause de tout cela. Je ne pouvais pas le déranger avec mes problèmes.

Je me suis tordu les mains et j'ai marché sans but dans le studio. J'avais du mal à respirer. Cet endroit puait Konstantin. Enfin, pas vraiment – le vampyre avait toujours fait attention à porter son artefact magique quand nous étions ensemble. Mais le studio qu'Aiden m'avait offert comme cadeau pour notre union, l'endroit où j'avais tant de souvenirs importants, se trouvait maintenant… entaché. Impur. Comme moi.

Mes pensées partaient dans tous les sens.

Reprends-toi, Sienna.

Je me suis forcée à arrêter de faire les cent pas. Abandonnant l'idée d'utiliser ma peinture comme thérapie, j'ai quitté la galerie par la porte de derrière, pour éviter la presse qui attendait toujours dehors.

J'avais besoin de parler à quelqu'un, mais certainement pas à eux. Or Aiden était occupé. Il fallait que je le laisse travailler.

Mon cœur s'est encore accéléré.

Arrête de paniquer et réfléchis, un peu ! Tu as des tas de personnes qui t'aiment. Ne les rejette pas comme la dernière fois.

Sienna : Hey.
Sienna : Tu es occupée là ?
Selena : Salut sœurette.
Selena : Un peu. J'ai rdv chez le pédiatre pour Vanessa.
Sienna : Oh d'accord.
Sienna : J'espère que ça va bien se passer. C'est pour des vaccins ?
Selena : Oui 😬
Sienna : Oh pauvre bébé !
Sienna : Et pauvre maman !
Sienna : Accroche-toi, d'accord.
Selena : Je vais essayer mais quand elle pleure c'est pas facile 😩
Sienna : Ouais…
Sienna : On se parle plus tard…

Évidemment ma sœur était occupée, elle venait d'avoir un enfant.

En soupirant, j'ai essayé de contacter Erica.

Sienna : Hey Erica.
Sienna : J'imagine que t'as pas de temps libre aujourd'hui ?
Erica : Déso non, lol.
Erica : C'est un vendredi d'enfer, on a tous les cours à assurer et après il y a un match.
Sienna : Oh la vache !
Erica : Et il faut que je vende des tickets en plus du reste, lol.
Sienna : OK, je vois…
Erica : Tout va bien ?
Sienna : Oui t'inquiète.

Sienna : On se parle plus tard…

Mia ? Peut-être qu'elle apprécierait que je passe l'aider avec les jumeaux ?

Sienna : Hey Mia comment ça va, tu vois toujours tout en double ?
Mia : 💩🍼💩🍼
Sienna : Lol.
Sienna : Tu as besoin d'aide ?
Mia : La mère d'Harry vient d'arriver et elle va s'occuper des enfants pendant que je fais une sieste.
Mia : Déso chérie.
Mia : Une prochaine fois ?
Sienna : Bien sûr !
Sienna : On se parle plus tard…

Dans l'allée mal éclairée derrière mon studio, je me suis adossée contre le mur en briques.

Bon, je crois que je suis toute seule…

Michelle

Mes mains tremblaient. Je les ai cachées sous la couverture.

Je vais bien. Je vais bien.

Je répétais ce mantra en boucle depuis mon réveil. Peut-être que si je me le disais assez, cela deviendrait vrai.

La maquilleuse était assise sur le bord de mon lit d'hôpital et retouchait mon blush. Nous étions en fin de matinée, ce samedi. J'étais en convalescence dans la suite médicale aménagée dans la Maison de la Meute après que Jocelyn m'avait réveillée la veille.

Monica Birch, la reporter des *Nouvelles de la Meute*, tenait un miroir en face de moi et j'ai observé mon reflet. Pas mal. La maquilleuse avait réussi à dissimuler les cernes sous mes yeux. On n'aurait vraiment pas dit que je me remettais d'un coma.

Quand la reporter était arrivée ce matin et avait suggéré une interview exclusive en prime time de la « courageuse survivante de l'attaque de vampyre qui avait captivé le monde entier », j'avais été incapable de lui dire non. Si quoi que ce soit de bon pouvait surgir de ce cauchemar, alors j'étais déterminée à le trouver. Ça pourrait être bien pour moi. Ma chance d'entrer dans les cœurs et dans les existences des membres de la meute de la côte Est.

Monica m'avait déjà assuré de l'amour que tout le monde me portait.

Et j'allais bien. Tout allait bien. Plus tôt je le montrerais au monde, mieux ce serait.

J'ai croisé le regard de Josh. Il était appuyé contre le mur, observant toute l'organisation. Il m'avait à peine quittée des yeux depuis que j'étais réveillée. Même maintenant, l'intensité désespérée de ses yeux sur moi suffit à faire bondir mon cœur de joie.

Je lui ai souri avant de lui demander :

– De quoi j'ai l'air ?

– Tu es splendide, a-t-il dit.

Ses yeux bleus pétillaient. Mon cœur s'est réchauffé. Un simple regard vers mon compagnon suffisait à ce que j'aille mieux. Nous étions passés tout près, tout près, de nous perdre. À cause de ce vampyre. Parce que Konstantin avait aspiré mon sang et possédé mon esprit, me rendant incapable de le combattre pendant des jours.

Des larmes ont menacé, mais j'ai cligné des yeux pour les chasser. Je ne pouvais pas me permettre de montrer de la faiblesse.

– Je veux qu'on vise l'équilibre absolu, ai-je affirmé en regardant Monica. Je veux susciter… de la sympathie, vous savez, pour tout ce que j'ai traversé. Mais aussi de la force.

Josh a froncé les sourcils en m'écoutant. Je savais qu'il pensait que donner cette interview était un peu prématuré.

Tu ne comprends pas, chéri. J'ai failli mourir. Je ne vais pas laisser une occasion comme celle-ci s'envoler.

Tous ces événements avec Konstantin avaient été un cauchemar absolu… Mais j'allais me forcer à transformer tout cela en quelque chose de profitable pour moi.

Monica m'avait briefée sur ce que je devais dire pendant l'interview. Cela allait couper le souffle à tout le monde. Et me propulser vers la célébrité. Même si cela signifiait laisser des gens derrière moi…

Monica

– Vous allez être merveilleuse, ai-je rassuré Michelle quand les caméras étaient sur le point de tourner. Excusez-moi un instant.

Je suis sortie dans le couloir pour défaire mon chignon et le reformer en plus serré, pour la millionième fois. J'ai observé Michelle qui apportait les dernières touches à ses cheveux pendant que l'équipe finissait d'installer le matériel.

J'avais du mal à y croire. Une interview exclusive en tête à tête avec la compagne du Bêta. C'était l'opportunité parfaite. Après quatre années passées aux *Nouvelles de la Meute*, j'y étais enfin. Je pouvais le voir à présent. Monica Birch : top reporter de la meute de la côte Est. Et si Aiden Norwood ou sa rouquine essayaient de se mettre en travers de mon chemin, je les écraserais.

J'ai jeté un œil à la compagne du Bêta sur son lit d'hôpital. Elle était tellement désespérée d'obtenir de l'attention. D'être aimée. C'était pathétique. Mais j'avais l'intuition que Michelle Daniels était la personne dont je devais me rapprocher en ce moment.

Et je suivais toujours mes intuitions.

ÉPISODE 6

POUR LE BIEN DE TOUS

Sienna

Samedi matin, Aiden était debout et sorti dès sept heures du matin. Les responsabilités qui incombaient à un Alpha n'en finissaient pas. Mais savoir que son travail était nécessaire ne rendait pas son absence plus facile.

Honnêtement, je ne savais pas quoi faire de moi. Hier, peindre n'avait pas fonctionné. Contacter mes proches non plus, même si je savais que je ne devais pas abandonner. Appeler ma mère ou mon père ou essayer de joindre Selena ou Mia à nouveau. Tout sauf rester dans cette chambre d'hôtel, à devenir folle.

Finalement, je me suis servi une tasse de café et j'ai vérifié mon téléphone où j'ai trouvé une série de notifications.

Sir Fredsalot @allottaavocados
Cette interview de #MichelleDaiels est ouf !

Marco Lupo @LupoActor
#MichelleDaniels est trop #sexy j'adore la voir raconter son histoire !

Une interview ?

J'ai scrollé pour chercher un indice qui m'aiderait à comprendre ce qui se passait.

Curtis Paul @CurtisNouvellesdelaMeute
Ne ratez pas l'interview exclusive pour *Les Nouvelles de la Meute* de #MichelleDaniels, la compagne du Bêta de la côte Est ! Elle est sortie du coma et raconte la vérité sans fard. Ce qu'elle a à révéler va vous choquer !

J'ai cliqué sur le lien. La vidéo a débuté.

Michelle était assise dans son lit d'hôpital, l'air fraîche et apprêtée. Sa blouse d'hôpital était étonnamment bien taillée. Mais rien ne pouvait dissimuler la pâleur de son visage ni le fait qu'elle se mordait nerveusement la lèvre.

Comment était-il possible que la presse ait été autorisée à la voir si vite ?

– Racontez-nous. Comment vous êtes-vous retrouvée plongée dans le coma ? demandait Monica Birch, la reporter. Qui est cette personne dont nous n'avons pas cessé d'entendre parler depuis le bal de Yule ?

– Konstantin ? a répondu Michelle.

Monica a hoché la tête.

– Quel rôle a-t-il joué ?

Un muscle a tressauté sur la joue de Michelle, mais elle a souri à Monica.

– Konstantin était… est…

– Un vampyre, l'a interrompue Monica. Qui s'est infiltré au cœur de la meute.

Ses sourcils se sont soulevés en signe de surprise avant qu'elle ajoute :

– Comment cela est-il possible ?

Michelle a souri maladroitement à la caméra. Elle a regardé Monica qui l'a encouragée d'un signe de tête.

– De nombreuses personnes blâment l'Alpha Norwood d'avoir laissé ce Konstantin commettre autant de dégâts, a dit Michelle. Mais ce n'est pas juste, et ce n'est pas la vérité.

Mon cœur s'est réchauffé en l'entendant prendre la défense d'Aiden.

– Et pourquoi cela ? a demandé une Monica pressante.

Michelle a marqué une longue pause avant de dire d'une voix calme :

– Parce que c'est la faute de sa compagne, de Sienna.

J'ai cligné des yeux.

– Sienna Norwood ? s'est exclamée Monica d'un ton exagérément choqué.

– C'est bien cela, a dit Michelle. C'est après elle que Konstantin en avait vraiment. Quelque chose à voir avec ses parents biologiques, que personne n'a jamais vus, en tout cas, c'est ce qu'on m'a dit…

Elle a baissé les yeux et s'est mise à jouer avec ses cheveux.

J'étais sûre et certaine de n'avoir jamais révélé cette information à Michelle. Il n'y avait qu'un seul moyen pour elle de l'avoir su…

– Konstantin, a continué Michelle. Il l'a traquée – et c'est comme ça qu'il a fini par m'attaquer. J'étais au mauvais endroit au mauvais moment et je suis devenue un dommage collatéral de leurs problèmes.

J'ai continué à regarder, glacée.

Monica s'est penchée en avant.

– Et ce vampyre, il est toujours en liberté. Il représente toujours un danger, pour nous tous.

Était-ce une question ou une affirmation ?

La peur a traversé les yeux de Michelle. Puis elle a hoché la tête.

– C'est vrai. Je… j'imagine qu'il devrait y avoir une sorte d'alerte pour prévenir les gens de ne pas s'approcher de lui.

– Et l'Alpha Norwood n'a pas pris la peine de lancer une telle alerte, n'est-ce pas ? l'a encouragée Monica.

J'ai enfoncé mes ongles dans mes paumes de main.

Michelle a secoué la tête avec hésitation.

– Non, il ne l'a pas fait.

– Il semblerait qu'il tente de glisser ce scandale sous le tapis, au détriment de la sécurité de la population, a poursuivi la journaliste.

C'est un mensonge !

– Mais n'ayez pas peur, chers spectateurs, a déclaré Monica en s'adressant directement à la caméra.

Le cadre a changé pour exclure Michelle de l'image, mais avant cela, j'ai pu voir de la tristesse sur son visage. Comme je l'avais vue sur le visage d'Emily, lors de ma dernière visite avant qu'elle ne se suicide.

Mon ventre s'est noué de douleur en pensant à mon amie. À mes amies.

– L'émission de Monica Birch ne vous laissera pas tomber. Nous vous tiendrons au courant de la menace que représente ce dangereux vampyre et de ce que cela implique pour votre sécurité et celle de votre famille, a-t-elle affirmé d'un ton rassurant, tout en laissant planer l'ombre d'une menace.

Michelle

Plus tard dans l'après-midi, je me suis plongée dans un bain revigorant.

J'étais à la maison. C'était si bon d'être sortie de ce lit d'hôpital et d'être loin de ma famille. Josh était à la Maison de la Meute. C'était la première fois qu'il me quittait depuis…

Quand avais-je été seule pour la dernière fois ?

Konstantin avait été une présence constante dans mon esprit pendant si longtemps. Me contrôlant. Me manipulant. Me faisant manger des choses grasses.

J'ai pris une profonde inspiration et je me suis immergée un peu plus dans la mousse.

J'ai pris mon téléphone pour me distraire, et j'ai parcouru mes réseaux sociaux, m'abreuvant des commentaires des gens au sujet de mon interview.

C'était grandiose.

Patriot Nancy @ECPdweller
OMG #MichelleDaniels est fantastique JE PEUX PAS croire tout ce qui lui est arrivé et elle cherche quand même à nous protéger !
Alpha Etienne Tremblay @CanadaAlpha
Abasourdi d'apprendre ce qu'a enduré #MichelleDaniels. Elle a fait preuve de courage et de sagesse pendant cette interview. Je pense à vous pendant votre convalescence, Michelle.

C'était assez pour me donner un avant-goût de la célébrité.

Pourtant la culpabilité me rongeait les entrailles... Quand Monica m'avait parlé de l'interview, elle avait été claire sur le fait que le public avait besoin de blâmer quelqu'un. Et s'ils détestaient Sienna pendant un moment, ce n'était pas grave. Ils passeraient à autre chose. Sienna était celle qui attirait la lumière, après tout. Et, de toute façon, peut-être était-il temps que quelqu'un d'autre prenne sa place sous les projecteurs.

J'ai reposé mon téléphone et j'ai souri, j'avais tout le temps de me relaxer dans l'eau chaude et mousseuse.

Mes mains ont parcouru tout mon corps, quelques relents de Frénésie m'envoyant des petits chocs de plaisir. Ça m'a traversé l'esprit d'appeler Josh, mais depuis que j'étais réveillée, l'inquiétude dans ses yeux m'avait fait me sentir... Eh bien, cela me rappelait à quel point les choses avaient été horribles, et je ne voulais plus penser à cela.

Alors, à la place, j'ai fermé les yeux et j'ai pris du temps, juste pour moi. J'ai remué les bras et j'ai senti l'eau contre ma peau. Mes cuisses se frottaient l'une contre l'autre. Je me suis léché les lèvres, j'ai laissé mes mains parcourir ma poitrine. Caresser mes tétons. La Frénésie m'a réchauffée.

Au moment où mes doigts glissaient le long de mon ventre, la porte de la salle de bains s'est ouverte à la volée. Josh se tenait là, essoufflé, ses yeux affamés ont parcouru ma peau recouverte de mousse.

– Tu permets ? m'a-t-il demandé.

J'ai souri en me mordant la lèvre.

Josh avait été la première personne que j'avais vue en me réveillant. J'avais besoin de lui maintenant, plus que jamais. Il a plongé sa main dans le bain, trempant sa manche au passage, ses doigts se sont pressés contre mon sexe.

Me yeux ont rencontré les siens.

Il a glissé un doigt à l'intérieur de moi, sa paume a caressé le bouton sensible qui aspirait désespérément le contact. J'ai attrapé son bras et j'y ai planté mes ongles. Quand il a introduit un autre doigt, mes ongles sont devenus des griffes. Josh a commencé à faire bouger sa main, massant et poussant plus loin – les parois de mon vagin se sont raidies autour de lui. J'ai senti la chaleur monter. Je l'ai réprimée aussi longtemps que possible jusqu'à ce que je n'en puisse plus. J'ai balancé ma tête en arrière et j'ai laissé échapper un cri quand le plaisir s'est insinué dans chaque centimètre de mon corps.

Et enfin, pendant un moment bref mais intense, je me suis souvenue de ce que cela faisait d'être en vie.

Sienna

Le lendemain de l'interview de Michelle, j'ai décidé de retourner à la galerie. Je voulais donner une autre chance à la peinture. Mais une fois que j'y étais, je n'ai pu que fixer la toile et mélanger les couleurs sans parvenir à obtenir quoi que ce soit de convaincant.

J'ai traîné comme ça pendant quarante-cinq minutes, tapotant la toile, jusqu'à ce que l'appel des réseaux sociaux gagne la bataille, me distrayant de mon art et tirant mon moral vers le bas. Après avoir parcouru ce qui semblait être une infinité de posts négatifs, j'ai lâché un long soupir, rangé mon téléphone dans mon sac à main et j'ai quitté la galerie.

***

Quand il m'a vue, Aiden a levé les yeux de son bureau en souriant. J'ai levé le sac de nourriture grasse que j'avais achetée sur la route et j'ai dit :

– Tu as faim ?

– Une faim de loup ! a-t-il répondu.

J'ai regardé Aiden dévorer son burger, je mourais d'envie de lui raconter que je n'arrivais pas à peindre et combien je me sentais accablée. Je mordillais mon propre sandwich au poulet mais, ces derniers jours, je n'avais pas d'appétit.

– Alors, quoi de neuf ? ai-je demandé.

– C'est la folie, a-t-il finalement lâché. Comme j'ai été absent pendant six jours… les dossiers se sont empilés. C'est devenu l'Himalaya.

J'ai passé ma main sur sa cuisse.

– Ça a l'air stressant.

Je voulais tout lui dire sur mon état d'esprit, mais comparé à ce qu'il affrontait, mes problèmes semblaient triviaux. Ce n'est pas comme si nous nous attendions à d'autres attaques de vampyres, pas vrai ?

La simple pensée que Konstantin était toujours libre faisait accélérer mon cœur. Je pouvais le sentir battre de plus en plus fort.

Parle-lui ! Il comprendra !

Mais juste au moment où j'ouvrais la bouche pour me livrer, Felix est entré dans le bureau.

– Je suis désolé de vous interrompre, mon Alpha, a-t-il dit d'une voix pressée.

Aiden a levé ses sourcils.

– C'est à propos de Georgina Tate, a enchaîné Felix. Nous avons loué de grands vases chez elle pour le bal de Yule et ils ont tous été brisés, elle est ici et…

Il a baissé sa voix.

– Elle est un peu… bouleversée.

Aiden a grogné. Felix n'a pas cillé.

– Je suis désolé, Sienna, il va falloir que je m'occupe de ça, a annoncé Aiden en se levant.

– En fait, Aiden…

– Oui, a-t-il dit en se retournant.

J'ai commencé à parler, mais les mots ne sortaient pas.

– Non, rien. Ne t'en fais pas, ai-je finalement lâché.

Il savait que quelque chose n'allait pas. Je l'ai vu dans ses yeux.

– Tu en es certaine ?

– Bien sûr, ai-je dit aussi joyeusement que possible. Va faire tes trucs d'Alpha.

– OK, a-t-il répondu en me souriant chaleureusement.

Je me suis forcée à lui sourire en retour, il a quitté la pièce.

Mon compagnon était si occupé, comment pourrais-je en rajouter une couche avec quelque chose d'aussi ridicule que la peinture ? Pourtant, alors que je regagnais ma voiture, ma poitrine s'est serrée. Je ne pouvais pas parler à Aiden de ce qui se passait. Je ne pouvais parler à personne. Il était temps pour moi de grandir et d'arrêter de m'inquiéter de choses aussi peu importantes que la peinture. Il fallait que je devienne meilleure. Que je montre à tout le monde que je pouvais être plus que tout ce qu'ils pouvaient lire à mon sujet sur Internet. Que j'étais à la hauteur de mon Alpha.

Mais comment ?

Je me suis soudain sentie terriblement petite et seule.

ÉPISODE 7

LE SONNY

Aiden

Josh est arrivé à la Maison de la Meute autour de dix-sept heures pour faire un point avec moi.

– Comment se porte Michelle ? ai-je demandé, sachant qu'elle était rentrée chez elle aujourd'hui.

Mon Bêta avait un air idiot que je connaissais bien. Ma propre Frénésie frémissait dans mes veines, mais Sienna semblait si renfermée ces derniers temps que nous n'avions pas pu profiter de la saison comme nous le faisions d'habitude. J'étais quand même heureux pour Josh. Michelle et lui avaient dû affronter tellement de choses récemment. C'était le moins qu'on puisse dire. Le soulagement m'a envahi. Si Michelle allait assez bien pour entreprendre des activités… physiques, peut-être qu'elle allait bientôt complètement récupérer.

Une mort de moins sur ma conscience.

J'ai tendu à Josh une copie du brief rédigé par le Delta Nelson et je me suis rassis pendant qu'il le parcourait.

Josh a tourné une page, et a continué sa lecture.

Un appel est arrivé sur mon téléphone de bureau.

– Sayyid Hamdi sur la ligne 1, mon Alpha, a annoncé Felix.

J'ai lancé un regard appuyé à Josh, et j'ai pris l'appel en haut-parleur.

– Sayyid, ai-je dit.

– Nous avons reçu une info concernant un chasseur de vampyres qui a peut-être croisé Konstantin, a-t-il déclaré sans préambule.

– Un chasseur de vampyres, ai-je répété. Un chasseur de Divins ?

Mon cœur s'est emballé.

Les chasseurs de Divins détestaient les loups-garous et étaient généralement considérés comme des organisations terroristes.

– Non, mais il est humain, a répondu Sayyid. Il s'appelle Bobby Turner, c'est un Blanc, 57 ans. Pas de précédents avec les loups-garous, il s'en prend juste aux vamps. Il en aurait tué au moins deux.

– D'accord, ai-je dit.

Les vampyres étaient très rares. Et généralement plutôt coriaces, même si la plupart n'arrivaient pas à la cheville de Konstantin. En tant qu'humain – d'un âge proche de la retraite –, ce chasseur devait savoir ce qu'il faisait.

Sayyid a continué :

– La dernière fois où il a été aperçu, c'est dans un bar de motards près de Crescent Grove.

Il y a eu un bruit de froissement de pages.

– Le Sonny.

Jocelyn

– C'est super de te voir debout à nouveau, Jocelyn, s'est exclamée Sharon Lowell quand je suis entrée dans la salle des guérisseurs.

J'étais tout juste capable de me tenir debout. Avoir été clouée au lit pendant aussi longtemps avait été plus épuisant que je l'aurais imaginé.

J'ai refermé la porte, et Sharon m'a indiqué la table d'examen.

– Je t'en prie, assieds-toi.

J'ai joué avec le bracelet autour de mon poignet.

– Tu tiens beaucoup à cette breloque, m'a-t-elle dit.

J'ai hoché la tête.

– Ma mère me l'a offert quand j'ai été acceptée comme guérisseuse de la meute. Elle m'a dit qu'il m'apporterait toujours de la force.

La guérisseuse Lowell a hoché la tête, son expression est devenue sérieuse.

– Et tu vas en avoir besoin maintenant, Jocelyn.

Mon sang s'est glacé.

– Qu'est-ce que tu veux dire ?

– C'est un miracle que nous ayons réussi à te réanimer après ta performance de l'autre jour.

J'ai plongé mes yeux dans les siens.

– Comment va Michelle ?

– Elle se remet, m'a assuré Sharon en levant les sourcils. Grâce à ton geste fou. Tu as eu beaucoup, beaucoup, de chance, Jocelyn. Tu as survécu. Ton esprit est toujours intact. Je ne crois pas avoir jamais vu quelqu'un se sortir de ce rituel aussi bien que toi.

– Il y a un « mais », j'imagine ?

– Ce que tu as fait était contre-nature, Jocelyn, a affirmé Sharon. Si Michelle ne pouvait pas être sauvée à ce moment-là par des moyens approuvés par les guérisseurs, alors c'était son moment de partir.

J'ai secoué la tête. Je ne pouvais pas accepter ça.

– Ce n'est pas notre droit de prolonger la vie au-delà de son cours naturel. Jocelyn, ce que tu as fait… malgré ta résilience, les conséquences sont graves.

J'ai à nouveau affronté son regard.

– Qu'est-ce que tu veux dire ?

– Je suis désolée de devoir te l'annoncer, mais tu t'es épuisée.

Un afflux de peur m'a traversée.

– Je ne comprends pas.

Sharon a joint les mains, comme si elle priait.

– Je ne détecte plus aucune étincelle de pouvoir de guérison en toi, Jocelyn. Tout est parti.

J'ai pris une respiration profonde.

Je connaissais les risques. J'en accepterai les conséquences.

Néanmoins, un sanglot étranglé a quitté ma bouche quand la guérisseuse a repris la parole.

– Et j'ai bien peur que cette perte soit définitive.

Josh

Le Sonny. Je connaissais cet endroit, même un peu trop bien.

C'était un des rades favoris de mon père. C'était l'endroit où nous savions qu'il était quand il ne rentrait pas du boulot. À s'encanailler avec des humains. Ignorant sa famille.

Sale merde.

J'ai hoché la tête et j'ai laissé Aiden terminer sa conversation avec Sayyid. Je me suis rendu directement à mon 4x4. Mes mains tremblaient de froid pendant que je fouillais la boîte à gants en quête de ma flasque avant d'en avaler une grande gorgée.

Le moment que j'avais partagé plus tôt dans la journée avec Michelle dans son bain… ça avait été génial. Et je savais qu'elle était ravie de la réaction des gens à son interview. Mais derrière tout cela, elle n'allait pas bien. Je le savais… le *sentais*. C'était ma compagne, après tout. Elle avait accepté de donner cette interview par peur. J'aurais voulu m'y opposer, mais je n'avais rien trouvé à dire. Parce que c'est moi qui l'avais laissée tomber.

Michelle se donnait du mal pour prouver à tout le monde, et surtout à elle, qu'elle allait très bien. Mais elle était effrayée. Je le sentais. Ça bouillonnait juste sous la surface, prêt à exploser.

Je souhaitais, plus que tout, qu'elle se sente à nouveau en sécurité.

Alors va la retrouver. Tiens-la dans tes bras. Profite de la Frénésie. Aide-la à guérir.

Mais j'en étais incapable. Je ne pouvais pas rester là, les bras ballants, et faire comme si tout allait bien dans le meilleur des mondes.

Konstantin était toujours là, quelque part. Et tant que ce monstrueux vampyre serait en vie, Michelle n'irait jamais bien. Il n'y avait qu'une chose à faire. Détruire Konstantin. Le faire payer. Faire en sorte qu'il ne puisse plus jamais faire souffrir personne.

En avalant encore une gorgée de whisky, j'ai fait démarrer mon Bronco.

Je bois trop…

Mais l'alcool m'offrait une chaleur réconfortante.

J'ai appuyé sur l'accélérateur. J'ai repris une nouvelle gorgée en roulant vers le centre-ville.

Est-ce que je dois attendre Aiden ?

Peut-être. Mais en même temps, je voulais des réponses, et je les voulais *maintenant*. De plus, je n'avais pas oublié quel rôle avait tenu l'Alpha dans tout cela. La façon dont il avait défendu ce suceur de sang… J'avais besoin de chaque once de mon sang-froid pour ne pas m'énerver.

J'ai laissé échapper un soupir.

Mieux valait ne pas me reposer sur Aiden à nouveau. Je ne pouvais compter sur personne d'autre que moi.

J'ai tourné dans le quartier de Crescent Grove. Des boutiques aux façades fatiguées cédaient la place à des grands bâtiments rectangulaires couverts de graffitis. En tant que Bêta, ce coin m'était familier. C'était un haut lieu du crime et de la violence.

Le Sonny était le seul bar à trois blocs à la ronde. La rangée de motos garées devant le rendait facilement repérable. En veillant à bien verrouiller ma voiture, je me suis dirigé d'un pas détendu vers la porte du Sonny, tout en prenant le temps de terminer une seconde flasque.

Une odeur âcre d'alcool fermenté flottait dans l'air comme une sorte de brume. Ça puait la déchéance et les promesses brisées. Mais aussi les perspectives. C'était un endroit où obtenir des réponses – si on savait poser les bonnes questions.

L'intérieur du bar semblait tout droit sorti d'une scène d'un film des années 70. Mal éclairé. Des néons en forme de logo des marques de bière sur les murs. Une table de billard défraîchie avec un tapis rouge ayant connu des jours meilleurs.

Les types, qui ont interrompu ce qu'ils faisaient quand je suis entré, avaient tous la même allure : beaucoup de barbes et de tatouages. Des humains, tous autant qu'ils étaient.

J'ai serré les lèvres en observant la salle. Un de ces connards savait des choses sur Konstantin. Peut-être même que l'un d'eux l'avait chassé. Ou peut-être pas. Mais quoi qu'il en soit, il l'avait croisé – et lui et le vampyre avaient survécu. Et cela suffisait à rendre Bobby Turner méfiant, selon moi.

– Je suis Joshua Daniels, Bêta de la meute de la côte Est, ai-je annoncé à la cantonade. Il faut que je parle à Bobby Turner. S'il s'avance gentiment, vous pourrez tous retourner à vos activités habituelles.

Mes yeux ont parcouru l'assemblée, qui n'a pas bougé d'un cil. Il fallait se montrer dominant dans un endroit pareil.

– Bobby n'est pas disponible, a répondu un grand mec dégingandé, appuyé sur sa queue de billard.

J'ai essayé de l'apercevoir à travers la foule qui nous séparait.

– Tu connais Bobby Turner ?

Il m'a jeté un regard de dédain. Et un certain manque de respect. Comme s'il n'était pas du tout effrayé. Est-ce que ce loser pensait vraiment que je n'étais pas capable de le démembrer morceau par morceau ?

– Je te l'ai dit, Bobby n'est pas dispo. Alors pourquoi tu n'irais pas te faire foutre ?

L'homme s'est approché et a pressé le bout de sa queue de billard sur mon torse. J'ai serré les poings.

OK, si c'est comme ça que tu veux le jouer…

Aiden

En me garant devant le Sonny, j'ai entendu des cris et des bruits de verre brisé. Je n'avais aucune envie d'être ici, maintenant, j'avais passé trop peu de temps avec Sienna ces derniers jours, mais Josh était parti sans moi et je ne faisais que le rattraper.

Tout en maudissant le manque de sang-froid de mon Bêta, je suis descendu de ma nouvelle BMW au moment où un homme volait à travers la devanture vitrée du bar.

Putain, Josh…

Seul un loup-garou avait la force de balancer un homme comme ça. Et pas n'importe quel loup. La victime a titubé vers une des motos et un autre gars, avec une barbe broussailleuse, l'a rejoint. Ensemble, ils ont démarré à toute vitesse. Je les ai suivis des yeux jusqu'à ce qu'ils disparaissent. Puis un bruit de bouteilles cassées a attiré de nouveau mon attention vers le bar. Quand j'ai jeté un œil à l'intérieur, j'ai repéré Josh qui se battait contre deux colosses humains. Il se servait d'une queue de billard comme d'une batte.

Oh Seigneur…

Avec un soupir, j'ai plongé dans la mêlée, déchirant le costume que je portais en me transformant. J'ai laissé échapper un grognement. Josh m'a remarqué et s'est transformé en loup à la fourrure pâle et dorée, déchirant son jean et son tee-shirt.

Quelques claquements de ma mâchoire plus tard et les hommes du bar baissaient les bras, levant les mains en grommelant. Je me suis retransformé, sans faire un geste pour dissimuler ma nudité.

– Lequel d'entre vous est Bobby Turner ? ai-je demandé.

– Raul et lui viennent de se tirer, a grogné un mec chauve, couvert de tatouages de têtes de mort.

J'ai entendu le cri de rage de Josh et j'ai grimacé de colère. Mon Bêta venait de nous faire perdre notre meilleure piste. Les deux hommes qui avaient déguerpi sur leurs motos…

ÉPISODE 8

SI TU VEUX QUE LES CHOSES SOIENT BIEN FAITES…

Aiden

– Merde ! ai-je sifflé en jetant un regard noir à Josh.

Il était debout, nu, et me dévisageait de la même manière.

– Je gérais très bien tout seul, a-t-il prétendu en grinçant des dents.

– Pas cette fois, ai-je lâché en sortant du bar.

Josh m'a suivi. Je suis allé prendre une tenue de rechange dans le coffre de ma voiture.

– Ils mentent, c'est sûr, a dit Josh alors que je lui lançais une chemise. Bobby Turner est certainement toujours à l'intérieur. Ils ont refusé de coopérer dès que j'ai débarqué.

– Vraiment ? ai-je dit. Et tu penses que c'est dû à quoi ?

Josh a fait une grimace.

– Les humains devraient savoir qu'il ne faut pas chercher des noises au Bêta de la putain de meute.

Et mon Bêta devrait arrêter d'agir comme un chiot arrogant. J'ai de plus gros problèmes à gérer que son ego.

J'ai ravalé ma colère et l'ai poussé pour retourner dans le bar.

Une femme tout en cuir avec les cheveux peroxydés me dévisageait depuis une table. J'ai pris un petit moment pour imaginer de quoi Sienna aurait l'air sans rien d'autre sur elle qu'une veste de moto.

Ma Frénésie pesait sur mon entrejambe et je me suis forcé à chasser cette image. J'avais une mission à mener.

En m'approchant du barman chauve, j'ai levé un billet de cinquante dans sa direction.

– Tu sais où je pourrais trouver Bobby Turner ?

Le barman a fait une grimace en regardant mon argent et a agité la main vers le billard.

– Parle à Têtedeclef, a-t-il dit, c'est le type avec la veste en cuir rouge.

Josh sur les talons, j'ai traversé le bar.

L'homme à la veste de cuir rouge avait une barbe de dix centimètres de long. Ses cheveux bruns étaient filasse et semblaient pousser par touffes. Il tenait un verre de whisky quasi vide.

– Têtedeclef? me suis-je enquis.

– En chair et en os, a-t-il répondu, révélant un énorme trou entre ses deux dents de devant.

– Qu'est-ce que tu sais sur Bobby Turner ? Il chassait un vampyre du nom de Konstantin.

Têtedeclef a grimacé comme s'il venait de sucer un citron.

– Il lui a donné du fil à retordre à Bobby, ce Konstantin.

– Comment ça ?

– La femme de Bobby est morte il y a quelque temps. Ce fichu vamp la lui a fait voir comme si elle était vivante et en bonne santé, et après il lui a fait voir d'autres choses, mais Bobby n'a pas voulu en parler.

J'ai grimacé. Têtedeclef m'a lancé un regard intrigué.

– Ce vamp mérite de mourir, a-t-il finalement lâché, l'air sombre. Et pour Bobby, tout ce que j'sais, c'est qu'il a dit qu'il partait vers l'ouest.

– L'ouest, ai-je répété.

Super précis…

Têtedeclef a haussé les épaules, clairement pas prêt à s'épancher davantage.

– Merci pour ton aide, ai-je dit avec sarcasme en réprimant l'envie de sortir mes griffes.

Je suis sorti non sans avoir jeté un regard furieux à Josh.

Sienna

Aiden est rentré à la maison le regard noir. J'ai donc décidé de ne pas l'accabler avec mes problèmes. Au lieu de ça, nous avons regardé un film au lit, blottis dans les bras l'un de l'autre.

Le matin suivant, il est parti dès sept heures, un thermos de café à la main.

Notre maison me manquait. Cette chambre d'hôtel était luxueuse avec un papier peint récent et élégant et des meubles confortables, mais elle était sans vie. Alors quand j'ai entendu un coup contre la porte, j'étais ravie.

C'était Michelle.

J'ai reculé d'un pas en le voyant, me souvenant des propos qu'elle avait tenus dans l'émission de Monica Birch. Elle a dû le voir à mon expression parce qu'elle est devenue rouge écarlate.

– Hé, j'espère que tu n'es pas trop fâchée par rapport à…

La vérité était que j'avais été incroyablement blessée que Michelle m'ait utilisée comme bouc émissaire à la télévision, mais j'ai essayé de passer outre. Mon amie était pratiquement revenue d'entre les morts. Je pouvais la laisser respirer un peu, en tout cas pour l'instant.

J'ai pris une profonde inspiration et, tout en secouant la tête, j'ai menti :

– Non. Tu ne faisais que dire la vérité.

Mais c'était quand même nul.

Michelle a sorti un blush de son sac à main et s'est repoudrée. Il m'a semblé avoir vu ses mains trembler, mais c'était peut-être juste mon imagination parce qu'une seconde plus tard elle a fermé son maquillage et m'a regardée de ses yeux noisette pétillants.

– Très bien, a-t-elle dit, parce que j'ai des nouvelles.

Elle a tourné la tête vers la porte ouverte.

– Vous pouvez venir, maintenant !

Elle avait invité quelqu'un ?

Avant d'avoir pu comprendre la situation, Monica Birch a déboulé dans ma chambre d'hôtel.

Je n'en revenais pas.

– Bonjour, Madame Mercer-Norwood, a-t-elle déclaré.

Son sourire était si étincelant ! Impossible qu'il soit naturel.

– Qu'est-ce qui se passe ? ai-je demandé.

– OK, avant que tu dises *quoi que ce soit*, écoute-nous, a dit Michelle très rapidement.

J'ai soupiré, mais je n'avais pas vraiment le choix.

– Asseyez-vous, je vous en prie.

J'ai fait un geste pour désigner les sièges autour de la table basse. Michelle et Monica se sont installées et je les ai imitées. Monica a pincé ses lèvres, avant de croiser les mains et de me regarder par-dessus ses ongles méticuleusement manucurés.

J'ai penché la tête.

– Eh bien ? Pourquoi tant de suspense ?

– J'ai décidé, a commencé Michelle en rejetant ses cheveux bouclés sur son épaule, de bosser sur une émission de téléréalité qu'elle m'a proposée.

– Une émission de téléréalité ? ai-je répété, mon regard passant de l'une à l'autre, totalement incrédule.

Elles ont souri en chœur devant ma réaction. Depuis quand étaient-elles si proches ?

– C'est bien ça, a renchéri Monica. « Les vraies compagnes de la meute de la côte Est ».

En clignant des yeux, j'ai dit :

– Je vois.

– C'est… c'est tout ce que j'ai toujours voulu, Sienna, a déclaré Michelle et, pendant un moment, j'ai aperçu de la vulnérabilité dans ses yeux.

Quelle idée terrible! Michelle était beaucoup trop fragile pour ça. En avait-elle discuté avec Josh? Je ne pouvais pas croire qu'il avait donné son accord… En même temps, il était très occupé ces jours-ci.

–Après le succès retentissant de son interview, a dit Monica en souriant à Michelle, j'ai eu envie de me pencher de plus près sur les compagnes des membres notre conseil.

–Et j'en serais la star! Monica a dit que je passais très naturellement à l'écran! l'a interrompue Michelle.

–Eh bien, si Sienna accepte, vous en seriez les stars à parts égales! a affirmé Monica. Ce qui est encore mieux!

–Oui, on ferait ça ensemble!

Mais le sourire de Michelle s'était estompé, la jalousie s'est immiscée dans son expression.

Trop de choses s'étaient passées ces deux dernières minutes. J'étais complètement abasourdie. Comment Michelle pouvait-elle raisonnablement penser que c'était une bonne idée? Elle avait besoin de se reposer et de récupérer après tout ce qu'elle avait subi, pas de faire la belle pour une émission de télé.

–Euh… Michelle, est-ce que tu as bien réfléchi? ai-je demandé.

–Je t'avais prévenue que Sienna serait réticente, a murmuré Monica à l'intention de Michelle. Mais on ne peut vraiment pas faire l'émission sans elle.

Michelle ne devait pas la faire du tout. Quelque chose me semblait clocher dans tout cela.

–S'il te plaît, Si? a plaidé Michelle. C'est pas comme si on envisageait de t'arracher les ongles, non plus.

–Mais je suis bien trop occupée. J'ai beaucoup de responsabilités à la Maison de la Meute.

–On promet de ne pas gêner, pas le moins du monde. Et puis, il y a tout un tas d'avantages: des maquilleuses, le courrier des fans…

–… les lettres de menaces, ai-je ajouté.

–Mais non! Bien sûr que non! a réfuté Monica en agitant la main.

Michelle gigotait, visiblement mal à l'aise, mais elle semblait décidée. Je me suis à nouveau demandé à quel point elle avait vraiment envie de faire ça et combien Monica jouait sur son désir d'être le centre de l'attention.

– Écoute, j'ai bien *dit* à Monica que tu refuserais, a affirmé Michelle, la voix teintée de déception. Je l'ai prévenue que moi, je ferais tout ce qu'elle demande, mais toi…

Elle a pouffé et a sorti son poudrier à nouveau pour retoucher son maquillage. C'était comme si elle tenait un petit bouclier, prêt à repousser mon refus de coopérer.

Je voulais vraiment, mais vraiment, dire non. Mais je l'ai observée pendant qu'elle se pomponnait. J'ai vu que c'était un masque pour cacher son désespoir. Il disait : « Je suis normale. Je suis belle. Je suis en bonne santé » et aussi : « Konstantin ne m'a laissé aucune cicatrice. »

Aucune cicatrice *visible*.

Oh, Michelle.

Elle était si déterminée à ne montrer à personne à quel point elle était blessée… et elle s'apprêtait à exposer tout ça à la télé. Quelqu'un devait la protéger. Et Josh et Aiden étaient trop occupés à trouver Konstantin.

J'avais laissé tomber Emily, je n'avais pas été là quand elle en avait eu besoin. Je ne pouvais pas recommencer avec Michelle.

– Est-ce que c'est vraiment ce que tu veux ? lui ai-je demandé à nouveau.

– Plus que tout, Sienna. Je t'en prie ! a-t-elle dit, et sa demande s'est transformée en supplique.

J'ai soupiré. Si Michelle était déterminée à le faire, il fallait que je la suive. Il fallait que je trouve un moyen de me racheter pour tout ce que je lui avais fait vivre.

– Je vais le faire, ai-je lâché avant de changer d'avis.

Michelle s'est tournée vers moi, les yeux écarquillés.

– *Vraiment ?*

– Vraiment ? a répété Monica dont la surprise était totale.

J'ai hoché la tête.

– Oui, ai-je confirmé en essayant de paraître convaincante.

– J'y crois pas, a dit Michelle, sincèrement touchée. Merci, Sienna. De tout mon cœur. Je… j'en avais vraiment besoin.

– Je ne te décevrai pas, ai-je promis, tout en souhaitant me sentir plus excitée à cette idée.

– C'est génial ! Tu ne vas pas le regretter ! s'est exclamée Monica.

Elle a commencé à parler de contrats et d'emplois du temps. J'ai essayé d'écouter, mais je ne pouvais pas m'empêcher de penser qu'elle m'avait tendu le piège parfait pour que je tombe dedans.

Et je n'avais aucune idée de ce à quoi je devais m'attendre.

Aiden

– Sayyid sur la ligne 2, a dit Felix.

J'ai pris l'appel, m'enfonçant dans mon fauteuil.

– Sayyid. Du nouveau dans la traque de Konstantin ?

– En fait, oui, mon Alpha. On s'est redirigés vers le nord-ouest comme vous nous l'aviez indiqué et on est tombés sur quelque chose.

Le stylo que je tripotais s'est immobilisé.

– Dis-moi.

– Robert Turner a été filmé à un distributeur d'argent à Columbus, dans l'Ohio. Quels sont les ordres ?

– Prends le prochain avion pour Columbus. Je te rejoins là-bas.

– Oui, mon Alpha.

J'ai raccroché.

Maintenant, la question était de savoir si je devais, oui ou non, partager cette info avec Josh. Il était mon Bêta. La sécurité de la meute, l'application de la loi sur l'intégralité du territoire, c'était clairement sa responsabilité. Et puis, si je le laissais gérer ça, je pourrais rester ici à Mahiganote et m'occuper de Sienna.

La nuit dernière, elle s'était encore réveillée en hurlant de terreur, et il avait fallu plus d'une heure pour qu'elle se relaxe et se rendorme. Mais la seule façon de détruire les cauchemars de Sienna, c'était d'éliminer la menace que représentait ce vampyre. Et après la façon dont Josh avait tout foutu en l'air chez Sonny… Je ne lui en voulais pas. Ou plutôt… j'essayais de ne pas le lui reprocher. Il était toujours bouleversé par ce qui était arrivé à Michelle. Bien sûr, il était soulagé – et allait beaucoup mieux physiquement –, mais j'avais senti l'alcool dans son haleine.

Il avait besoin de plus de temps pour se remettre.

Et en fin de compte, le vieil adage disait vrai… Si on veut que quelque chose soit bien fait, autant le faire soi-même.

ÉPISODE 9
LES COULISSES D'UNE ÉMISSION

Aiden : Hey Taches-de-rousseur.
Sienna : Hey.
Aiden : Je suis vraiment désolé, je vais devoir reporter notre brunch. Je dois me rendre en Ohio.
Sienna : Quoi ?
Sienna : En OHIO ???
Aiden : J'ai une piste sur Konstantin.
Sienna : ...
Aiden : Tu veux venir me regarder préparer ma valise ?
Sienna : Je te retrouve à l'hôtel.

Aiden

Quand je suis arrivé dans notre chambre, Sienna était assise dans un fauteuil, elle regardait distraitement par la fenêtre. Elle avait l'air si fatiguée et pâle, mon cœur s'est serré d'inquiétude. Je lui ai caressé la joue.

– Hé, tout va bien ?

– Oui, oui, a-t-elle répondu en haussant les épaules. Je suis juste préoccupée parce que tu pars chasser Konstantin.

J'ai pris ses mains dans les miennes.

– Il ne faut pas te faire de souci. J'aurai mon équipe de chasseurs avec moi. Je vais prendre toutes les précautions nécessaires.

– Il est tellement dangereux, Aiden. Il a tué mes parents… la compagne d'Aaron. Il va peut-être essayer de te tuer aussi.

J'ai tourné son menton vers moi pour pouvoir la regarder dans les yeux.

– Cela n'arrivera pas, Sienna.

– Je ne veux pas que tu y ailles, a-t-elle soufflé.

– Je sais, ai-je répondu.

Je me suis penché et j'ai déposé un baiser sur son front.

– Mais tu sais aussi bien que moi qu'il faut qu'il soit éliminé.

En lui serrant la main, je me suis levé et j'ai commencé à rassembler quelques affaires.

– Je suis désolé, Sienna, ai-je ajouté avec sincérité. J'aimerais ne pas avoir à y aller. Et je vais probablement être parti pour un moment, sauf si on a une chance de folie…

Sienna a poussé un soupir.

– Au moins, Michelle sera là pour m'occuper l'esprit…

– Ah oui ?

– Oui… a dit Sienna en regardant à nouveau par la fenêtre. Elle m'a impliquée dans un projet de téléréalité. « Les vraies compagnes de la meute de la côte Est ». Elle est aux anges à cette idée, bien sûr.

Mais d'où ça sortait ?

– Ça ne te ressemble pas vraiment, ai-je répondu en souriant.

– C'est vrai. Mais elle est déterminée à le faire, et je ne pense pas qu'elle doit faire ça seule. Elle est si fragile en ce moment.

Elle n'est pas la seule.

– Tu es sûre que c'est une bonne idée ? Je peux faire annuler le projet, tu sais ?

Sienna m'a fait un petit sourire.

–Et décevoir Michelle et sa foule d'admirateurs ? Je pense qu'elle tenterait un coup d'État…

Toujours peu convaincu, j'ai haussé les sourcils. Sienna a agité la main.

–Je suis sûre que ce ne sera rien. C'est juste cette Monica qui va nous suivre pendant qu'on fait du shopping. Ce sera peut-être même drôle.

–Si tu le dis… En tout cas, sens-toi libre de faire chauffer la carte de la Maison de la Meute.

Sienna m'a lancé un regard faussement outragé.

–Jamais je ne *détournerais* des fonds, Alpha Norwood !

–OK, ai-je concédé. Il faudra te contenter de nos cartes de crédit, alors.

Son visage s'est illuminé.

–Peut-être que je vais me laisser tenter.

–Tu devrais. Dégote-toi une de ces tenues sexy et quand tout ce bazar à Columbus sera réglé, je nous organiserai une sortie en ville, ça te va ?

Elle s'est levée et s'est approchée de moi, entourant mon cou de ses bras.

–Ça me semble formidable.

Quand elle m'a embrassé, mon envie de faire ma valise s'est évaporée. La douce sensation de ses lèvres sur les miennes a réveillé ma Frénésie. J'ai senti la tension quitter ses épaules et son dos.

Mon vol pour l'Ohio m'a semblé soudain sans importance. Columbus pouvait attendre quelques minutes de plus pendant que je passais du temps avec ma compagne.

Doucement, je l'ai guidée vers le lit.

Sienna

Aiden m'a déshabillée doucement, en embrassant chaque centimètre de peau qu'il découvrait. J'ai laissé courir mes doigts dans ses cheveux soyeux, fermant les yeux pour chasser tous mes soucis, juste pour l'instant.

Alors qu'il retirait mon jean et mes sous-vêtements, il a déposé un baiser sur mon mont de Vénus, envoyant des frissons dans tout mon corps. D'un geste doux, il a glissé ses mains entre mes jambes nues et a écarté mes cuisses. Sa langue a trouvé son chemin en moi, chaude et déterminée. J'ai gémi et arqué le dos, mes doigts ont plongé dans ses cheveux.

– Aiden, ai-je murmuré, le souffle court.

Il me caressait et sa langue me taquinait et éveillait mon plaisir. Mon cerveau s'est vidé alors que les sensations s'emparaient de moi, aiguisées par ma Frénésie brûlante. Mon corps suppliait d'être soulagé. Sa langue s'est glissée à l'intérieur de moi, trouvant l'endroit exact où me satisfaire encore et encore et m'envoyant au bord de l'orgasme. J'y ai cédé, en criant. Les mains d'Aiden se sont refermées sur mes hanches.

Un moment plus tard, c'était fini, et je me suis glissée dans ses bras, savourant un dernier moment d'amour avec mon compagnon avant qu'il parte.

***

Michelle : Hé, Si.
Michelle : T'es occupée ?
Sienna : Pas vraiment qu'est-ce qu'il y a ?
Michelle : Je pense qu'on devrait se voir pour parler de l'émission.
Michelle : Tu as déjeuné ?
Sienna : Non pas encore.
Sienna : Où veux-tu qu'on se retrouve ? Winston's ?
Michelle : Pourquoi pas le country-club ?
Sienna : ...
Sienna : Ok.
Michelle : Sois-là dans quinze minutes.

J'ai observé mon téléphone un moment de plus et j'ai soupiré. Une partie de moi souhaitait que Michelle trouve un autre moyen pour gérer son trauma. Mais elle était mon amie et je devais être là pour elle.

Après une douche rapide, j'ai essayé de me donner de l'énergie.

Ce ne sera peut-être pas si terrible. Je peux essayer de renvoyer toute la lumière sur Michelle. Elle adorera ça.

J'ai souri, espérant que mes prédictions deviendraient réelles et que tout ceci ne serait pas un immense cauchemar.

Aiden

Mon téléphone a vibré juste au moment où mon chauffeur se garait à l'aéroport. C'était Sayyid au bout du fil.

– Il va falloir que vous changiez d'itinéraire de vol, a-t-il dit de sa manière abrupte si caractéristique.

– Et pourquoi cela ? ai-je demandé.

– On a reçu des images de Turner grillant un feu rouge à Chicago il y a 45 minutes.

– Je vois.

Je me suis arrangé pour rejoindre Sayyid et le reste de son équipe à l'aéroport d'O'Hare. En sortant de la voiture, j'ai fait signe à Bertrand, le pilote du jet privé de la meute de la côte Est.

– Changement de plan, Capitaine. Nous allons finalement à Chicago, la « Windy City[1] ».

Je me suis affalé dans mon siège avec un soupir. Cette chasse m'entraînait de plus en plus loin d'où je me devais d'être véritablement. C'est-à-dire à la maison, avec Sienna, avant qu'elle ne se brise sous le poids de sa propre culpabilité.

Michelle

Je me suis faufilée dans le country-club de Mahiganote en sachant que, bientôt, je ferais la même chose avec une caméra filmant le moindre de mes pas. J'avais tellement hâte.

---

1 « La ville des vents ». (NdT)

Monica Birch nous attendait déjà à la meilleure table de l'établissement. Elle nous a envoyé un sourire rayonnant en nous voyant entrer, Sienna et moi. Mais j'ai remarqué que son regard était fixé sur mon amie, une lueur affamée brillait dans ses yeux. J'ai marqué une pause un instant, les sourcils froncés. Sienna n'avait même pas envie d'être ici. C'était moi qui avais souffert et qui méritais un peu d'attention.

Qui s'était réveillée en nage la nuit dernière pour trouver un lit vide, son compagnon s'étant endormi sur le canapé, une bouteille de scotch à moitié vide entre les bras ? Tant pis. Attendons juste que les caméras soient vraiment en train de filmer. On verra bien qui sera la véritable star de l'émission.

J'ai collé un sourire sur mon visage et j'ai pris place à table tandis que Monica s'empressait d'aller accueillir Sienna, tendant les mains comme si elle avait l'intention de la serrer dans ses bras.

– Madame Mercer-Norwood ! s'est exclamée Monica d'un ton léger et totalement faux. Je ne peux pas vous dire à quel point je suis excitée de travailler avec vous !

– Euh… oui, d'accord, merci, a répondu Sienna en se mordant la lèvre.

J'ai étouffé un soupir d'exaspération. Elle pourrait *au moins* faire semblant d'être enthousiaste !

Cela représente tellement pour moi. Pourquoi personne ne le voit ?

– Alors, par quoi commençons-nous ? ai-je demandé une fois que tout le monde a commandé ses boissons.

– C'est toi la star, Michelle. Qu'est-ce que tu as en tête ? a répondu Sienna.

– Je pensais qu'on pourrait passer quelques coups de fil et convaincre les filles de partager une soirée en ville ! ai-je proposé.

Sienna a froncé les sourcils.

– Ce serait super de voir les filles, mais Mia et Selena sont un peu noyées avec leurs bébés.

– Raison de plus pour qu'elles quittent leur maison et viennent passer une soirée entre filles !

– Mesdames, si je puis me permettre, est intervenue Monica. J'ai une idée.

Je lui ai jeté un regard surpris. Monica m'avait promis que *mes* idées auraient la priorité. C'était la première fois que j'entendais parler d'un autre plan. Monica nous a souri, révélant ses dents trop blanches.

– Ce show sera une mini-série de huit épisodes, avec beaucoup d'événements sur les réseaux pour l'accompagner.

– Les réseaux sociaux ? a répété Sienna.

– Oui, des petites vidéos qu'on pourra streamer, a expliqué Monica.

On pouvait sentir des vagues de suspicion émaner de Sienna. Mon cœur s'est serré. Si elle n'était pas d'accord, mon rêve de célébrité serait mort et enterré avant même d'avoir démarré. C'était déjà assez difficile comme ça d'être le second couteau, mais s'il n'y avait pas d'émission du tout…

Être face à la caméra était la seule façon pour moi de me sentir entière et en bonne santé. Je ne pouvais pas perdre ça. Pas si tôt. Mon estomac s'est tordu d'anxiété.

Monica a levé les mains comme si elle déroulait une bannière dans les airs.

– Michelle et vous allez planifier un grand événement et il aura lieu dans le huitième épisode.

– Quel genre d'événement ?

– Oh, les détails n'ont pas vraiment d'importance. Ce qui l'est, c'est de mettre en scène la compagne de l'Alpha.

Je me suis raidie, et Monica a dû le voir parce qu'elle s'est empressée d'ajouter :

– Et, bien sûr, celle du Bêta et des autres membres du conseil.

Sienna a froncé les sourcils et m'a regardée.

– Michelle, tu es sûre que c'est ce que tu veux ?

J'ai marqué une pause. Pour être honnête, « mettre en scène » mon amie déjà célèbre était la dernière chose que je désirais. J'avais pensé que l'émission se concentrerait sur moi, sur mon parcours, pour montrer au monde que j'étais plus forte que jamais. Mais c'était trop tard pour reculer, à présent.

– Absolument !

–Superbe, s'est exclamée Monica, avec un sourire encore plus large. De cette façon, tout le monde saura qui est la *véritable* Sienna Norwood.

Sienna

La «véritable» Sienna Norwood? *Qu'est-ce que ça voulait bien dire?*

–Et c'est… positif? ai-je demandé.

–Pensez aux retombées! s'est exclamée Monica.

–Je ne suis pas certaine de bien comprendre.

–Elle veut dire que les gens vont revoir leur façon de nous juger, a dit Michelle.

–Quel genre de jugement?

J'avais déjà assisté, en première ligne, au pouvoir que les médias avaient pour manipuler la vérité.

–La planification et l'organisation d'une grande fête sont l'occasion parfaite, a insisté Monica, ignorant ma question. C'est fun et divertissant. On aura des moments de suspense en fin d'épisodes, quand les choses ne se passeront pas comme prévu.

–Et qu'est-ce qui vous assure de ça? ai-je demandé.

–Eh bien, c'est toujours le cas, a ri Monica. Et puis, je pense qu'un élément de pression serait bon. Que diriez-vous d'organiser une cérémonie des Flammes?

–Une quoi?

Michelle a levé les yeux au ciel.

–Tu sais, Si. Cette vieille célébration où on bénit des bougies. Elle est censée se dérouler le 15 janvier.

–Ah oui… attendez, c'est dans une semaine!

Monica a hoché la tête.

–La cérémonie des Flammes était une fête très importante dans le temps. Elle est tombée en désuétude et n'a plus été célébrée depuis des dizaines d'années dans les meutes que je connais. Pensez-y de cette façon, a-t-elle continué, vous avez souffert d'un certain… retour de flamme, il y a peu, avec les retombées du festival de la fertilité.

C'est un euphémisme.

– Faire revivre une ancienne coutume serait une bonne façon d'apaiser les esprits des traditionalistes, a affirmé Monica dont les yeux brillaient.

J'ai soupiré et jeté un regard à Michelle.

– Qu'est-ce que tu en penses ?

Elle souriait largement, mais son enthousiasme n'atteignait pas ses yeux.

C'est une si mauvaise idée…

Mais je n'allais pas m'opposer au rêve de ma meilleure amie. Je lui devais trop de choses.

– Organiser une grande fête ? Je pense que c'est formidable ! s'est-elle exclamée avec vigueur.

J'ai essayé de lui retourner son sourire, mais il a dû ressembler à une sorte de grimace.

– Très bien, alors, ai-je dit. Allons-y !

ÉPISODE 10
DIRECTION CHICAGO

Aiden : Sienna, changement de plan.
Sienna : Tu n'y vas plus ???
Aiden : Désolé, ma chérie. Je vais à Chicago, au lieu de Columbus.
Sienna : Quoi ?
Aiden : Longue histoire. Une caméra de vidéosurveillance… le type que je recherche…
Aiden : Je t'expliquerai tout en rentrant.
Aiden : Bientôt, j'espère.
Aiden : Tu me manques.
Sienna : Tu me manques aussi.
Sienna : Merci d'avoir donné des nouvelles.
Sienna : Bon vol

Sienna

À dix heures, j'ai retrouvé Michelle, Monica et son cameraman.

Nous avions rendez-vous devant le centre commercial de Regency Cove, pour faire du shopping pour la cérémonie des Flammes. Ce n'était pas vraiment le genre d'emplettes que j'avais en tête quand j'en avais parlé à Aiden, mais j'espérais que ça irait.

En m'approchant, je me suis redressée. Ma priorité était que ces gens ne profitent pas de Michelle. Mais améliorer au passage mon image de compagne de l'Alpha n'était pas une mauvaise idée. J'ai décidé de prier pour que tout se passe bien.

– Hé, ai-je salué Michelle. Tu es splendide.

Elle portait une grande robe brune Vera Wang avec une fente sur la jambe. Quant à moi, j'étais en pull et jean. L'une d'entre nous était clairement davantage faite pour la vie de célébrité. L'expression de Michelle, quand elle a passé ma tenue au peigne fin, l'a confirmé.

– Hé, au moins comme ça, la caméra t'aimera d'autant plus, ai-je dit avec un petit rire.

Michelle a levé les yeux au ciel, mais m'a quand même souri.

– Très bien, a-t-elle dit. On y va ?

– Oh, il faut attendre encore une minute, a dit Monica. Une autre personne va nous rejoindre.

J'ai pensé qu'elle faisait référence à un preneur de son, mais une femme afro-américaine très chic se dirigeait vers nous.

C'était Blair King.

Bien sûr. C'était une autre des « Compagnes de la meute de la côte Est », unie à Nelson King, le responsable des questions sociales. J'aimais bien Blair, mais son élégance pouvait être un peu intimidante. Même si ce n'était pas sa faute, j'avais toujours l'impression d'être une gamine qui jouait à la grande en sa présence. J'ai remarqué que Michelle observait la robe Chanel de Blair avec envie.

Je suis sûre qu'elle apprécie mon manque de sens de la mode, maintenant, ai-je pensé, avec ironie.

– Sienna, Michelle, c'est un plaisir de vous retrouver, a dit Blair avec un sourire chaleureux.

Elle a tendu les mains devant elle et chacune d'entre nous en a saisi une pour la serrer.

Tout le monde s'est échangé des baisers en l'air – bien sûr, tout cela était filmé.

Jusqu'ici tout va bien. Sauf que je n'avais pas eu le mémo concernant la tenue de designer…

– Alors, comme ça, nous allons ressusciter la cérémonie des Flammes, a lancé Blair en levant un sourcil. Je suis surprise. Je ne me souviens plus de la dernière fois où une meute l'a célébrée.

– 1998, s'est exclamée Michelle. C'est ce que j'ai trouvé en faisant des recherches.

– Waouh, a répondu Blair en me regardant avec des yeux rieurs. Je ne pensais pas que tu étais du genre à ranimer les vieilles traditions.

J'ai haussé les épaules.

– Ce n'était pas vraiment mon idée…

– Sienna, nous a interrompues Monica, j'aurais également aimé que votre sœur, Selena, nous rejoigne. Elle est la compagne de l'avocat de la meute, n'est-ce pas ?

– Oh, euh… ai-je balbutié.

– Vous lui parlerez, j'espère ? Ou à votre mère. C'est assez proche, a précisé Monica. Pour la prochaine fois.

J'ai hoché la tête mais, personnellement, je doutais du fait que Selena ait assez d'énergie ou d'intérêt pour tout ça, surtout avec un nouveau-né. Et mes parents étaient accaparés par l'aide qu'ils apportaient à bébé Vanessa.

Monica nous a poussées à l'intérieur du centre commercial, la caméra sur nos talons, et nous avons cheminé vers Clair de Lune, un magasin de décoration d'intérieur haut de gamme.

Si j'avais bien compris, le plan était d'acheter des bougies. Ce qui n'était pas exactement l'idée que je me faisais d'une émission captivante, mais bon. Quand nous sommes entrées dans le magasin, j'ai vu que l'espace avait été réaménagé pour accueillir les caméras et les équipements de lumière. Tout était installé en cercle autour de trois podiums.

– Très bien, prenez place, tout le monde, a piaillé Monica.

Une douzaine de cameramans se sont dispersés sous ses ordres. Elle s'est tournée vers nous.

–Mesdames, si vous voulez bien me suivre jusqu'à vos podiums, nous avons préparé un petit jeu pour nous mettre en jambes !

–Quel genre de jeu ? ai-je demandé en coulant un regard suspicieux vers Michelle.

Mais mon amie était trop occupée à vérifier son maquillage pour la troisième fois.

–Un jeu amusant ! Avec un prix fabuleux pour la gagnante ! a répondu Monica sans me regarder.

Est-ce que j'étais la seule à remarquer qu'elle ne regardait jamais ailleurs que vers une des caméras ?

À côté de moi, Blair King semblait aussi stoïque que d'habitude.

Nous avons pris place derrière les podiums en plastique qui étaient décorés de rayures jaunes et rouges, comme des flammes. Des petits buzzers rouges étaient posés dessus. Les caméras étaient directement pointées sur nous. La chaleur des projecteurs faisait perler de la sueur dans mon cou.

–Dès que nous serons prêts à commencer, chacune d'entre vous devra répondre à une série de questions sur la cérémonie des Flammes. Après deux tours, la personne avec le plus de bonnes réponses remportera un rendez-vous dans un SPA cinq étoiles.

–Ooooh, j'ai trop hâte ! s'est exclamée Michelle avec excitation.

Les caméras étaient toutes tournées vers moi.

Comment étais-je supposée répondre à des questions quand je me souvenais à peine de la raison de ma présence ici ?

Je ne sais absolument rien sur ces vieilles traditions poussiéreuses…

Ma gorge était sèche.

–Très bien, tout le monde ! a dit Monica. Nous tournons. Maintenant, commençons notre partie !

Elle nous a adressé de grands sourires alors que nous étions alignées comme des participantes à « Questions pour un champion ».

–Première question : Pourquoi les bougies rouges sont-elles considérées comme sacrées lors de la cérémonie des Flammes ?

Je n'en avais aucune idée. Mais mes mains étaient en sueur et mes doigts ont glissé sur le buzzer.

DRING.

– Sienna !

Euh… vite, pense à quelque chose…

– Parce que… euh… cela symbolise le sang de la fertilité ?

– Exact ! s'est exclamée Monica.

Michelle m'a dévisagée et Blair a eu l'air impressionnée.

J'ai essayé de dissimuler mon sourire quand un point est apparu sous mon nom sur le tableau des scores.

– Prochaine question : De quelle année date la première cérémonie des Flammes ?

Dring !

Cette fois, j'avais appuyé sur le buzzer volontairement, même si je n'étais sûre qu'à vingt pour cent que j'avais la bonne réponse.

– 1547 !

– Exact ! a crié Monica.

– Je pense que mon buzzer a un problème, a dit Michelle.

– Question suivante, ici pour la *Bataille cérémoniale* ! a continué Monica comme si Michelle n'avait rien dit.

J'ai vu la mâchoire de mon amie se serrer.

Oh, allez, c'est juste un jeu, ai-je pensé, en commençant à m'amuser. *Et je gagne !*

Mais alors, j'ai regardé vers Michelle, qui fixait les caméras droit devant elle, un sourire bien trop brillant aux lèvres.

Bataille cérémoniale ? Je pensais que tout cela était censé régler nos problèmes, pas en ajouter d'autres…

Josh

Michelle m'avait tenu éveillé la moitié de la nuit en parlant à tort et à travers de sa nouvelle émission de téléréalité.

Je savais que j'aurais dû me montrer plus attentif, car ma compagne luttait vraiment pour se remettre, et je devais lui apporter mon soutien. Mais en même temps, je ne comprenais pas comment se pavaner devant des caméras allait l'aider à guérir. Pas quand Konstantin pouvait être en train de préparer sa vengeance.

J'avais fini par embarquer une bouteille de whisky avec moi dans mon bureau, où je me trouvais donc seul, à boire, alors qu'il n'était pas encore midi.

Je suis donc arrivé à la Maison de la Meute avec la gueule de bois et en colère. J'avais envie de planter mes crocs dans quelque chose et j'espérais que ce serait dans ce fichu vampyre.

Sauf qu'on m'a dit que l'Alpha était absent aujourd'hui.

– Et quand sera-t-il de retour ? ai-je demandé à Felix, l'assistant d'Aiden.

Celui-ci m'a adressé son sourire bien trop poli, comme d'habitude.

– Il m'a envoyé un mail pour me prévenir qu'il avait bien atterri à Chicago hier soir…

– De quoi tu parles ?

Nelson est arrivé à ce moment-là.

– Hé, Josh, il y a un problème ?

J'ai grimacé.

– J'essaie de comprendre ce que Felix me raconte. Aiden est à Chicago ?

Nelson m'a conduit vers son bureau.

– Aiden est parti à la recherche de Konstantin.

Mon sang a commencé à battre sérieusement à mes oreilles.

– Et pourquoi… pourquoi est-ce que j'en entends parler seulement maintenant ?

Ma migraine martelait mon crâne. Nelson avait l'air mal à l'aise.

– Aiden pensait qu'avec tout ce que tu as à gérer… il valait mieux qu'il s'en charge lui-même.

J'ai serré les poings.

– *Je suis* son Bêta.

Nelson a hoché la tête.

– Bien sûr. Mais tu as subi pas mal de stress ces derniers temps, Josh.

– Oh laisse tomber, ai-je aboyé avant de claquer la porte.

Je n'y croyais pas.

Ce bâtard était parti sans moi.

Aiden

Le soleil venait tout juste de se lever au-dessus de Chicago quand mon avion s'est posé. Entre le jet-lag et l'excitation de potentiellement mettre la main sur Konstantin, j'étais d'une nervosité inhabituelle. Mais il n'y avait pas de temps à perdre. Dès que j'ai quitté l'avion, j'ai envoyé un SMS à Sayyid.

Aiden : Je viens juste d'atterrir à O'Hare.
Aiden : Quoi de neuf ?
Sayyid : On a des vidéos de Turner.
Sayyid : Le logiciel de reconnaissance faciale l'a identifié.
Sayyid : J'ai aussi parlé avec le chef de la police locale.
Aiden : Et ?
Sayyid : Il y a eu une série d'attaques en ville.
Aiden : Quel genre ?
Sayyid : Des gens vidés de leur sang. La plupart des victimes étaient des SDF.
Aiden : Quand s'est produite la première attaque ?
Sayyid : Il y a une semaine.
Aiden : Alors on pense que Konstantin est bien à Chicago ?
Sayyid : Ça m'en a tout l'air.
Aiden : OK. C'est bon signe.
Aiden : On a presque la main sur lui.
Sayyid : Oui mon Alpha.
Sayyid : Comment voulez-vous procéder ?
Aiden : Trouvons d'abord Turner.
Aiden : On a besoin de toute l'aide possible.
Sayyid : Oui, mon Alpha.

Sienna

DRING !

– Seize ! ai-je crié. Les loups-garous commencent à sentir les effets de la Frénésie pour la première fois à seize ans !

– Exact ! s'est époumonée Monica.

C'était le dernier tour de ce jeu, et Michelle et moi étions à égalité, quatre points partout.

Blair, qui semblait trop bien élevée pour appuyer sur le buzzer, avait seulement deux points et paraissait se contenter de la troisième place.

–Alors, Sienna et Michelle, une dernière question pour vous départager. Celle qui répondra correctement remportera le gros lot !

J'ai souri à Michelle, appréciant cette petite compétition. Mais le regard qu'elle m'a lancé en retour était entre le froncement de sourcils et la grimace.

Monica s'est concentrée.

–Allons-y : Quelle fleur est traditionnellement associée à la cérémonie des Flammes ?

Les lys tigrés ! Oh la vache, je connaissais vraiment la réponse !

DRING !

Ma main a frappé le buzzer, mais j'ai marqué une pause avant de prendre la parole.

Michelle veut vraiment gagner ce jeu. Alors laisse-la gagner. Qu'est-ce que tu fabriques ? Tout cela est censé aider Michelle.

–Euh… les pétunias ?

–Oh, j'ai bien peur que ce soit faux, a indiqué Monica. Maintenant, Michelle, si vous répondez correctement, vous gagnez, sinon la question revient à Sienna pour une deuxième chance.

Allez, Michelle. Tu le sais.

Mais mon amie était en train de se mordre la lèvre.

–Hum… Les lys calla ?

–Incorrect ! a dit Monica, l'air ravie.

Ses yeux sont revenus sur moi.

–OK, Sienna, c'est votre chance d'obtenir la victoire. Si vous ne répondez pas, il faudra qu'on pose une autre question.

Toute la joie de ce jeu s'était évaporée et je n'avais clairement pas envie de le faire durer plus que nécessaire.

–Des lys tigrés, ai-je répondu avec un soupir.

–Et nous avons une gagnante ! s'est exclamée Monica, les yeux brillants. Sienna Norwood, la compagne de notre Alpha !

Michelle avait l'air d'avoir envie de renverser son podium.

– C'était vraiment une question difficile, ai-je dit, essayant de détendre l'atmosphère.

Mais le regard haineux de Michelle m'a arrêtée.

– Je n'ai jamais été très douée pour ce genre de jeux, est intervenue Blair.

– Alors Sienna, quand prévoyez-vous de profiter de votre traitement VIP dans un spa cinq étoiles ? a demandé Monica près d'une caméra.

J'ai regardé Michelle et Blair et j'ai eu soudain une idée.

– En fait, j'aimerais qu'on y aille toutes ensemble. Après le tournage, ce sera mon cadeau pour vous !

Un petit sourire s'est dessiné sur les lèvres de Michelle et Blair a hoché la tête avec grâce. Mais du coin de l'œil, j'ai vu la déception sur le visage de Monica. J'avais réussi à éviter une dispute avec Michelle, et je m'étais assurée que Monica ne soit pas là pour filmer notre journée au SPA.

Prends ça, ai-je pensé en me sentant victorieuse.

À ce moment-là, Monica m'a regardée avec un sourire qui m'a fait frissonner des pieds à la tête.

Aiden

J'ai envoyé Sayyid rendre visite au médecin légiste pour lui poser des questions sur les meurtres. Pendant ce temps-là, j'allais voir la scène de crime la plus récente. Elle était située dans l'un des nombreux tunnels abandonnés où les personnes sans domicile se rassemblaient à Chicago.

La pluie a commencé à tomber, assombrissant le ciel quand je suis entré. Des cascades de pluie s'écoulaient des grilles d'égout au-dessus de ma tête. Mes chaussures faisaient du bruit dans les flaques. Ces tunnels en béton étaient de plus en plus obscurs et dangereux – la plupart des gens avaient oublié leur existence, hormis ceux qui étaient contraints d'y trouver refuge pendant l'hiver. Des rails rouillés jonchaient le sol. L'odeur de pisse imprégnait les murs.

L'air frais de Mahiganote et la sérénité de la forêt me manquaient. Mais ce qui me manquait le plus, c'était Sienna.

Occupe-toi de ça et tu pourras retourner à la maison, près de ta compagne.

Je suis passé devant des baraquements faits de cartons et de tentes. Les gens ne me lançaient même pas un regard. Je me suis demandé si je ne devrais pas m'arrêter pour leur poser des questions, mais j'ai décidé de le faire au retour, après avoir examiné les alentours, là où les forces de l'ordre avaient trouvé la dernière victime. Les murs étaient couverts de graffitis, mais plus je m'éloignais du campement, plus ils redevenaient gris.

Mes pas résonnaient.

Je suis arrivé près de la scène de crime entourée de rubalise, jaune sur fond gris. Peut-être à cause des odeurs, ou parce que tout était silencieux, je n'ai pas remarqué que quelqu'un était là, avec moi.

Jusqu'à ce qu'il m'attaque.

ÉPISODE 11
SIENNA APPELLE À L'AIDE

Aiden

Des dents pointues ont claqué à quelques centimètres de mon cou.

Maintenant, je sentais le vampyre, mais ce type n'était pas Konstantin. Il était baraqué et avait des cheveux blonds mal coiffés. Je l'ai repoussé et me suis transformé. Sous ma forme de loup, je le dominais, je grognais et montrais les dents.

Il s'est élancé sur moi et j'ai rugi, luttant pour essayer d'obtenir une bouchée de sa chair. Il a sorti un couteau de quelque part et m'a frappé, me blessant le long des côtes. J'ai hurlé et me suis éloigné, décrivant des cercles autour de lui, en essayant de jauger à quel endroit l'attaquer. Son arme allait grandement compliquer la situation.

Je ne voulais pas seulement lui sauter dessus et le mordre à la gorge. C'était un vampyre. Il pouvait avoir des infos sur Konstantin.

En revanche, *lui* semblait déterminé à *me* tuer. Il m'a chargé, en tenant son couteau en l'air. Je l'ai évité et j'ai claqué des dents dans sa direction quand, soudain, j'ai entendu une voix éraillée derrière moi.

– Lâche ce couteau, Walter !

Je me suis retourné. Un vieil homme portant un casque de base-ball d'un autre temps pointait un fusil en direction du vamp.

Alors que je me tournais vers l'assaillant, j'ai remarqué une ombre qui bougeait derrière lui.

– Rends-toi maintenant, Walter, et ce bon Alpha ici présent te laissera peut-être la vie sauve, a dit le mec à la casquette de base-ball en hochant la tête vers moi.

Mais le vampyre ne pouvait plus entendre raison. Il a plongé vers le gars au fusil qui a tiré, mais en déviant son coup pour ne pas le tuer. Les tunnels ont amplifié le son de la déflagration. C'était beaucoup pour mes oreilles de loup et j'ai sursauté. Exploitant ce moment de distraction, le vampyre a tenté de me poignarder à nouveau.

Sa lame a touché mon épaule et j'ai jappé de douleur, puis j'ai rugi en enfonçant mes crocs dans son bras. Il a réussi à le libérer, ainsi que son couteau, et l'a tenu au-dessus de moi pour tenter de m'atteindre encore.

BANG !

Le type à la casquette a tiré en plein dans la poitrine du vampyre. Le vamp a vacillé et, pendant qu'il tombait, un des hommes que j'avais repérés devant le Sonny a émergé derrière lui. Avec une grâce qui signifiait des années de pratique, l'homme a fait virevolter une machette dans les airs. La tête du vampyre a fait un bruit humide quand elle a heurté le sol. Un moment plus tard, son cadavre sans vie s'est écroulé à plat ventre.

Je me suis transformé à nouveau, du sang coulait de mon épaule et de la blessure au niveau des côtes.

– J'aurais préféré que vous ne l'acheviez pas, ai-je dit.

Le type à la casquette m'a regardé avec une grimace.

– Dites pas merci, surtout !

J'étais sur un genou, nu et blessé dans l'air froid de l'hiver.

– Il a besoin de soin, a dit le type à la machette à son comparse.

– Ça va aller, ai-je répondu. Les loups-garous guérissent vite.

– Vous avez quand même besoin de points, a renchéri le type à la casquette. Venez. Allons vous nettoyer tout ça.

***

Une demi-heure plus tard, j'étais assis sur une caisse en bois dans le campement du SDF Raul, l'homme à la machette, qui terminait de recoudre mon épaule.

Bobby Turner, le type à la casquette, m'a tendu une tasse de café chaud.

– J'ai mis une goutte de whisky dedans, a-t-il dit. Pour l'anesthésie.

– Merci.

– Désolé que votre beau costume soit tout déchiré, a continué Bobby.

J'ai jeté un œil au tas de tissu avec regrets. Sienna l'avait choisi avec soin, mais je ne pensais pas qu'elle m'en voudrait. Pas si je lui rapportais la tête de Konstantin.

– Pas de panique, j'ai de l'équipement, a dit Raul en brandissant un sac à dos élimé.

– Pourquoi vous êtes-vous enfuis du bar ?

– Votre Bêta avait pas l'air commode, a expliqué Raul.

J'ai observé mon café.

– Josh est un peu… bouleversé ces temps-ci, et cela a à voir avec Konstantin, ai-je concédé.

– Le fait est que j'aime pas m'avouer vaincu, a admis Bobby, et j'ai quitté la ville parce que j'avais baissé les bras au sujet de ce fils de pute.

J'ai levé un sourcil vers lui.

– Konstantin est bien trop puissant pour un vieux comme moi, a-t-il expliqué. Ça me tue de l'admettre, mais c'est la vérité.

Il a secoué la tête.

– En plus, j'avais plus une seule piste. Mais vous, je suis certain que vous avez quelque chose que vous pouvez utiliser, si vous êtes vraiment déterminé à lui mettre le grappin dessus.

– Vraiment ?

– Ouais, a confirmé Bobby. Ce malade vous a attaqué, n'est-ce pas ? Il a foutu le bazar dans votre joli bal ? Je l'ai vu aux infos.

– Oui, et alors ?

– Eh bien, a dit Bobby. Est-ce qu'il a laissé derrière lui une sorte de boue noire ?

Sienna

Nous étions mardi. Une autre longue journée de tournage m'attendait.

Au moins, aujourd'hui, j'aurais du soutien. Erica avait posé sa journée et la belle-mère de Mia gardait ses jumeaux pour la matinée. Nous avions rendez-vous pour tester un traiteur, et il y avait zéro chance pour que mes amies ratent l'occasion de se régaler cent pour cent gratuitement !

J'ai retrouvé Mia sur le parking de la Maison de la Meute. Elle portait un hoodie violet pelucheux orné d'un chat licorne. Les caméras nous attendaient déjà, ce qui rendait tous nos échanges maladroits, mais je l'ai serrée dans mes bras quand même.

Monica était là, elle aussi, son grand faux sourire plaqué sur le visage.

Elle ressemble à l'effrayante marionnette d'un ventriloque.

– Mesdames ! s'est exclamée Monica. Comme c'est charmant de votre part de nous rejoindre enfin !

Étrangement, elle arrivait à paraître excitée et agacée à la fois. J'ai lancé un regard amusé à Mia, mais je n'ai rien dit.

Monica nous a précédées dans un grand salon totalement occupé par l'équipe de tournage. Des lumières aveuglantes étaient placées à différents endroits et un coin interview avait été aménagé au bout de la pièce. Contre le mur se trouvait une table élégamment dressée où j'imaginais que la dégustation allait se dérouler.

–Waouh, *Master Chef* n'a qu'à bien se tenir! s'est émerveillée Mia.

Monica a hoché la tête.

–Et tout comme dans cette émission, ce sera aussi une compétition! a-t-elle expliqué. Sauf que vous en serez les juges. Quelle chance!

Curtis a pointé l'objectif de sa caméra sur moi pendant que j'accompagnais Mia vers la table. Michelle était déjà assise au centre du plateau, Blair installée à sa droite et Erica sur sa gauche. Cette dernière m'a lancé un sourire enthousiaste.

–C'est trop cool, a-t-elle dit. Je me sens comme une star!

J'ai pris place à ses côtés, mais Monica a décidé de changer le plan de table. Il y a eu une soudaine activité pendant qu'ils s'affairaient tous à réorganiser. Quand tout a été mis en place, Monica a insisté pour que je trône au milieu.

Michelle avait l'air terriblement en colère, mais quand j'ai tenté de protester, Curtis a planté sa caméra si près de mon visage que je pouvais pratiquement la toucher avec mon nez.

Perturbée, j'ai pris la place qui m'avait été indiquée. Monica s'est dépêchée d'aller en cuisine.

–Qu'est-ce que tu penses qu'ils vont nous servir? m'a demandé Erica.

–Ma *abuela* prépare chaque année un repas pour le *Dia de la Vela*, a dit Mia. C'est comme ça qu'elle appelle la cérémonie des Flammes. Elle a une recette de pommes de terre épicées... huuuum.

–Peut-être qu'on devrait demander à ta grand-mère de cuisiner pour notre soirée! ai-je proposé en riant.

–Oh, mon Dieu, Sienna! s'est emportée Michelle.

La caméra a pivoté vers elle.

–Ne sois pas ridicule. Monica a demandé aux trois meilleurs traiteurs de la ville de venir ici pour cette compétition.

La caméra s'est tournée à nouveau vers moi. La lentille semblait me scruter comme un œil.

–Je... c'était juste une blague, ai-je dit avec hésitation.

–Eh bien, si tu le permets, *certains d'entre nous* prennent tout ceci très sérieusement, a-t-elle lâché.

J'ai jeté un regard à Mia qui avait perdu son sourire.

–Je suis certaine que la *abuela* de Mia fait les meilleures pommes de terre du monde, a dit Blair avec douceur.

L'assemblée est devenue silencieuse. Michelle a pris une gorgée de vin blanc, sans nous regarder. Heureusement, les trois traiteurs sont entrés quelques instants plus tard, coupant toute tension.

–Cela n'est-il pas merveilleux? a gazouillé Monica. Commencez, je vous en prie!

Tout avait l'air succulent, mais je n'avais plus du tout d'appétit.

J'avais décidé de participer à cette émission pour protéger Michelle, mais mon amie semblait déterminée à paraître meilleure que moi à tout prix. Aussi coupable que je me sentais pour ce qui s'était passé avec Konstantin, je ne pouvais pas m'imaginer supporter des semaines entières de ce traitement et de commentaires passifs-agressifs chaque fois que je faisais la moindre erreur.

Mia m'a donné un petit coup sous la table.

–Tout va bien?

J'ai mis des coups de fourchette dans mon fromage de chèvre et mon chou kale.

–Ouais, mais je préférerais manger des pommes de terre épicées plutôt que ça.

–Moi aussi, a rigolé Mia.

J'ai relevé la tête pour remarquer une caméra fixée sur nous. Les micros hypersensibles de Monica avaient sûrement tout capté de notre échange.

C'était incroyable. J'étais fatiguée d'être tournée en ridicule. Je me suis levée de table et me suis approchée de Monica Birch, essayant de ne rien montrer de mon dédain pour elle.

–Est-ce qu'on pourrait parler une minute? Sans caméra? ai-je demandé.

–Bien sûr, a-t-elle répondu en faisant signe à Curtis d'aller se concentrer sur la dramaturgie que représentait la dégustation de la salade.

–Je ne pense pas qu'on devrait se concentrer autant sur moi. Michelle est…

– Oh, Sienna. Ne dites pas cela. Tout va bien…

– Non, c'est juste que… je n'y connais pas grand-chose, alors qu'elle est vraiment enthousiasmée par tout cela et…

– En fait, vous avez absolument raison, Sienna, a dit Monica en m'interrompant à nouveau.

– Ah bon ?

C'était un peu trop simple.

– Bien sûr, vous ne connaissez pas les traditions aussi bien que vous le devriez. Vous n'êtes qu'une jeune fille, après tout. C'est pour cela que nous avons besoin de faire intervenir quelqu'un qui a bien plus d'expérience.

– Euh… d'accord ? ai-je répondu, en essayant de ne pas prendre la remarque personnellement.

– Quelqu'un comme Charlotte Norwood, s'est exclamée Monica en s'approchant.

Ma mâchoire s'est décrochée. Je refusais que la mère d'Aiden s'approche à cent mètres de cet événement. Ou de moi.

– Ce genre de cérémonie est vraiment sa spécialité, a continué Monica. Charlotte Norwood a célébré de nombreuses fêtes. Elle saura tout sur les traditions qui entourent la cérémonie des Flammes. Elle s'assurera que tout est parfait, dans le moindre détail.

La façon naturelle dont elle débitait tout cela m'a fait penser que Monica avait préparé son petit coup depuis longtemps. Depuis l'autre bout de la pièce, la caméra de Curtis était fixée sur moi.

– Et puis, a dit Monica, vous *êtes bien* en train d'essayer de prouver au monde que vous êtes à la hauteur de la position de compagne de l'Alpha, n'est-ce pas ?

Oh que non. Il n'est pas question de laisser cette femme revenir dans nos vies. Pas après la dernière fois.

– Je pense que c'est une idée formidable, a lancé Michelle depuis la table.

Elle et les autres avaient arrêté de discuter et nous observaient, Monica et moi. Surprise, j'ai lancé un regard à mon amie. Michelle a haussé les épaules.

– Elle en sait long sur toutes ces choses. Tu ne voudrais pas avoir l'air ridicule lors de la cérémonie.

À nouveau, l'ai-je pratiquement entendue dire avec un ennui certain.

– Euh... peut-être, ai-je balbutié.

– Excellent ! s'est exclamée Monica. Pourquoi ne l'appelleriez-vous pas ?

– Maintenant ? ai-je demandé, surprise.

Comment s'y prenait-elle pour me traîner exactement là elle le voulait à chaque fois ?

– Chaque seconde compte !

Avec un soupir épuisé, j'ai sorti mon téléphone.

Je ne peux pas croire que je suis en train de faire ça.

– Bonjour, m'a saluée la voix incroyablement snob de Charlotte à l'autre bout du fil.

Raccroche. Prétends que c'est un mauvais numéro.

– Charlotte, c'est Sienna.

– Sienna ? a-t-elle répété, semblant réellement choquée.

– Oui, euh...

Allez, ravale ta fierté et lance-toi.

– Je pense que j'aurais besoin de votre aide.

ÉPISODE 12

CHUTE LIBRE

Sienna : Dis-moi que tu ne reprends pas l'avion aujourd'hui.
Aiden : Tout va bien se passer mon amour.
Sienna : J'ai regardé la météo. Ils annoncent du blizzard sur tous les États du nord.
Aiden : Mon tél n'a plus de batterie, j'ai oublié de le charger.
Sienna : AIDEN.
Aiden : Ne t'inquiète pas, ça va aller.
Aiden : Je t'aime.
Sienna : Aiden, putain.
Sienna : AIDEN !

Sienna

Super, il ne manquait plus que ça.

J'ai violemment fermé mon ordinateur portable pour ne plus voir la carte météo qui m'inquiétait tant.

Les chances qu'un accident arrive sont de une sur un million.

Pourtant l'anxiété faisait des nœuds dans mon ventre. J'ai posé ma tête sur la table de la cuisine. Entre mes soucis pour Aiden et mon angoisse de devoir affronter Charlotte Norwood l'après-midi, je me sentais au bord de la nausée. J'ai grogné contre la table.

Au moins, Aiden serait bientôt rentré.

Aiden

J'ai pris place dans le jet et j'ai immédiatement branché mon téléphone.

J'ignorais ce qui se passait avec cette émission de téléréalité absurde, mais c'était en train de peser sur ma compagne. Je pouvais l'entendre dans sa voix chaque fois qu'on parlait.

Au moins, je serais bientôt rentré. Si l'avion ne se faisait pas déchirer par cette monstrueuse tempête de neige. J'ai repoussé une vague d'anxiété. Plus vite je serais de retour, plus vite je pourrais prendre ma compagne dans mes bras et embrasser chaque centimètre de son corps.

Sayyid n'avait pas l'air de s'en faire à propos de la météo ni Bertrand, le pilote. Il semblait sûr de pouvoir nous ramener en Virginie en un seul morceau, même s'il avait eu l'air un peu impressionné en montant à bord. Tout le monde l'aurait été, à sa place. La neige tombait de manière si forte qu'il était difficile de voir où on mettait le pied.

Tout ira bien, et cela ne sert à rien de perdre du temps à penser au pire.

Il fallait que je rentre pour remettre la main sur cette boue vampyrique. Je me suis repassé tous les éléments que Bobby Turner avait partagés avec moi. Cette substance noire que Konstantin avait laissée derrière lui lors du bal de Yule était en quelque sorte magique. Bobby appelait ça de l'« ectoplasme », mais j'imagine que ce n'était pas son appellation scientifique. L'ectoplasme semblait être la manifestation physique des pouvoirs de contrôle mental de Konstantin – il se répandait à l'intérieur de ses victimes et en prenait le contrôle.

Quand la victime parvenait à repousser la domination vampyrique, elle vomissait la substance. La plus grande partie se dissipait, se transformait en fumée, mais un peu de ce liquide semblable à du goudron restait.

Nous l'avions ramassée en guise de preuve et l'avions stockée dans la cave de la Maison de la Meute avec d'autres vestiges de la confrontation.

Bobby avait dit qu'on pouvait l'utiliser pour enchanter un objet. Il avait recommandé de l'utiliser sur une boussole, et celle-ci me guiderait vers Konstantin. Je n'étais pas certain de la manière de procéder, mais j'avais hâte d'essayer.

Bertrand a fait vrombir les moteurs et l'avion a commencé à rouler. Je me suis enfoncé dans mon siège, essayant de ne pas penser à la tempête furieuse qui se déchaînait derrière les hublots.

Sienna

Charlotte et moi nous étions mises d'accord pour nous retrouver à la Maison de la Meute où Monica occupait toujours le bureau qui avait servi au tournage. J'aurais aimé éviter que Charlotte soit directement impliquée dans l'émission, mais elle avait été étrangement enthousiaste à cette idée.

Cela m'a fait réfléchir, au début. Je m'étais dit que quelqu'un comme Charlotte se trouverait sans doute trop bien pour participer à ce genre de télé poubelle. Mais j'imagine que les gens pouvaient toujours me surprendre, parce qu'elle avait été très impliquée dans la discussion de différentes stratégies. J'observais depuis la fenêtre du foyer une limousine noir charbon se garer juste devant la porte.

En soupirant, je me suis préparée.

Quelques instants plus tard, Charlotte a débarqué dans le foyer, elle a posé les yeux sur moi comme la prédatrice qu'elle était. Elle était dominante – mais moi aussi, me suis-je rappelée.

– Charlotte, ai-je réussi à articuler. Merci d'être venue.

En un instant, nous avons été entourées par les caméras, mais Charlotte semblait plus ennuyée qu'alarmée.

– Je n'ai pas signé d'accord de diffusion, a-t-elle prévenu en les chassant de la main, et l'équipe a reculé. Sienna vous êtes terriblement pâle, a-t-elle continué en me tournant le dos. Ce chemisier gris ne vous va pas au teint.

Eh bien, il ne lui a pas fallu longtemps.

– Maintenant, emmenez-moi sur le plateau de tournage et parlons de ces « Vraies compagnes ».

Tout en faisant de mon mieux pour masquer ma surprise devant son intérêt pour l'émission, je l'ai conduite jusque dans le bureau. Les caméras continuaient de nous suivre à distance.

Au moins une bonne chose liée à sa présence ici…

– C'était l'idée de Michelle, ai-je précisé. Mais Monica voulait que tout le monde participe.

– Je vois. Franchement, je suis surprise que vous ayez accepté. Après l'incident fâcheux au Festival de la fertilité…

Je me suis mordu la langue. Cela prendrait trop de temps de lui expliquer que je ne faisais ça que pour le bien-être de mon amie.

Et, de toute façon, je n'avais pas à me justifier devant elle.

J'ai relevé le menton.

Alors que nous entrions dans le bureau, Charlotte s'est arrêtée et a tout observé.

Les lumières.

Les câbles.

Les tables organisées en V, vestige de la compétition de la veille.

– Le menu a-t-il été fixé ? s'est enquise Charlotte comme si elle savait déjà tout le reste.

J'ai cligné des yeux.

– Euh, nous avons décidé que La Grotta del Lupo nous fournirait les rafraîchissements.

Charlotte a hoché la tête.

– Pas un mauvais choix. Je passerai un coup de fil à Marcellin pour m'assurer que sa sélection reflète bien la tradition que nous célébrerons.

– Ce serait… fantastique, ai-je répondu maladroitement.

Dehors, la tempête de neige faisait rage. J'ai prié brièvement pour que le vol d'Aiden se pose sans problèmes. J'avais besoin de mon compagnon, maintenant plus que jamais. Il savait mieux que quiconque quelle épreuve c'était de devoir me coltiner sa mère.

Charlotte s'est avancée vers l'espace confession que Monica avait inauguré en interrogeant chaque participant sur les challenges qu'ils avaient rencontrés lors de la compétition. J'ai commencé à l'expliquer à Charlotte qui a levé une main pour m'arrêter.

– Je sais comment ce genre d'émission fonctionne, Sienna. Je ne vis pas dans une grotte.

– Désolée, ai-je répondu, soufflée. Je voulais juste m'assurer que vous ne trouviez pas ça… je ne sais pas… de mauvais goût.

Personnellement, c'est ce que j'en pensais. J'imagine qu'une partie de moi espérait que Charlotte débarquerait pour mettre fin à tout ce bazar. Mais elle semblait extatique. Je n'arrivais pas à comprendre pourquoi.

– Eh bien, ce n'est pas d'aussi mauvais goût que de s'associer avec un vampyre.

Les yeux de Charlotte étaient aussi aiguisés que des silex taillés. Je suis restée sans voix.

– Comme je vous l'ai dit, Sienna, je ne vis pas dans une grotte, j'ai vu plusieurs reportages sur cette situation, y compris cette *déplorable* interview.

– Mais… je veux dire… j'ai…

Du coin de l'œil, j'ai repéré Monica Birch et son cameraman qui filmait notre conversation. Charlotte a reniflé, dédaigneuse.

– J'ignore pourquoi vous jouez les surprises à ce point. Tout le monde sait que c'est grâce à vous qu'il a pu pénétrer au cœur de la meute.

Vous êtes celle qui l'avez amené à Mahiganote en premier! ai-je eu envie de crier.

– Sienna, avez-vous une réponse à apporter à ces allégations ? a demandé Monica en se rapprochant de nous, Curtis sur ses talons.

– Qu'est-ce qu'elle pourrait bien dire ? a demandé Charlotte à Monica. Tout le monde sait que, sans Sienna, Konstantin n'aurait jamais pris notre meute pour cible en premier lieu…

Ses mots étaient comme des flèches empoisonnées, me frappant les unes après les autres.

Le pire, dans tout cela, c'est qu'elle avait raison. Konstantin était venu à Mahiganote pour moi. Pour le pouvoir qu'il pensait trouver dans mon sang. Et il avait utilisé les gens que j'aimais le plus pour m'approcher.

Rappelle-toi pourquoi tu es là, Sienna. Ce n'est pas pour toi. C'est pour Michelle, pour l'aider à se remettre sur pied.

–Nous ne sommes pas là pour parler de Konstantin, ai-je dit en luttant pour me contrôler. Je veux juste faire de cette cérémonie des Flammes un succès.

–Très bien alors, a répondu Charlotte, vous avez bien fait de m'appeler.

Jocelyn

J'ai parcouru le jardin gelé, perdue dans mes pensées.

Si Sharon Lowell disait vrai, je ne pourrais plus jamais pratiquer la guérison. J'ai croisé les bras sur ma poitrine comme pour essayer de contenir la douleur qui a jailli en moi à cette pensée. L'argent de mon bracelet était froid contre la peau de mon bras. J'avais tenté de tirer de la force de mon bijou, mais je me sentais surtout épuisée.

Qui étais-je, si je n'étais plus guérisseuse ? Personne. Voilà qui j'étais.

J'ai tourné à l'angle du jardin et je me suis arrêtée net. Une femme à la peau sombre et aux cheveux bouclés s'occupait d'une plate-bande de fleurs plutôt en mauvaise santé.

Je n'en croyais pas mes yeux.

C'était impossible.

Ce n'était pas *possible.*

Puis elle s'est tournée et nos regards se sont croisés.

–Nina ?

Son nom est sorti de mes lèvres dans un chuchotement.

Je ne pouvais plus respirer. Elle était encore plus belle que dans mon souvenir. J'étais gelée sur place.

– Jocelyn, a-t-elle dit.

Sa voix était basse et éraillée.

Je me suis noyée dans celle que je voyais devant moi.

– Jocelyn, a-t-elle dit à nouveau.

Elle s'est relevée et a fait un pas vers moi.

Non. Je ne pouvais pas…

Ma paralysie a cédé, j'ai tourné sur moi-même et j'ai pris mes jambes à mon cou.

Aiden

Les cheveux de Sienna chatouillaient mon torse, elle déposait des baisers le long de mon abdomen. Nous étions nus, nos corps couverts de sueur.

La Frénésie s'était emparée fermement de nous et ma peau semblait parcourue d'électricité dès qu'elle posait ses doigts sur moi. Ma bite était dure et réclamait son attention.

– Aiden, a-t-elle soufflé à un centimètre de mon sexe dressé. J'ai besoin de toi.

Puis elle a pris tout mon membre dans sa bouche. Ses yeux verts et perçants rivés aux miens, poussant ma Frénésie vers de nouvelles hauteurs vertigineuses. Puis, sans prévenir, elle a reculé.

– Où es-tu, Aiden ? a-t-elle dit, et des larmes coulaient le long de ses joues. Tu m'as quittée…

***

Soudain, mon estomac a fait le grand huit. Je me suis réveillé en sursaut au moment ou l'avion entrait dans une nouvelle zone de turbulences.

Sous mon pantalon, j'étais dur comme de la pierre et je me sentais mal à l'aise. Les yeux de la Sienna de mes rêves s'étaient incrustés sous ma peau, enflammant ma Frénésie. Il fallait que je rentre près d'elle.

En attendant, cette turbulence était… disons… grisante. Le vent martelait le fuselage, faisant bondir l'avion et le secouant comme si j'étais dans les plus grandes montagnes russes du monde.

Où sommes-nous ? J'ai comme l'impression qu'on devrait déjà être arrivés.

Tapotant l'écran devant moi, j'ai activé la carte montrant notre progression.

Qu'est-ce que ?

Nous devrions avoir survolé l'ouest de la Virginie, et être à une vingtaine de minutes à peu près de notre destination. Pourtant, le GPS montrait que nous étions au-dessus du Nebraska.

C'était forcément une erreur…

En secouant la tête et en grimaçant, j'ai pris mon téléphone et j'ai activé mon application de géolocalisation. Nebraska.

Putain de merde. Qu'est-ce qui se passait, bordel ?

Sans prévenir, l'avion a plongé. Un bruit de frottement s'est élevé de sous mon siège. J'ai appuyé sur le micro communiquant avec le cockpit, mais rien ne s'est passé. Sayyid était lui aussi réveillé et me regardait.

– Qu'est-ce qui se passe ?

Sayyid a détaché sa ceinture et s'est levé, je l'ai suivi avec empressement. Nous sommes allés jusqu'au cockpit et en avons ouvert la porte. Dans le siège du capitaine, Bertrand regardait dans le vide.

Sur le siège, à côté, son copilote était affaissé contre le panneau de contrôle. Du sang sortait d'une large plaie sur son front. Avec un geste mécanique, Bertrand s'est tourné vers moi. Son regard était si vide que cela a provoqué des frissons le long de ma colonne vertébrale.

– Tu n'aurais jamais dû me prendre en chasse, a-t-il dit de la voix de Konstantin. Adieu, Alpha Norwood.

À côté de moi, j'ai entendu le souffle de Sayyid devenir saccadé. J'ai regardé par la vitre et j'ai vu la campagne sous nos pieds, qui se rapprochait dangereusement vite. Nous étions en train de nous crasher.

ÉPISODE 13

TRAIN DE NUIT POUR LAWRENCE

Aiden

Le sol s'approchait à une vitesse folle.

Sayyid a arraché le casque de la tête du pilote et l'a projeté hors de son siège. Il a pointé du doigt le copilote.

– Prenez sa place ! a-t-il dit.

J'ai lutté contre le poids mort de l'homme pour m'asseoir dans son siège.

– Tu as ton permis de pilote ?

– Juste un certificat pour le vol de loisirs, a répondu Sayyid. Je ne suis pas supposé voler au-dessus de dix mille pieds.

– Eh bien, on va bientôt passer en dessous, de toute façon.

– Merde, a marmonné Sayyid.

J'ai mis le second casque.

– Mayday, Mayday, a-t-il dit dans son micro. Ici l'avion privé un-zéro-un Echo Charlie Papa. Nos deux pilotes sont inconscients. Des civils ont pris le contrôle de l'appareil.

Une petite voix a répondu.

– Pardon, pouvez-vous répéter ?

Sayyid a obéi et le contrôle du trafic aérien a réagi cette fois-ci. Après ça, je n'ai plus pu suivre la conversation à cause de tout le jargon technique qui était débité. Mais quand Sayyid pointait le doigt vers quelque chose et me disait d'appuyer sur un bouton ou d'actionner un levier, je le faisais dans la seconde.

Le sol approchait vite, j'ai serré les dents, mes doigts s'enfonçaient dans les manettes de contrôle.

Sienna, je t'aime. J'espère qu'on se reverra un jour.

Et puis…

BANG.

L'avion s'est posé avec violence, nous balançant dans tous les sens comme des passagers à une fête foraine. Sayyid se battait pour maîtriser les manettes. Nous avons roulé dans des champs enneigés, détruisant des barrières au passage. Mais finalement, nous avons réussi à nous immobiliser.

En clignant des yeux, j'ai regardé par-dessus mon épaule. Dans un mouvement très lent, Sayyid s'est tourné vers moi :

– Est-ce qu'on est en vie ?

J'ai jeté ma tête en arrière et j'ai éclaté de rire.

– Oui, me suis-je exclamé. Grâce à toi !

***

La tempête avait fait tomber l'antenne relais la plus proche. On a dû fouiller pour trouver une carte des États-Unis. Sauf erreur de ma part, la ville la plus proche était Lincoln, Nebraska. À la façon qu'il avait de tenir sa tête, Bertrand n'avait plus l'air sous l'influence de Konstantin et son copilote commençait lui aussi à émerger doucement.

Leurs blessures n'avaient pas l'air trop graves.

Une fois que j'ai été sûr que tout le monde allait bien, je me suis transformé. Sayyid a attaché un petit sac sur mon dos et j'ai couru dans la tempête.

C'était difficile, mais la météo commençait déjà à s'améliorer. Quand je suis arrivé à la gare de Lincoln, je me suis habillé dans leurs toilettes publiques, puis j'ai sorti mon téléphone.

Aiden : Hey chérie
Aiden : J'ai une de ces histoires à te raconter...
ERROR : Pas de réseau. Message non envoyé.
ERROR : Pas de réseau. Message non envoyé.

Putain.

J'ai essayé de passer un appel et après ce qui m'a semblé une éternité, j'ai été connecté avec les urgences pour leur demander d'intervenir auprès de l'avion accidenté.

Ensuite, je me suis dépêché d'aller à une borne pour acheter un billet pour le premier train direction Mahiganote. En étudiant mon itinéraire, je me suis mordu la lèvre. Il fallait que je change de train à Lawrence, Kansas. La Retraite des Guérisseurs de Jocelyn était à cet endroit. J'étais tenté de m'arrêter là-bas pour vérifier qu'elle allait bien. Pourtant, l'envie d'aller directement à la maison pour serrer Sienna dans mes bras… trouver l'ectoplasme vampyrique… était forte. Mais Jocelyn était la guérisseuse de ma meute… une des personnes les plus loyales que j'aie jamais connues… et elle s'était presque sacrifiée pour sauver Michelle…

Aiden : Si tu as ce message un jour, je vais faire un arrêt à Lawrence.
Aiden : Mais je te prendrai dans mes bras dès que possible.
Aiden : Je t'aime Sienna.

Puis j'ai embarqué dans le premier train allant vers l'Est.

Nina

Voir Jocelyn plus tôt, ce matin, a été un tel choc que je ne me suis toujours pas remise. J'avais essayé de lui parler, mais elle s'était enfuie.

Je n'allais pas en rester là. Il fallait que je la retrouve. Que je lui parle. Que j'essaie de lui expliquer. C'est pourquoi j'étais devant la porte de sa chambre, marquant une pause entre deux coups insistants, et c'est à ce moment-là que j'ai entendu son téléphone sonner. Pressant mon oreille contre la porte, j'ai écouté.

– Non, l'ai-je entendue dire. Non, je préférerais ne pas avoir de visiteurs aujourd'hui.

Est-ce qu'elle allait leur dire que j'étais là ? À essayer d'entrer ?

Les guérisseurs d'ici ne savaient rien sur moi. Je leur avais donné un faux nom et de faux papiers que j'avais obtenus contre la promesse d'un grand service. Si Jocelyn le voulait, elle pouvait réduire tous mes efforts à néant.

– Quoi ? a-t-elle dit. Qui ça ?

Je ne pouvais plus faire marche arrière. Plus maintenant. Il fallait que j'essaie de lui expliquer. J'ai pressé mon oreille encore plus fort contre la porte.

– Ici ? Vous êtes sûr ?

À qui parlait-elle ?

J'avais choisi cet endroit parce qu'il était le plus proche possible du territoire de la meute de la côte Est sans pour autant en faire partie. Si je remettais le pied sur ses terres, l'Alpha me tuerait – lui ou son Bêta.

Mais je ne voulais pas trop m'éloigner non plus.

Et maintenant… elle était là.

La porte s'est ouverte à la volée. Jocelyn m'a attrapée et m'a attirée à l'intérieur. J'étais trop surprise pour trouver quoi dire. Ce qui ne m'arrivait quasiment jamais. Les yeux de Jocelyn étaient brillants d'émotion.

– C'est pas possible, Nina. Je te jure. Encore un super timing ! Tu te fous de moi.

– Joce, ai-je dit, en retrouvant enfin ma voix. Joce, s'il te plaît, laisse-moi t'expliquer.

Mais elle était en train de me pousser dans son placard.

– Joce, qu'est-ce que tu…

– Tais-toi, Nina, a-t-elle rugi.

–Hé, c'est un peu tard pour que je retourne dans le placard…

–Contente-toi de la fermer et pour l'amour de tout ce qui est saint : *ne fais pas un bruit !*

L'endroit étroit a été plongé dans le noir quand elle en a claqué le battant.

Un battement de cœur plus tard, il y avait quelqu'un à la porte. J'ai entendu Jocelyn ouvrir, en retenant ma respiration.

–Hé, a dit une voix d'homme. C'est si bon de te voir sur pied, Jocelyn.

J'ai reconnu cette voix. Mon cœur s'est mis à battre la chamade.

–Waouh, a dit Jocelyn, qui avait l'air nerveuse même si elle riait. Je ne les croyais pas quand ils m'ont annoncé que c'était toi, *mon Alpha !*

Ces deux derniers mots avaient été prononcés un peu plus forts, comme s'ils m'étaient destinés. Je me suis sentie devenir liquide.

–Tu le croirais si je te disais que j'étais justement dans le coin ? Comment vas-tu ? a demandé Aiden Norwood.

Parce que, bien sûr, c'était lui. J'avais identifié sa voix.

–Je vais… bien, a dit Jocelyn. J'essaie toujours de digérer ce qui s'est passé, j'imagine.

Sa voix s'est éteinte et j'ai eu du mal à entendre le reste de la conversation. Il fallait que je réussisse à maîtriser mon anxiété. Puis quelque chose que Jocelyn a dit m'a alertée.

–Je sais que c'est important, Aiden, bien sûr que ça l'est, mais je vais mieux. Sienna a besoin de toi. Ne perds pas ça de vue.

–Elle a besoin de moi pour assurer sa sécurité et ça signifie éliminer Konstantin, a affirmé Aiden.

Konstantin. Je me souvenais de cette terrible soirée du bal de Yule. Il s'était échappé. Mais j'étais restée. J'avais aidé. Ça devait compter pour quelque chose, n'est-ce pas ?

–Aiden, a dit Jocelyn du ton égal qui la caractérisait. Il te manque une pièce importante du puzzle. Oui, défendre Sienna de toute attaque est… essentiel. Mais ce n'est pas tout ce dont elle a besoin.

Pas tout ce dont elle a besoin.

– Sienna a subi un trauma sévère, a continué Jocelyn. Comme nous tous.

Sa voix était lourde de sens – je savais qu'elle ne parlait pas juste de Sienna.

– Elle est plus vulnérable que jamais, Aiden, a dit Jocelyn. Elle a besoin de toi comme jamais auparavant.

Comme jamais auparavant.

Jocelyn a baissé la voix et j'ai entendu un bruit métallique. J'ai tendu l'oreille pour capter la fin de sa phrase :

– … dis-lui qu'elle est assez forte pour faire face, quoi qu'il arrive.

– Jocelyn… a dit la voix pleine de douleur d'Aiden. Es-tu certaine ?

– Oui, l'ai-je entendue murmurer. Sienna a besoin de savoir que les personnes qui l'aiment ne l'ont pas abandonnée.

Pas abandonnée.

J'ai fermé les yeux et ai pressé mes doigts contre ma bouche. C'était exactement ce que j'avais fait. J'avais abandonné Jocelyn quand elle en avait le plus besoin après l'attaque de Konstantin. Et malgré tout, elle essayait à nouveau de me protéger.

Oh Jocelyn… Pourras-tu un jour me pardonner ?

Sienna

Mercredi soir. Plus que quelques jours avant la cérémonie des Flammes. J'ignorais quand Aiden allait rentrer. J'avais reçu une série de SMS étranges qui mentionnaient le Kansas, mais plus rien depuis quelques heures.

Michelle avait insisté pour que l'on dîne à la Maison de la Meute, filmées, pour discuter.

Elle avait aussi « suggéré » que j'invite Charlotte. Cela me paraissait aussi plaisant que de dîner avec un cobra, mais j'avais dit oui. Michelle avait l'air si… instable, ces derniers temps, que c'était plus simple de lui accorder ce qu'elle désirait. Sauf qu'en fait, rien n'était jamais simple.

– Alors je pensais qu'on pourrait s'entraîner à pratiquer le rituel de la bougie après le dessert, ai-je suggéré.

Michelle a haussé les épaules.

– OK, comme ça, on sera débarrassées.

– Parce que je pensais…

– Michelle ? a appelé Monica depuis le couloir. Je peux vous parler une minute ?

Michelle s'est excusée. La reporter et elle ont commencé à discuter vivement, mais très bas. Je les ai observées jusqu'à ce que Michelle hoche la tête, visiblement d'accord avec ce que Monica venait de lui proposer. Elle est revenue en trottinant.

– Alors je disais que… si on déplace le rituel de la bougie juste après…

– Oh, mon Dieu, m'a interrompue Michelle. On s'en fiche de ça !

Je l'ai dévisagée.

– Je pensais que tout le but de la cérémonie était le rituel d'illumination ? ai-je dit, surprise par son brusque changement d'attitude.

Curtis a bougé derrière Michelle, mais a braqué sa caméra sur moi. Mon amie a levé les yeux au ciel.

– T'as pas plus ennuyeux ?

J'ai serré les dents et tenté de ne pas paraître irritée.

– Je ne comprends pas, ai-je répondu à Michelle. Est-ce que nous n'avons pas sélectionné la cérémonie des Flammes parce que… parce que tu voulais un événement un peu marquant ? Et le moment le plus marquant de tout ça, c'est le rituel d'illumination, je pense ?

Michelle a essayé d'en rire, mais j'ai vu une hésitation dans son regard. Avant qu'elle n'ait eu la chance de répondre…

– Oh, *vraiment*, Sienna ? s'est exclamée Charlotte en levant les yeux au ciel.

– Quoi ?

J'ai enfoncé mes ongles dans ma serviette de table.

– Comme si la cérémonie des Flammes pouvait se résumer à quelques *bougies*, a asséné Charlotte.

– Exactement ! a abondé Michelle en son sens.

Sérieusement, qu'est-ce qu'il lui arrive ? Souviens-toi pourquoi tu fais tout ça.

– Si ce n'est pas une histoire de bougies, alors qu'est-ce que c'est *exactement ?* ai-je lâché, exaspérée.

Charlotte a laissé échapper un soupir exagéré et m'a dévisagée.

– La cérémonie des Flammes clôt la saison de la Frénésie, Sienna. C'est une célébration visant à bénir et protéger les nouvelles grossesses, enfin !

Je suis restée bouche bée.

– Eh bien... je l'apprends, ai-je fini par balbutier.

Je sentais que Curtis était en train de faire un plan serré sur mon visage.

– Mais, *honnêtement*, je ne peux pas *imaginer* pourquoi votre choix s'est porté sur ce rite, a dit Charlotte. C'est si précipité... et vous n'êtes pas enceinte, n'est-ce pas ?

J'ai cligné des yeux.

– Un couple en bonne santé qui essaie vraiment de concevoir pendant la Frénésie a la *garantie* de réussir, a-t-elle ajouté.

La tension dans la pièce était aussi épaisse que du brouillard. Tout mon corps tremblait de rage. Et d'incertitude. Parce que les mots de Charlotte reposaient sur un fond de vérité.

Pourquoi Aiden et moi n'avions pas encore conçu ?

– Est-ce que Aiden et toi vous essayez au moins ? s'est enquise Michelle.

Je ne pouvais pas croire qu'elle me demandait ça en face des caméras.

– Ou peut-être qu'il ne te touche plus depuis que ce vampyre t'a mordue ?

Mon cœur s'est ratatiné. J'ai entendu Monica Birch réprimer un couinement de contentement. Charlotte a reniflé, comme si parler de la vie sexuelle de son fils était odieux.

– OK, attendez, ai-je dit en essayant de reprendre le contrôle de la situation. Michelle, est-ce que je peux te parler, une minute ?

Elle avait l'air mal à l'aise. Et tant mieux.

– Seulement si les caméras peuvent venir aussi ! a piaillé Monica.

Je pouvais sentir la tension dans l'air. Les regards et les zooms étaient braqués sur moi, guettant ma réaction.

Ma louve intérieure me suppliait de la laisser sortir – de perdre le contrôle de mes émotions et de dire à tout le monde dans cette pièce exactement ce que je pensais d'eux. Mais je n'ai pas cédé. J'ai respiré un bon coup, et j'ai lutté pour garder mon calme.

– Michelle, tu es ma meilleure amie et je t'adore, mais tu as dépassé les bornes. Le lien entre Aiden et moi est plus fort que tout ce que tu peux imaginer. Si c'est en m'insultant que tu te sens mieux, alors continue, mais il n'y a rien que tu pourras dire qui pourra me faire douter de mon compagnon.

Ma voix tremblait, mais mon menton était haut et fier. Tout le monde était silencieux. Les joues de Michelle étaient rouge écarlate, mais Monica avait l'air d'avoir décroché le gros lot. Charlotte affichait son air pincé habituel. Rien que je puisse dire ne satisfaisait jamais cette femme. Mais je m'en fichais. Je sentais ma confiance en moi grandir.

– Eh bien, c'est une sacrée déclaration, a dit une voix derrière moi.

Tout le monde s'est retourné. Debout, dans l'encadrement de la porte, se trouvait une haute silhouette aux yeux perçants.

– Aiden ! ai-je crié.

Je n'ai plus pensé aux caméras et je me suis jetée dans ces bras. Avant que j'aie eu la chance de lui expliquer ce qui venait de se passer, ses lèvres ont effleuré mon oreille et il a murmuré…

– J'ai envie de toi… *maintenant*.

ÉPISODE 14

UN RÊVE OU DEUX QUI POURRAIENT SE RÉALISER

Sienna

Michelle, Monica, et Charlotte – sans parler de l'équipe de tournage – nous regardaient nous fondre l'un dans l'autre. Sans un regard pour eux, il m'a soulevée et m'a emmenée jusqu'à son bureau. Il a verrouillé la porte derrière nous.

– Je suis désolé d'être parti si longtemps, a-t-il murmuré, le nez dans mes cheveux.

– Je suis si contente que tu sois rentré, ai-je répondu en l'embrassant passionnément.

Il a reculé et m'a regardée en levant les sourcils, l'air sombre.

– Qu'est-ce que ma mère fiche là ?

– C'est compliqué.

– Je suis désolé, Sienna, a-t-il dit à nouveau. Désolé de ne pas avoir été là quand tu avais besoin de moi.

Ses mots m'ont apaisée, balayant toute la détresse que j'avais ressentie pendant des jours. Tout : l'émission, ma relation avec Michelle, ma peur cachée qu'elle suive le même chemin qu'Emily, tout a disparu.

Et ses lèvres ont terminé ce que ses mots avaient commencé.

Il m'a conduite jusqu'au canapé où je me suis lovée dans ses bras, savourant sa chaleur, la douceur ferme de son corps. Nous nous sommes embrassés et ses mains ont commencé à parcourir mon corps, faisant monter mon désir. Je suis montée sur ses genoux et il a déboutonné mon chemisier, enfouissant son visage entre mes seins. J'ai fourragé du côté de son pantalon. Ses mains montaient et descendaient le long de mon dos, chaudes contre la soie de mon haut. De la joie a fleuri dans mon cœur et je l'ai embrassé intensément avant de retirer sa chemise.

Il m'avait tellement manqué…

Cela n'avait duré que quelques jours, mais être avec lui à présent semblait si… juste, comme si pendant tout ce temps il m'avait manqué un membre et que je ne l'avais même pas réalisé.

Je savais qu'être simplement en présence de mon compagnon ne résoudrait pas tous mes problèmes – j'étais la seule à le pouvoir –, mais pour l'instant, tout ce que je voulais, c'était les oublier et me perdre dans ses bras.

Aiden a fait glisser mon jean et me l'a retiré. Je me suis levée et j'ai ôté le reste de mes vêtements, impatiente. L'instant d'après, il était nu, lui aussi.

Pendant un moment, nous nous sommes contentés de nous regarder, nous abreuvant de la vue de nos corps.

– Tu es tout pour moi, Sienna, a-t-il dit.

Il était si beau. Je n'avais pas de mots pour décrire l'émotion qui me submergeait quand je le regardais. Puis il a souri et m'a attrapée. J'ai caressé ses biceps alors qu'il me portait et me pressait contre le mur. J'ai remonté les jambes et il m'a pénétrée en un seul coup de reins. J'ai haleté sous ses va-et-vient, encore et encore. Je me sentais à nouveau entière. Resserrant mes jambes autour de ses hanches, baignée dans son odeur – de citron et de cèdre –, j'ai poussé de tous mes muscles contre le mur pour lui permettre d'aller plus loin en moi. Ensemble, nous avons atteint l'orgasme, nous accrochant l'un à l'autre et criant d'une seule voix. En sécurité dans ses bras, tout mon corps s'est relaxé. Nous nous sommes effondrés sur le sofa dans un méli-mélo de membres, essayant de rester aussi proches que possible. Et nous sommes restés ainsi pendant un long moment.

Aiden

Le lendemain matin, j'ai escorté ma compagne dans l'immense salle à manger de la Maison de la Meute. Avant de partir, j'avais placé le petit objet que m'avait confié Jocelyn, enveloppé avec précaution, dans la poche de ma veste.

Sienna avait une répétition pour son émission avec Monica Birch et je l'accompagnais pour m'assurer que mère ne se transformerait pas en belle-monstre. Personnellement, je ne comprenais pas pourquoi Sienna avait accepté de participer à ce tournage. Elle n'avait jamais été de celles qui cherchaient l'attention. Mais quand nous sommes arrivés, et que j'ai vu Michelle s'ébahir devant le miroir entouré d'ampoules, j'ai commencé à comprendre.

– Tu es sûre de ne pas vouloir que je fasse annuler tout ce cirque ? lui ai-je demandé à voix basse.

– Ça ne va plus durer très longtemps. Mais si Michelle me refait son numéro d'hier, peut-être que je changerai d'avis.

J'ai hoché la tête, l'air sombre, et Monica a débarqué, un cameraman sur les talons, comme toujours.

– Bonjour Alpha Norwood, Sienna, a-t-elle éructé.

Elle nous a adressé un énorme sourire avant que son visage ne devienne soudain très sérieux.

– Tout va bien ? s'est inquiétée Sienna.

Elle a regardé autour d'elle, cherchant manifestement quelqu'un.

– Où est Charlotte ?

– C'est de cela qu'il faut que nous parlions, a dit Monica en s'assurant d'un simple regard que les caméras étaient tournées dans la bonne direction. Notre accord avec La Grotta est tombé à l'eau. Elle essaie de voir si elle peut réserver un des autres traiteurs.

Le gars derrière la caméra s'est approché de Sienna, s'attendant probablement à ce qu'elle s'effondre.

À la place, elle a souri.

– J'ai une idée.

Quelques instants plus tard, elle avait la grand-mère de Mia au téléphone, puis le restaurant Winston's. Je l'observais, le cœur gonflé de fierté.

– Tu gères vraiment très bien, ai-je murmuré quand elle a raccroché.

Je lui ai donné un baiser qu'elle m'a rendu. Du coin de l'œil, je me suis rendu compte que les caméras n'en avaient pas perdu une miette.

Tant mieux. Laissons voir au monde à quel point j'aime ma compagne.

Mais ensuite, je l'ai attirée loin des curieux. J'ai tiré de la poche de ma veste le petit paquet que j'ai tendu à Sienna.

– Jocelyn voulait que tu aies ça, je lui ai donné de tes nouvelles. Ne l'ouvre pas maintenant, pas en public. Mais je voulais juste que tu saches qu'il y a beaucoup de gens qui se soucient de toi.

Sienna a regardé tendrement le petit paquet et l'a glissé dans son sac à main.

– Tu sais, Aiden, je vais beaucoup mieux, a-t-elle dit doucement.

Elle a entremêlé ses doigts aux miens.

– Et ce que tu fais… pourchasser Konstantin… c'est vraiment très important.

– Tu es vraiment très importante, ai-je soufflé. Bien plus importante.

– C'est comme ça que je me sens toujours, avec toi, a-t-elle souri.

Puis son expression est devenue sérieuse.

– Éliminer Konstantin doit être notre priorité numéro un.

Nous devons en finir, une bonne fois pour toutes.

J'ai hoché la tête.

– D'accord.

Il était temps de mettre la main sur cet ectoplasme.

Sienna

Après avoir passé la nuit entière dans les bras d'Aiden et cette matinée à résoudre la crise des traiteurs, je me sentais peu à peu redevenir l'ancienne moi.

Et le poids du cadeau de Jocelyn – je n'avais aucune idée de ce que c'était – me donnait un petit coup de pouce en plus. Même depuis le Kansas, mon amie voulait que je sache qu'elle pensait à moi. Je l'ouvrirais dès que je serais à la maison mais, d'abord, il fallait en finir avec les préparations de la cérémonie.

J'avais nommé la *abuela* de Mia responsable des chefs du Winston pour la nourriture.

C'était parfait. Il y aurait une petite touche personnelle et chaleureuse. Des plats authentiques et traditionnels. Quand Charlotte est arrivée, elle a fait comme si l'incident de la veille ne s'était pas produit, ce qui ne lui ressemblait pas. Je n'avais jamais vu ma belle-mère avoir une opinion qu'elle ne s'empressait pas de partager. Elle s'est contentée de lever un sourcil quand j'ai mentionné mon choix de traiteur, se retenant clairement d'ajouter tout commentaire.

Felix a trotté vers moi, un téléphone à la main.

– Madame Mercer-Norwood, a-t-il dit avec un sourire. J'ai Miami en ligne pour vous.

– Miami ? ai-je répété, confuse.

– Oui, a-t-il confirmé. Ils ont une proposition pour vous, Madame Mercer-Norwood. Vous allez sans doute être intéressée par ce qu'ils ont à vous dire.

Avec un vague signe de la tête, j'ai pris le téléphone.

– Bonjour ? ai-je dit.

– Madame Mercer-Norwood ?

– Oui.

Tout en parlant, j'ai remarqué l'arrivée d'Erica. Elle était venue nous aider avec la répétition et elle avait un excellent timing puisque Curtis s'est concentré sur elle et m'a laissé un moment d'intimité appréciable.

– C'est Scott Tyler, de l'entreprise de design intérieur Westport, de Miami, a dit l'homme à l'autre bout de la ligne.

– C'est à quel sujet ?

– Je travaille pour le conseil municipal qui a pour projet de restaurer le Senator, un hôtel historique du centre-ville. Nous aurions aimé discuter avec vous d'une possible commande.

– Je ne suis pas certaine de comprendre où vous voulez en venir, ai-je répondu.

– Nous nous demandions si vous seriez intéressée par le fait de créer une nouvelle série de tableaux, spécialement pour nous.

J'étais sous le choc.

– Euh… c'est tout ce que j'ai réussi à articuler.

– Notre seule condition, c'est que vous veniez immédiatement à Miami pour nous rencontrer, car nous devons vous montrer l'endroit. Les choses vont très vite ici, Madame Mercer-Norwood.

– Immédiatement ? ai-je répété.

La cérémonie était demain soir…

– Oui, a confirmé Tyler. Il y a eu un changement de plan et nous sommes en retard sur notre planning, alors nous aurions besoin de quelqu'un qui pourrait agir vite. Nous aurions besoin des tableaux d'ici deux semaines.

– Oh, c'est très rapide, ai-je dit. De combien de pièces parle-t-on ?

– Au moins une douzaine. Mais nous serions prêts à vous dédommager pour ce délai trop court, je vous assure.

Il y a eu un blanc. Ma tête tournait. L'excitation se battait en duel avec l'hésitation.

– Eh bien, ai-je fini par dire, laissez-moi y réfléchir. Vous avez laissé vos coordonnées à Felix ?

– Oui, a confirmé Tyler. Mais, s'il vous plaît, Madame

Mercer-Norwood, pourriez-vous revenir vers moi d'ici la fin de la journée ? J'ai besoin de savoir quelle réponse donner à un autre artiste si le projet ne vous convient pas.

–Je comprends, oui, ai-je dit avant de raccrocher.

Je suis restée debout, le téléphone à la main, complètement paralysée, Erica s'approchait de moi. Curtis était en train de filmer Charlotte qui arrangeait des bougies sur une estrade installée contre un mur.

–Qu'est-ce qui t'arrive ? a murmuré Erica.

Je lui ai tout raconté. Elle a écarquillé ses yeux noisette.

–Mais c'est *génial* !

En effet. Mais c'était aussi trop beau pour être vrai. Et je savais d'expérience qu'il valait mieux réfléchir et ne pas se précipiter. Je ne savais que faire du téléphone, alors j'ai continué à m'y accrocher.

–Rappelle-les, m'a pressée Erica. Dis-leur oui !

J'ai secoué la tête.

–Comment je pourrais y arriver ? La cérémonie est demain et j'ai donné mon accord pour être filmée pendant encore un mois !

–Sienna, ce serait une avancée énorme pour ta carrière !

Je ne savais pas comment lui expliquer que j'étais terrifiée par l'idée d'une telle responsabilité. Depuis l'attaque de Konstantin, je n'étais même plus capable de dessiner des bonshommes en bâtons… et ils voulaient que je produise une douzaine d'œuvres. En seulement deux semaines.

Mon cœur a commencé à battre la chamade alors que je regardais Charlotte qui changeait l'ordre de bougies rouges et blanches.

–Je ne sais juste pas si j'en suis capable…

–Sienna, c'est ta première grosse commande ! Ce n'est pas le moment de douter de toi !

Je me sentais glacée.

La simple idée de peindre pouvait me provoquer une attaque de panique.

Et Michelle… Michelle était beaucoup plus blessée par ce

qui lui était arrivé qu'elle voulait bien le laisser voir. C'était la seule explication valable à son comportement de la veille. Si je lui tournais le dos maintenant, quel genre d'amie cela ferait-il de moi ?

Le même genre qui avait laissé Emily mourir…

Mon cœur s'est serré.

Tout le monde compte sur moi.

Si je reculais maintenant, cela me ferait paraître incroyablement égoïste – et tout cela à la télévision.

J'avais eu ma dose l'année dernière. Et mon amie avait besoin de moi. Même si elle l'ignorait. Comment pourrais-je la laisser tomber ?

Aiden

Observer Sienna prendre en main Monica et cette émission de téléréalité ridicule me rappelait à quel point elle avait mûri depuis notre première rencontre. Elle était devenue fière, si confiante en elle et parfaitement à sa place à mes côtés.

C'était à moi qu'il revenait de lui montrer le même respect et la même affection en retour. En regardant ma mère, je me suis rappelé que je n'avais pas vraiment eu un modèle de couple parfait sous les yeux, dans mon enfance. Mon père et elle ne se montraient de l'affection que pendant les conférences de presse et, même là, c'était calculé pour projeter l'image de perfection à laquelle ils tenaient tant.

Il fallait que je me montre meilleur que cela. Mais même si je désirais de tout mon cœur assurer le bonheur de Sienna, je ne pouvais pas le faire si je ne la savais pas en sécurité.

Dans la cave de la Maison de la Meute, nous avions un espace de stockage où nous entreposions tout ce qui avait à voir de près ou de loin avec les investigations de l'équipe de chasseurs. Au bout d'un moment, les preuves étaient soit jetées soit cédées à la police régulière pour qu'ils les gardent sur le long terme. Mais si une enquête était toujours ouverte, alors les preuves restaient dans les archives de la Maison de la Meute. C'est pourquoi, quand j'ai fouillé cette pièce, en passant en revue tous les cartons étiquetés « Konstantin », et d'autres qui ne l'étaient pas, j'étais particulièrement préoccupé. J'ai cherché partout la boue noire que nous avions méticuleusement collectée après l'attaque du bal de Yule.

Mais elle avait disparu.

ÉPISODE 15
CETTE PETITE FLAMME QUI M'APPARTIENT

Aiden

Mes mains tremblaient en écrivant au capitaine de mon équipe de chasseurs.

Aiden : Est-ce que vous avez sorti des scellés de notre stock ?
Sayyid : Non.
Aiden : Il manque certaines preuves.
Sayyid : Quelles preuves ?
Aiden : La boue.
Sayyid : Elle était stockée dans un seau tout en haut de l'étagère, quatrième rangée.

J'ai trouvé le seau, mais il était vide. À l'étage, ma compagne affrontait les caméras – sans parler de ma mère. Et j'étais coincé ici à chasser le dahu…

Aiden : Je viens de revérifier, rien.
Sayyid : C'est inquiétant. Est-ce que vous avez vérifié les caméras de sécurité ?
Aiden : J'y vais de ce pas.

Alors que je faisais défiler les images de vidéosurveillance sur mon ordinateur, je n'ai pas eu beaucoup à attendre avant de repérer un homme familier, aux cheveux blonds.

Josh.

Comment avait-il su que l'ectoplasme était si important ?

Aiden : On dirait que c'est le Bêta Daniels qui l'a pris.
Sayyid : Eh bien, c'est un soulagement.
Aiden : C'est toi qui lui en as parlé ?
Sayyid : Oui, hier.
Sayyid : Il a demandé à être tenu au courant de la situation.

J'ai soupiré. Il n'y avait aucune raison pour que Sayyid refuse de partager des informations sur une enquête en cours avec le Bêta de la meute de la côte Est. En fait, c'était normal. D'autant que Josh aurait dû être celui qui menait les opérations.

Il était juste… trop impliqué.

J'ai couru dans toute la Maison de la Meute, mais pas de trace de Josh. J'ai grogné. C'est exactement pour ça que j'avais hésité à partager les infos avec lui…

Il était parti chercher Konstantin. Seul.

Sienna

Monica avait insisté pour que tout le monde vienne se préparer pour la cérémonie directement à la Maison de la Meute.

– Dites-nous comment vous vous sentez pour ce soir, m'a pressée Monica en me traînant dans un fauteuil d'interview alors que mon maquillage n'était même pas fait.

– Je suis nerveuse, ai-je admis, tout en essayant de ne pas

regarder directement la caméra. J'aimerais vraiment que tout se déroule sans accroc.

– Bien sûr, comme nous tous, a assuré Monica, ses lèvres se recourbant en un sourire malsain.

Erica

Ils avaient installé des box où l'on pouvait se filmer en appuyant simplement sur un bouton. Installée dans l'un d'entre eux, un verre d'hydromel traditionnel à la main, j'ai regardé la caméra d'un air très sérieux.

– Ce que les gens ne savent pas, c'est combien Sienna se sacrifie pour cet événement. Pour la meute au complet, en réalité.

J'ai pris une gorgée de ma boisson.

– On lui a proposé un gros contrat. Sienna est une artiste époustouflante. Ils voulaient l'engager pour une série de tableaux à Miami ! Ça aurait été une telle avancée pour sa carrière… Mais elle a refusé parce qu'elle ne voulait pas rater la cérémonie.

Le rideau du box s'est ouvert et Mia s'est installée à mes côtés.

– Oh mais oui ! Le contrat ! a-t-elle dit en regardant la caméra, Sienna aurait été fantastique pour cette mission !

– Tu écoutais ce que je disais ? Ces box sont censés être privés !

– Oh, ça va ! Tu disais ?

J'ai toussé d'un ton moqueur.

– Juste qu'elle a refusé la mission parce qu'elle ne voulait pas laisser tomber tout le monde.

– Oh, là là, c'est dommage, s'est lamentée Mia.

– Et tout ça à cause de Michelle… ai-je fini par lâcher en révélant au passage ce que je gardais pour moi depuis longtemps.

Mia a écarquillé les yeux.

– Qu'est-ce que tu veux dire ?

– Sienna se sent responsable de ce qui est arrivé à Michelle, et Michelle en profite pour obtenir exactement ce qu'elle désire, ai-je affirmé.

J'ai vidé mon verre.

– Elle se fiche des conséquences pour Sienna, tant que les projecteurs sont braqués sur elle.

Michelle

Quelques minutes avant que le rituel ne commence, j'ai trouvé un box vide et je me suis glissée à l'intérieur.

Avant d'appuyer sur le bouton d'enregistrement, j'ai pris soin de lisser mon chemisier Versace et de vérifier mon maquillage dans mon miroir de poche.

Mes yeux étaient brillants, voire un peu fiévreux, mais c'était à prévoir. Je ne me souvenais pas de la dernière fois que j'avais fait une nuit complète. Mais ce n'était pas le moment de penser à ça. Il était temps pour moi de briller, même si j'allais devoir sortir mes griffes pour me faire une place au soleil. J'allais leur donner une petite interview qu'ils utiliseraient à coup sûr.

– C'est tellement excitant. Tout va bientôt commencer. Trois rituels de la bougie sont déjà prévus.

J'ai sorti mon blush et mon rouge à lèvres.

– Bien sûr, c'est Sienna qui en prendra la tête.

Mon estomac a grogné. Je ne savais toujours pas pourquoi j'avais mentionné le manque de fertilité de Sienna devant tout le monde.

J'étais juste tellement… en colère. Il y avait cette rage qui bouillonnait en moi, juste sous la surface. Et quand Monica m'avait confié que Sienna ignorait probablement la véritable signification de la cérémonie des Flammes… je n'ai même pas réfléchi. J'ai juste ouvert ma bouche. J'ai balancé des horreurs sur mon amie. Et ce qui était pire… c'est que je ne le regrettais pas tout à fait.

J'ai réappliqué du rouge à lèvres de manière théâtrale, puis j'ai regardé directement vers la caméra.

– C'est dommage, vraiment. Sienna ne semble pas avoir la finesse de goût requis par sa position. Je veux dire… cette idée de faire appel à la grand-mère de Mia pour la nourriture…

J'ai levé les yeux au ciel en fermant mon blush d'un coup sec.

– Mais j'imagine qu'il faut s'adapter. Je serai là si jamais elle se prend les pieds dans le tapis. Je peux toujours intervenir si elle a besoin de moi…

En faisant un clin d'œil à l'objectif, j'ai terminé l'enregistrement et je me suis dirigée vers la salle à manger, les épaules en arrière.

Ne jamais laisser personne voir que vous faites des efforts.

Sienna

Je patientais sur l'estrade à côté de Blair.

Rassemblés en face de nous, plus de cinq cents membres de la meute de la côte Est. La plupart tenaient de longues bougies entourées de collerettes en papier pour protéger leurs mains.

La cérémonie des Flammes allait commencer.

Ma robe moulante était bleu nuit avec des dizaines de petits cristaux rouges et orange cousus sur le corsage et tombant en cascade jusqu'à l'ourlet. Selena me l'avait apportée dans l'après-midi et je n'arrivais pas à croire à quel point j'étais belle… comme si j'étais façonnée par la flamme d'une bougie.

Michelle nous a rejointes sur l'estrade et j'ai remarqué qu'elle fronçait imperceptiblement les sourcils en prenant place à nos côtés. Mais quand elle s'est retournée pour faire face aux caméras, je me suis demandé si je ne l'avais pas juste imaginé. Peu importe, Michelle allait être surprise ce soir.

Tout le monde le serait.

J'ai repéré le regard de Selena dans la foule.

– Tu es *splendide*! m'a-t-elle fait comprendre.

J'ai souri à ma sœur. Cela me touchait beaucoup qu'elle ait pu venir, surtout quand cela impliquait qu'elle laisse la petite Vanessa à la maison avec notre mère.

Du coin de l'œil, j'ai vu Monica et Charlotte, leurs têtes se sont rapprochées pour parler. Qu'est-ce qu'elles manigançaient ? Je ne leur faisais pas vraiment confiance.

Puis Monica a reçu un signe de son cameraman. Elle a hoché la tête et j'ai avancé d'un pas.

– Merci à tout le monde d'être venu, ai-je commencé en offrant un grand sourire à la foule. Nous sommes si heureux de vous avoir parmi nous pour cette nouvelle cérémonie de la Flamme.

Tout le monde a applaudi.

J'ai pris une profonde inspiration et j'ai commencé à réciter la bénédiction traditionnelle des Flammes.

– Divine flamme, fertile et brillante, ai-je déclamé.

Pendant que je parlais, ceux qui avaient des bougies se sont avancés pour venir les allumer sur le petit brasero que nous avions installé.

Une musique instrumentale solennelle a commencé à être diffusée. J'ai lancé un regard à Charlotte qui arborait un air de satisfaction.

Eh bien, c'est pas trop tôt…

J'ai continué à réciter :

– Donne-nous une lumière intérieure capable de nourrir les graines qui grandiront en nous…

Argh. Qui avait écrit un truc pareil ? On aurait dit de la propagande pour une secte…

Mais je n'ai rien laissé paraître et j'ai gardé mon expression sereine vissée au visage.

J'avais presque terminé. Plus que quelques mots gnangnans.

– Même si la Frénésie s'est achevée, notre amour, lui, continuera de brûler.

Je me suis tournée et j'ai allumé les deux bougies qui se situaient devant l'estrade, l'une rouge et l'autre noire. Puis j'ai regardé Michelle. Elle a cligné des yeux quand je me suis approchée d'elle. Nous n'avions pas répété cela.

Michelle

Sienna m'a tendu le long allume-feu.

– À toi de jouer, a-t-elle murmuré.

Elle s'est retournée vers la foule et a dit :

– Michelle Daniels sera celle qui allumera nos bougies, car je dédie la cérémonie de cette année à elle et à notre amitié.

J'ai grimacé. Était-elle sincère ou était-ce une autre manigance pour paraître meilleure que moi ?

Sienna a continué :

– J'ai espoir que les bénédictions de ces rites nous aideront à faire grandir notre amitié, tout comme les bénédictions fortifient les vies nouvelles que nous souhaitons apporter au monde.

Un murmure s'est répandu dans la foule.

Les femmes alignées ont avancé pour allumer leurs bougies.

J'étais tellement heureuse de voir les caméras suivre le moindre de mes gestes que j'avais presque la tête qui tournait. J'ai illuminé la dernière rangée de bougies, tout en me délectant de chaque instant sous les projecteurs.

Cette soirée était tout ce dont j'avais toujours rêvé.

C'était grâce à Sienna.

Tout le reste n'importait plus, et je ne ressentais plus que de l'amour pour mon amie. J'ai croisé son regard, elle se tenait près d'Aiden et me souriait.

Je lui ai adressé un petit hochement de tête et j'ai allumé la bougie suivante.

Tout était parfait.

Sienna

Dès que j'ai pu, je me suis échappée dehors.

Les rituels avaient pris fin et, maintenant, la soirée se déroulait comme une réception de mariage. Les gens se mélangeaient, tout en dégustant la délicieuse nourriture que la grand-mère de Mia avait préparée, servie dans la porcelaine délicate que Charlotte avait choisie pour l'occasion.

Ma belle-mère était satisfaite. Autant qu'il était possible pour elle de l'être, dans la mesure où elle avait un glaçon à la place du cœur.

Michelle était aux anges.

Alors pourquoi ma poitrine était-elle si serrée ?

Tout s'était déroulé dans le moindre accroc. Comme sur des roulettes. Je n'avais pas commis la moindre erreur. Michelle avait été mise en avant tout du long, décision que j'avais prise ce matin même.

Même Monica semblait heureuse.

Et pourtant, je ne pouvais plus respirer.

Trouve Aiden. Dis-lui ce que tu ressens.

Mais mon compagnon avait ses propres soucis. Quelque chose, à propos de son enquête, le perturbait, mais il ne voulait pas me dire quoi.

Je pouvais gérer. Il fallait juste que je m'accroche. Je respirais l'air frais sur la terrasse en essayant de me calmer. Mes mains étaient engourdies, mais pas à cause du froid. Tout ce que je désirais, c'était fuir, me transformer en louve et courir dans la forêt recouverte de neige pour trouver un endroit sans caméras, sans attentes ridicules.

Sans le rêve de toute une vie que j'avais dû refuser parce que je ne trouvais plus l'étincelle, la passion pour un art qui m'animait depuis aussi loin que je m'en souvenais. Le conseiller municipal de Miami avait eu l'air sincèrement déçu quand j'avais refusé son offre.

Ma respiration s'est bloquée dans ma gorge.

Tant pis. Ce n'est pas comme si j'étais destinée à devenir une artiste célèbre. J'ai une vie super. Avec plein de privilèges. Je devrais être reconnaissante.

Mais je ne parvenais pas à insuffler assez d'air dans mes poumons. Ma vision a commencé à se brouiller.

Tout va bien. Tout va bien. Et si je n'étais plus jamais capable de peindre ? Et si Konstantin m'avait volé ça, en même temps que tout le reste ? Cours. Arrête de t'inquiéter de ce que tout le monde pense, et cours.

Je suis allée jusque dans le jardin et j'ai enlevé ma robe de soirée. J'ai frissonné et me suis concentrée sur ma louve.

Mais après une minute à essayer, quelque chose clochait. Rien ne se passait. J'ai observé mes mains, tous mes doigts étaient là. Mes pieds, mes dents, mes yeux… rien n'avait changé. J'ai essayé de me transformer à nouveau, mais j'avais beau essayer encore et encore, je restais la même.

Qu'est-ce qui se passe ?

La panique a explosé en moi quand j'ai réalisé ce qui se passait : j'étais bloquée.

Ma forme de loup était enfouie.

Je ne pouvais plus me transformer.

ÉPISODE 16

JE VIS POUR LES APPLAUDISSEMENTS

Alpha Étienne Tremblay @CanadaAlpha
J'ai beaucoup apprécié l'épisode de la cérémonie des Flammes du #MonicaBirchShow Cela fait du bien de voir des traditions revivre ! Cela nous enrichit tous. #CérémoniedesFlammes
Liz @Timeywimeydoc
J'adore être ramenée au temps d'avant ! Cette #CérémoniedesFlammes m'a rappelé mes grands-parents et l'ancien temps. Oh là là, trop d'émotions !

Michelle

Le soir qui a suivi la cérémonie, je me suis assise à la table de la cuisine pour lire toutes les réactions à l'émission. Les premiers épisodes avaient déjà été diffusés, et je m'amusais comme une folle sur les réseaux sociaux à découvrir ce qu'en disaient les gens.

Tous les messages ou presque étaient positifs. Certains me mentionnaient moi, spécifiquement.

Raquel est une Diva @DivaRaquel
OMD @MichelleGénialeDaniels tu étais à tomber
à la #CérémoniedesFlammes – ce Versace!
Marco Lupo @LupoActor
J'ai adooooré regarder @MichelleGénialeDaniels sur scène.
Hot hot hot
#CérémoniedesFlammes

Mais beaucoup, beaucoup plus parlaient de Sienna.

Alexa @AlexaWilder91
Je n'ai jamais été aussi fière d'appartenir à la MCE que
quand #Sienna a allumé ces bougies et a récité
la bénédiction. Quelle grâce!
Œil de la mode @OLM
La classe toute en retenue de Sienna était à l'honneur
à la #CérémoniedesFlammes et on a a-do-ré!
Darla Sykes @DarlaSykes
Je ne vois pas assez de compliments pour #Sienna
et la façon dont elle a honoré son amitié à la
#CérémoniedesFlammes! J'ai été très émue. C'était un
geste admirable et on pouvait sentir que #Michelle a été
très touchée.

J'ai levé les yeux au ciel.

Sienna m'avait *enfin* rendu l'attention qui m'était due et c'est *elle* qui recevait les lauriers?

Cette fille avait la vie beaucoup trop facile.

J'ai grogné et claqué l'écran de mon ordinateur. À quoi bon? Peut-être que toute cette idée d'émission avait été une erreur. C'était censé m'aider à me sentir mieux, à me reconnecter avec le monde après avoir passé autant de temps prisonnière de mon propre esprit. Mais je me sentais plus ignorée et perdue que jamais. Malgré tous les efforts que je fournissais, ma meilleure amie me dépassait toujours.

Je n'avais pas vu mon compagnon plus de dix minutes d'affilée depuis je ne sais combien de temps. Et je ne pouvais pas me départir de l'idée que je n'irais jamais mieux. Que je passerais le restant de mes jours comme dans une maison hantée…

Sienna

J'ai attendu presque une journée avant de céder et d'essayer de trouver un guérisseur. Je n'avais pas prévenu Aiden que je n'arrivais plus à me transformer. Je ne voulais pas l'inquiéter inutilement tant que je n'étais pas certaine qu'il y avait matière à se faire du souci.

De plus, apprendre que Josh avait subtilisé l'ectoplasme de la salle des preuves avant de prendre le large avait rendu mon compagnon des plus nerveux.

Je lui raconterais tout une fois que je serais fixée – si je l'étais un jour – sur ce qui clochait chez moi. J'avais besoin d'un guérisseur.

Mais avec Jocelyn toujours à Lawrence – et je savais par Aiden qu'elle avait perdu ses pouvoirs, quelle nouvelle désastreuse… –, il fallait que je mette la main sur son assistant. Un samedi soir, c'était plus que compliqué, mais j'ai eu de la chance et j'ai trouvé Hanh penché sur un microscope à l'étage médicalisé.

– Qu'est-ce que je peux faire pour vous, Sienna ?

– Je me demandais… je suis désolée de vous déranger… mais j'ai un petit pépin de santé, ai-je balbutié.

– Aucun problème, a répondu le guérisseur avec un grand calme.

Il avait une présence rassurante et j'ai pris une profonde inspiration. Malgré tout, les mots ne voulaient pas sortir. J'ai regardé mes pieds, laissant courir le bout de mes doigts sur les reliefs de ma jupe en velours.

– Je… je pense que j'ai peut-être un problème, ai-je fini par lâcher.

Hahn m'a observée de ses yeux noirs si doux. Encouragée, j'ai continué :

–Je… je ne peux plus me transformer.

Il a brièvement hoché la tête.

–Très bien. Avez-vous remarqué quelque chose d'autre d'inhabituel ? Des douleurs, peut-être ? De la fièvre ? Des troubles de la vue ?

Hum… il y a quelques semaines, je crois que j'ai fait tomber un arbre sur un vampyre de manière télékinétique ?

Mais Hahn n'avait pas besoin de ce genre de détails. Encore une fois, j'ai serré les poings.

–En fait, j'ai éprouvé… de l'anxiété.

–Pas surprenant, vraiment, étant donné les événements récents.

J'ai haussé les épaules, souhaitant passer au sujet suivant.

J'aurais tant aimé que Jocelyn soit là. Elle m'aurait rassurée avant et pendant ce genre de situation.

–Et puis, ai-je continué. J'ai peur que quelque chose n'aille pas… concernant ma fertilité.

Les sourcils d'Hahn se sont rapprochés.

–Qu'est-ce qui vous fait dire cela ?

–Eh bien, Aiden et moi… on… a été ensemble pendant la dernière Frénésie. Et je ne suis pas enceinte.

–Mais est-ce que vous essayiez activement de concevoir ?

–Non, mais on ne faisait rien contre non plus.

Hahn a souri.

–Alors, jetons un coup d'œil à tout cela, voulez-vous ?

Aiden

–Josh ! ai-je aboyé.

Tout son corps a tremblé. Il s'est retourné et m'a regardé dans les yeux. À cette distance, je ne pouvais pas en être sûr, mais une de ses épaules s'est affaissée –et j'étais prêt à parier que c'était un signe de culpabilité.

Hum… je me demande bien pourquoi ?

Deux jours s'étaient passés depuis que j'avais compris que Josh avait pris le goudron que Konstantin avait laissé derrière lui, mais il ne répondait ni à mes messages et ni à mes appels. J'avais fini par devoir utiliser le traqueur du téléphone professionnel de Josh pour le coincer dans un hôtel près de Winston-Salem.

J'étais épuisé et je sentais une migraine monter.

La nuit dernière, Sienna s'était réveillée en nage, puis s'était précipitée dans la salle de bains pour vomir tripes et boyaux. J'avais essayé de l'aider, mais elle m'a juste dit de retourner me coucher. Ma compagne souffrait et la seule façon de la soulager était de mettre la main sur ce putain de vampyre.

Josh était en train de partir dans son Bronco, mais je me suis précipité devant sa voiture en hurlant. J'ai marché vers lui, les poings sur les hanches. Il n'avait pas l'air d'aller beaucoup mieux que lorsque Michelle était dans le coma. Et quand je me suis approché, j'ai senti l'odeur de l'alcool. Ma colère s'est mêlée à de l'inquiétude. Josh n'allait clairement pas bien. Tout cela l'avait vraiment chamboulé. Mais ses actions m'entraînaient *moi aussi* dans sa chute. Et en faisant cela, il mettait toute la meute en danger. Il avait besoin qu'on lui rappelle quelle était sa place.

Josh

J'ai juré quand j'ai vu Aiden s'approcher de ma voiture. Comment m'avait-il retrouvé ? Je me suis souvenu du traqueur dans mon téléphone… J'étais tenu en laisse comme un adolescent.

La colère bouillait dans mes veines, mais je me suis efforcé de parler calmement.

– Je te cherchais, a dit Aiden sans traîner. Pourquoi ne m'as-tu pas rappelé ?

J'ai fait la grimace et me suis frotté la nuque.

– Désolé, mec. Je ne voulais parler à personne avant d'avoir un vrai sujet à aborder. Un résultat quelconque, une piste…

Aiden a croisé les bras. Putain, il se prenait pour qui ? Mon père ? En fait, mon père aurait probablement approuvé ma petite échappée.

–Je sais que tu t'es mis en tête de chasser Konstantin tout seul, a dit Aiden avec froideur. C'est ça l'idée ? De te passer de l'équipe de chasseurs ?

–C'était pas ce que je voulais, ai-je protesté. Je voulais voir si j'étais capable de découvrir quelque chose. C'est *toi* qui t'es passé de moi en allant à Chicago !

–Tu es trop concerné par toute cette situation, Josh, a dit Aiden. Cela affecte ton jugement.

Mes griffes sont légèrement sorties.

Il s'inquiète de MON jugement ? Après que SA compagne a laissé un vampyre infiltrer notre meute ?

–Oh, ça va… j'ai juste provoqué une petite bagarre dans un bar, et tout de suite…

–Et tu es parti avec notre seule piste ! a hurlé Aiden. Tu as pris l'ectoplasme, Josh ! J'en avais besoin pour localiser Konstantin et tu l'avais déjà embarqué. Sans rien dire, en plus.

J'espérais qu'il ne pourrait pas voir le sang couler sur mon visage.

Putain, Sayyid, tu ne peux pas garder les choses pour toi une seule seconde ?! OK, reste cool.

Je lui ai lancé un regard étonné.

–Pourquoi tu t'intéresses à ça ?

–Qu'est-ce que tu veux dire ? Sayyid m'a prévenu qu'il t'avait mis au courant. Cette matière est notre seul espoir de retrouver Konstantin.

C'est exactement pour ça que je n'avais rien dit à Aiden. Même si je n'étais pas totalement sûr de moi. Tout ce que je savais, c'est que je sentais dans mes tripes que je ne devais pas lui faire confiance. Que Michelle avait failli mourir la dernière fois que j'avais suivi Aiden Norwood.

Quand le calme ne fonctionne plus, essayer l'évitement.

J'ai secoué la tête.

–Ce n'est pas ce que Sayyid a dit ! Ce mec, Turner, a prétendu qu'on pouvait l'utiliser comme un outil de traçage, mais c'est faux !

Aiden a froncé les sourcils et j'ai saisi ma chance. J'ai laissé courir ma main dans mes cheveux sales.

– Sayyid ne m'a jamais dit que tu voulais essayer, il avait l'air de ne pas y croire une seconde. Alors je me suis dit que j'allais tenter quelque chose pendant que vous étiez sur le reste des trucs, comme les vidéos de surveillance et tout ça.

Aiden a grogné.

– Bobby Turner a abandonné la traque de Konstantin parce qu'il n'arrivait pas à lui mettre la main dessus, mais il m'a dit qu'on avait un avantage réel avec la boue en notre possession. Bien sûr que je voulais essayer de l'utiliser !

Ne cède pas. Je suis le Bêta, la sécurité, c'est mon domaine.

Je me suis balancé, mal à l'aise.

– Qu'est-ce que tu veux dire quand tu dis que ça ne peut pas être utilisé comme outil de traçage ? a repris Aiden au bout d'un moment.

J'ai frotté mes tempes en essayant de paraître déçu. Heureusement, ce n'était pas trop difficile.

– J'ai essayé, Aiden. Je l'ai placée dans une bouteille en verre et j'ai tenté de voir dans quelle direction ce truc coulait. Mais j'ai conduit pratiquement jusqu'en enfer aller et retour, et aucun signe de lui.

Aiden a retenu un nouveau grognement.

– Turner m'a dit qu'il fallait placer la boue dans un objet mécanique, comme une boussole, par exemple. C'est une substance magique et ça fonctionnera de cette manière.

– Oh, ai-je dit, irrité qu'il en sache autant que moi sur ce liquide bizarre.

Mais je n'avais toujours pas l'intention de le lui refiler.

– OK, maintenant je veux le récupérer.

– Je n'ai pas fini mes essais, ai-je insisté.

Pourquoi est-ce qu'il ne pouvait pas me faire confiance pour une fois dans sa putain de vie ?

Le visage d'Aiden affichait une expression butée que je lui connaissais bien.

– Josh, c'est moi qui mène cette enquête. File-moi la boue.

Je voyais bien qu'il n'allait pas lâcher le morceau. J'ai grogné, très bas, et je me suis préparé à la bagarre.

Monica

J'ai regardé depuis l'une de mes petites caméras cachées, Sienna entrait discrètement dans l'étage médicalisé. Elle se tordait les mains avec nervosité.

Je n'ai pu m'empêcher de sourire.

Donc quelque chose cloche bel et bien chez notre chère petite compagne de l'Alpha.

Je me suis adossée à mon fauteuil de bureau, les yeux rivés sur mon écran d'ordinateur. Comment pourrais-je tourner ça à mon avantage? Il y avait toujours une façon de profiter d'une situation.

Pourquoi était-elle là? Si c'était assez juteux, ça pourrait être l'occasion que j'attendais.

Surtout maintenant que nous étions débarrassées de cette cérémonie… J'avais besoin d'un nouvel angle. Ce qui signifiait: davantage d'informations. Avec la guérisseuse de la meute partie et, d'après ce que j'avais entendu sans plus aucun pouvoir, Sienna devrait s'adresser à quelqu'un d'autre – ce petit Asiatique discret avec des lunettes.

J'ai fait craquer mes doigts, je venais d'avoir une idée. Ce serait complexe, mais toutes les pièces du puzzle étaient déjà en place. Et si je m'en sortais, ce serait le scoop du siècle.

Sienna

Hahn m'a fait m'allonger sur le lit de ma chambre d'hôtel et a placé ses mains sur moi. Son toucher était ferme et confiant. Pendant qu'il me palpait, je sentais émaner de lui cette chaude énergie guérisseuse.

Il m'a demandé de m'allonger d'abord sur le ventre et a pressé mes épaules, ma nuque, le bas de mon dos, mes cuisses. Puis il m'a fait me retourner et a procédé au même examen que Jocelyn quand elle pensait que je pouvais être enceinte.

Finalement, Hahn m'a regardée dans les yeux et a pressé ses mains l'une contre l'autre.

Si vous m'aviez demandé il y a un mois si je voulais des enfants, je n'aurais pas été en mesure d'apporter une réponse claire. Je n'étais toujours pas certaine d'être prête à devenir maman dans un avenir proche, mais alors que j'observais le visage de Hahn, j'étais persuadée d'une chose.

S'il s'avérait que j'étais stérile, ce serait le pire coup dur que j'aurais jamais connu.

J'ai attendu, le souffle court. Hahn s'est éclairci la voix, l'air nerveux.

– Sienna, j'ai une bonne et une mauvaise nouvelle. Laquelle souhaitez-vous entendre en premier ?

ÉPISODE 17
SI TON POISON T'ATTEINT…

Sienna

Dimanche matin. J'étais en retard pour retrouver Michelle, Charlotte et Monica. C'était la tradition qu'une semaine après la cérémonie des Flammes, la compagne de l'Alpha rende visite aux gens, bénisse leurs bougies et distribue l'aumône.

Monica voulait diffuser tout cela en live. Je savais à quel point c'était important pour Michelle, mais j'aurais préféré qu'elle le fasse sans moi. Et j'avais l'impression que c'était son cas aussi.

Après ma session avec Hahn, la veille, j'avais du mal à garder la tête froide.

Tout le monde m'attendait à la Maison de la Meute, Michelle tapait nerveusement la pointe de sa chaussure contre le mur en brique.

Je portais une tenue originale créée par Selena : une veste bleucobalt en cachemire par-dessus un pantalon en soie.

De l'extérieur, j'avais l'air apprêtée et toute en maîtrise. À l'intérieur, je parvenais à peine à me contenir. Ce que je désirais le plus, c'était me recroqueviller sur mon canapé *à la maison* avec un mocha, à regarder Meuteflix. Ou juste être allongée près d'Aiden, sous la caresse de ses douces mains.

Fais-toi une raison, Sienna. Tous ces trucs seront finis dans quelques semaines et tu pourras reprendre le cours de ta vie normale.

Ou un semblant de normalité, en tout cas.

J'ai essayé de repousser mes soucis.

Il est temps d'être la gracieuse compagne de l'Alpha que tout le monde attend !

Josh

Aiden avait passé la nuit au motel, insistant pour qu'on essaie la bouteille à l'aube.

Je n'avais pratiquement pas dormi. J'en avais ras le bol de dormir seul dans des hôtels miteux. Cela faisait trop longtemps que je n'avais pas vu Michelle, que je n'avais pas senti les lèvres de ma compagne contre les miennes. On s'envoyait des messages constamment, mais ce n'était vraiment pas la même chose.

Je savais qu'elle était déçue que je l'aie laissée pendant qu'elle tournait son émission, et j'essayais de me sentir coupable. Mais je ne comprenais pas pourquoi personne ne semblait prendre l'enquête sur Konstantin aussi au sérieux que moi.

Cette nuit, j'avais rêvé de mon père.

Une fois, alors qu'on faisait un long trajet en voiture, je lui avais demandé si je pouvais aller aux toilettes. Mon père – une bouteille de bourbon fermement serrée entre ses cuisses – m'avait dit d'attendre. Quand j'avais commencé à pleurer, il m'avait traité de bébé. Comme je n'arrêtais pas, il avait freiné, m'avait traîné dehors sur l'autoroute et m'y avait laissé. Il n'était revenu me rechercher qu'une heure plus tard.

Je n'avais que quatre ans à l'époque. Mais dans mon rêve, tout ce dont je me souvenais, c'était des feux arrière rouges qui s'éloignaient et d'un profond sentiment d'abandon.

Quand mon réveil a finalement sonné, la première chose qui m'est venue à l'esprit a été de prendre une gorgée de la flasque sur ma table de chevet.

On avait pris notre petit déjeuner au drive d'un café. Je conduisais et Aiden tenait la bouteille contenant la boue noire sur ses genoux, surveillant dans quelle direction elle se répandait.

Après avoir parcouru la ville pendant des heures, il a haussé les épaules.

– Tu as raison, ça ne fonctionne pas comme ça.

– Je te l'avais dit.

– Ramène-moi à ma voiture.

Retenant un soupir énervé, j'ai obéi. On s'est arrêtés sur le parking du motel, Aiden tenait toujours la bouteille.

– Je la prends avec moi, Josh. Je vais essayer de la mettre dans une boussole pour voir si ça fonctionne mieux.

J'ai levé les mains.

– Très bien, Aiden. Tu fais ce que tu veux, c'est toi l'Alpha.

Il a levé un sourcil, surpris par le ton de ma voix, mais je n'étais pas désolé. Après tout, il m'avait tenu à l'écart de son enquête depuis le début.

Aiden m'a adressé un sourire contrit et s'est dirigé vers son véhicule. Je l'ai regardé partir et je suis retourné dans ma chambre.

Après un dernier regard vers le parking pour vérifier qu'il était bien parti, je me suis dirigé vers le placard. À l'intérieur, il y avait une bouteille de boue noire.

Le véritable ectoplasme.

Merci de m'avoir expliqué là où je faisais erreur, ai-je pensé à l'attention d'Aiden.

Il fallait que je le mette dans quelque chose de mécanique. Quelque chose qu'on pourrait envoûter. Une boussole semblait être le choix le plus logique, mais je n'en avais pas sous la main. La chose qui s'en rapprochait le plus était la montre de luxe que m'avait offerte Michelle.

Avec précaution, je l'ai détachée et posée sur la commode. J'ai retiré le couvercle de la bouteille, je l'ai délicatement versée sur la surface de la montre, espérant que je ne gâchais pas de la matière inutilement.

Jusqu'ici, elle ne m'avait pas été d'une grande aide, et elle puait le vampyre. J'espérais que tout ce que je récolterais ne serait pas qu'une Rolex à faire nettoyer…

Je retenais mon souffle. La substance goudronneuse a glissé comme de l'huile sur le cadran, comme mue par sa volonté propre. Je l'ai observée intensément s'insinuer dans la montre, puis se résorber pour permettre aux chiffres de rester visibles.

Et soudain, ils se sont tous mis à tourner. J'ai fixé l'objet. Ça avait fonctionné.

J'ai pivoté, la montre en main, j'ai marché en rond, et les aiguilles ont commencé à bouger. J'ai continué à marcher jusqu'à la fenêtre où je me suis posté. Les aiguilles pointaient toujours dans la même direction. Là où le soleil commençait tout juste sa descente sur l'horizon.

Vers l'ouest.

Konstantin était quelque part là-bas. Maintenant que je le savais, j'allais le retrouver. Et j'allais le tuer.

Nina

J'ai retrouvé Jocelyn qui se cachait dans un petit jardin, emmitouflée dans un énorme manteau.

–Jocelyn, s'il te plaît…

Comme la fois d'avant, elle s'est détournée. Depuis qu'elle m'avait cachée dans son placard, je savais qu'elle m'aimait encore. Mais elle refusait de m'ouvrir sa porte quand je venais pour lui parler.

Hier soir, elle était venue pour la première fois à la cafétéria pour dîner et je n'étais pas de service. J'étais furieuse.

Les gens dans les cuisines faisaient courir des rumeurs sur les patients, c'est comme ça que je l'avais su. Tout le monde disait qu'elle ne mangeait plus. Qu'elle avait perdu toute volonté de vivre en même temps que ses pouvoirs de guérison.

Il fallait que je lui dise quelque chose. Que je partage sa douleur. Même si elle ne voulait rien avoir à faire avec moi. J'avais besoin d'une occasion de m'expliquer.

Alors je l'ai suivie, cet après-midi. Et j'étais déterminée à ce qu'elle m'écoute.

– Jocelyn, je ne voulais pas que ça arrive, ai-je dit, maintenant qu'elle me fixait.

Même trop maigre et trop pâle, elle était magnifique.

J'ai insisté.

– Je… je voulais être proche de toi, aussi proche que possible, sans être sur le territoire de la MCE, alors j'ai choisi cet endroit, j'ai décroché un boulot. Mais je n'aurais jamais pensé que tu y atterrirais aussi…

Jocelyn semblait exaspérée et m'a tourné le dos.

– Jocelyn, il faut que tu manges. Les gens disent que tu ne guéris pas comme tu le devrais.

La veste en jean que je portais ne me protégeait pas du tout contre le froid du Kansas.

– Je suis *désolée,* Jocelyn. Je ne peux pas savoir ce que tu traverses, et je veux juste… être là pour toi, ai-je dit en tendant la main pour toucher son épaule.

Elle l'a repoussée.

J'ai continué :

– S'il te plaît, crois-moi. Je ne voulais pas te faire de mal. Je suis une moins-que-rien, je le sais. Tu ne mérites absolument pas la douleur que je t'ai causée.

– Tu as *disparu* ! a-t-elle fini par lâcher.

Mon cœur a fait un bond.

– Je sais, ai-je répondu doucement. Quand j'ai vu que la bataille était presque terminée… que tu allais t'en sortir…

– Tu es *partie*, a-t-elle asséné pour terminer ma phrase à ma place.

– J'avais peur de ce que l'Alpha allait me faire.

Jocelyn s'est retournée pour me regarder.

– Tu nous as aidés à combattre Konstantin, il t'aurait pardonné.

– Il est persuadé que j'ai essayé de tuer sa compagne, Jocelyn. Il ne va pas laisser passer ça.

Jocelyn a secoué la tête, se détournant de moi à nouveau.

– Tu ne m'as même pas dit au revoir.

J'ai pris une profonde inspiration.

– Pas un message, a regretté Jocelyn. Même pas un mail.

J'ai secoué la tête.

– Je ne pouvais pas. Il m'aurait retrouvée.

– À partir d'un *message* ? s'est étouffée Jocelyn.

– Je n'avais pas le temps de te laisser un mot ! ai-je dit, suppliante. Il fallait que je m'enfuie, Joce. Je suis désolée !

Elle m'a lancé un autre regard noir. La douleur dans ses yeux m'a brisé le cœur.

– Le problème, Nina, c'est que tu m'as menti depuis le début.

J'ai baissé les yeux en acquiesçant.

– C'est vrai.

– Tu m'as *manipulée*.

J'ai relevé la tête et l'ai secouée avec vigueur.

– Jocelyn, non ! Je n'ai *jamais* fait semblant quand il s'agissait de mes sentiments pour toi, tout cela était *vrai*.

La bouche de Jocelyn s'est tordue avec amertume.

– Comment pourrais-je te croire, Nina ? Tu as menti, encore et encore.

J'ai croisé les bras autour de ma poitrine. Son regard était encore plus glacial que le vent.

– Et maintenant, tu es là, et tu veux me faire croire qu'il s'agit d'une coïncidence ?

– Je… je ne sais pas, ai-je balbutié.

Si je cherchais la vérité, en mon for intérieur, je ne pensais pas que c'était une coïncidence. Derrière le vieux cynisme qui m'habitait toujours, même après tout ce qui s'était passé, une nouvelle certitude était en train de prendre place en moi. Ce n'était pas une coïncidence qui m'avait amenée ici, de tous les endroits où j'aurais pu m'installer le long de la frontière.

Peut-être que c'était l'action d'une sorte de divinité.

Peut-être que c'était le destin.

Mais j'étais supposée être là quand Jocelyn était arrivée. Je lui avais fait tant de mal. Et maintenant, elle ne mangeait plus. Ne guérissait pas. Je ne pensais pas mériter d'être avec elle – pas après ce que j'avais fait. Mais peut-être que *j'étais* bien là pour l'aider. Pour m'assurer qu'elle se remette.

– Jocelyn, tu as tous les droits d'être en colère. De me haïr.

Elle a grimacé et a détourné le regard.

– Mais je suis là maintenant.

Elle s'est tendue.

– Je vais m'assurer que tu ailles mieux dorénavant, ai-je promis.

Il y a eu une longue pause et elle a commencé à s'éloigner. Mais elle s'est arrêtée et m'a lancé un dernier regard.

– Tu ne peux pas m'aider, Nina. Tu es le poison.

Sienna

On avait passé la journée à aller de maison en maison, Monica postait des vidéos live sous forme de petites pastilles. Michelle les regardait chaque fois qu'on se rendait dans un nouvel endroit. Parfois, elle avait l'air ravie et nous lisait un commentaire alors que la limousine nous emmenait vers la maison suivante.

– « *Michelle Daniels a l'air magnifique, comme à son habitude, dans son manteau à chevrons Yves Saint Laurent* », a-t-elle lu. Ça, c'est signé *L'Œil de la mode* !

Puis :

– « *Je suis impressionné par la renaissance de la tradition des aumônes. Un petit oiseau m'a dit que c'est Michelle Daniels qui se cache en réalité derrière tout cela !* » C'est d'Étienne Tremblay, l'Alpha de la meute canadienne.

Elle avait l'air si gaie, cela améliorait un peu mon humeur maussade.

Je n'aurais jamais deviné que notre cérémonie des Flammes et cette petite tournée de bénédictions de *bougies* seraient si populaires, mais les gens en raffolaient. Ils en voulaient encore et encore. Mais après notre septième visite, c'est *moi* qui n'en pouvais plus de sourire pour les caméras et de parler pour ne rien dire avec des étrangers.

Quand mon téléphone a vibré, je l'ai sorti avec gratitude.

Aiden : Hey ma chérie, je suis de retour de Winston-Salem.
Sienna :
Aiden : Tu veux me retrouver pour dîner au Dogstar ?
Aiden : Je meurs d'envie d'un
Sienna : Oui, que dis-tu de maintenant ?
Sienna : On dînerait tôt ?
Aiden : OK.
Aiden : Tout va bien ?
Sienna : À peu près.
Aiden : Qu'est-ce qui se passe ?
Sienna : Je ne veux pas en parler par texto.
Aiden : Tu m'inquiètes.
Sienna : Je t'en parlerai quand on se verra.
Aiden : Sienna, je panique un peu là.
Aiden : Dis-moi de quoi il en retourne au moins.
Sienna : Hanh m'a examinée. J'ai quelque chose à te dire.

ÉPISODE 18
LE MUSÉE DE JALWITZ

Aiden

Je me tenais devant chez Dogstar quand la limousine est arrivée et que Sienna en est sortie. Elle a fait un signe de la main aux autres occupants, puis s'est redressée, me faisant face. Heureusement, il n'y avait ni caméra ni journaliste en vue. J'ai attrapé ses mains à la seconde où la voiture a redémarré.

– Dis-moi tout de suite ce qui ne va pas, Sienna. Je ne peux pas attendre une seconde de plus.

Elle a secoué la tête.

– Je suis désolée de t'avoir fait peur à ce point. Ce n'est pas très grave. Je veux dire… si, un peu…

– Sienna !

Je commençais à être vraiment inquiet.

– Est-ce qu'on peut entrer ? Il fait froid.

J'ai pris sa main et nous sommes entrés dans le restaurant de burgers. Ses doigts étaient glacés. Je les ai frottés entre mes mains, me maudissant intérieurement de l'avoir laissée seule encore une fois. Et pour rien. Cette boue n'était qu'une fausse piste.

On nous a amenés jusqu'à notre table et je me suis assis à côté de Sienna. Elle m'a regardé avant de détourner les yeux. J'ai mobilisé toute ma volonté pour ne pas la presser. J'ai attendu.

Elle a glissé ses doigts entre les miens, regardant nos mains s'entremêler.

– Alors… j'ai eu… un problème, l'autre jour. Pendant la cérémonie.

Je n'ai rien dit, me contentant d'écouter.

– Je suis allée prendre l'air, dehors. J'avais besoin d'un break.

Sienna avait les yeux baissés sur la table.

– Et je pensais qu'une petite course m'aiderait sans doute, alors j'ai essayé de me transformer… mais je n'ai pas pu.

J'ai cligné des yeux.

– Comment ça ?

Elle a hoché la tête et croisé mon regard.

– Mais Hanh dit que tout va bien. Que c'est juste temporaire. Que c'est à cause du stress et du reste… de l'attaque… c'est un genre de… petit stress post-traumatique.

Mon cœur s'est serré.

Ce bâtard de vampyre va le payer.

J'allais écarteler ce fils de chien membre par membre pour ce qu'il avait fait à ma compagne.

Sienna a pris une inspiration profonde.

– Mais ce n'est pas tout.

La colère était montée en pic dans mes veines, mais en entendant ses derniers mots, j'ai fait une pause.

– Ta mère a fait un commentaire sur le fait que les gens étaient garantis de concevoir pendant la Frénésie. Et Michelle en a rajouté une couche, et j'ai commencé à devenir nerveuse, parce que, je veux dire… on a été sexuellement actifs…

Elle ne me regardait toujours pas.

– Et tu as demandé à Hanh pourquoi tu n'étais pas enceinte ?

Avec un lent hochement de la tête, elle a dit :

– C'est ça.
– Et qu'a-t-il trouvé ?
– C'est ce qui me cause du souci, a admis Sienna.
– À quel point ?
Sienna a avalé sa salive puis a relevé ses magnifiques yeux bleu clair vers moi.
– Il y a des chances pour que je sois stérile.

Josh

Tout en buvant du whisky à même ma flasque, je conduisais vers l'ouest, à travers les forêts Cherokee jusqu'à Knoxville. Les aiguilles de ma Rolex m'ont guidé au musée d'Histoire de Jalwitz.

Je l'avais d'abord dépassé, mais les aiguilles m'ont fait faire demi-tour. Une fois sur le parking, elles se sont affolées dans toutes les directions, ne pointant plus rien en particulier.

J'étais arrivé. Konstantin était là.

Michelle, je l'ai trouvé. Aiden ne croyait pas en moi, mais je l'ai fait. Et maintenant, je vais l'abattre. Pour toi, mon amour.

Je sentais l'adrénaline monter en moi. Mes griffes menaçaient de jaillir de mes doigts. Mes crocs poussaient à l'intérieur de mes lèvres. Le besoin de me transformer m'a envahi. Je voulais détruire ce musée et tout ce qui se dresserait sur mon chemin.

J'ai garé le Bronco et je me suis approché du bâtiment, inquiet.

Je m'étais attendu à ce que les fenêtres soient sombres, il était tard ce dimanche soir, après tout. Mais ce qui m'a surpris, c'était la présence d'une scène de crime. J'ai fait le tour du bâtiment et j'ai trouvé la porte d'entrée.

Est-ce que Konstantin se cache vraiment dans un musée qui s'avère être une scène de crime ?

Même avec le whisky qui m'embrumait le cerveau, je n'y voyais aucune logique.

J'ai pensé à appeler Aiden. La situation était trop bizarre. Quelque chose clochait. La montre m'avait guidé jusqu'ici. Cela voulait dire que Konstantin était à l'intérieur. Peut-être qu'il avait déjà fait du mal à quelqu'un. Peut-être que les flics avaient répondu à un appel d'urgence et que Konstantin s'était caché quelque part à l'intérieur.

Alors que je me demandais quoi faire, je me suis souvenu de la douleur et de la peine que m'avait causées le coma de Michelle, de la voir ainsi à l'hôpital, à se battre pour sa vie. Cette *chose* me l'avait presque arrachée. Ma colère a commencé à exploser.

J'y vais. Obligé.

J'allais trouver où ce bâtard se planquait. Je m'assurerais qu'il ne fasse plus jamais de mal personne.

Sienna

Nous n'avons pas beaucoup discuté, une fois la nourriture servie. Ni l'un ni l'autre ne savions trop quoi dire.

Aiden s'est adossé à la banquette, les mains croisées sur la table.

–Sienna, peu importe ce qu'a dit Hahn, tu sais que je t'aime –je suis l'homme le plus chanceux sur terre de t'avoir comme compagne.

Il ne comprenait pas.

–Je suis la femme la plus chanceuse du monde de t'avoir *toi* pour compagnon, mais si je *suis* stérile, c'est un véritable problème, ai-je dit, les larmes aux yeux.

Aiden a secoué la tête et s'est essuyé la bouche.

–Tout cela, l'émission, la cérémonie, c'était pour essayer de prouver que j'avais tourné la page. Que j'étais assez mûre pour être la compagne de l'Alpha.

Aiden a croisé mon regard et levé les sourcils.

–La presse, toutes ces traditions. J'ai tout supporté.

–Alors c'est pour ça que tu as pris part à tout ce cirque ? C'est pour ça que tu as appelé ma mère ?

–C'était en partie l'idée de Monica, ai-je admis. Et ce n'était pas que pour ça, non. J'essayais surtout de prendre soin de Michelle. Mais je pense que j'ai fait erreur. Elle ne veut pas de moi auprès d'elle.

Aiden a soupiré.

– Sienna, on s'en fout de cette putain d'émission. Et ce qu'a dit Hahn, je n'y crois pas une seule seconde.

– Mais si c'était vrai ? Si je ne pouvais pas avoir d'enfants ? Cela voudrait dire que je ne pourrais pas fournir d'héritier à la meute… Imagine ce que les gens diront…

– Depuis quand tu te préoccupes de ce que les gens disent ? a demandé Aiden en plissant le front.

– Depuis que tout le monde surveille chacun de mes pas !

À bien y réfléchir, j'avais longtemps pensé être assez forte pour changer le système. J'avais gardé ma virginité pendant des années, malgré les Frénésies successives, malgré les attentes de tout le monde… Mais j'avais aussi caché la vérité.

– Le monde entier m'observe. Et je vais les décevoir. Je vais échouer au seul devoir qui importe vraiment à une compagne d'Alpha ! Je ne vais pas donner d'héritier…

– OK, calme-toi, Anne Boleyn, prenons notre temps, a dit Aiden en lâchant quelques billets sur la table. Sortons d'ici et allons nous promener.

Nous avons abandonné nos burgers à moitié terminés et quitté le restaurant. Aiden a pris ma main et m'a guidée dans les allées venteuses et boisées du parc de Mahiganote.

– Sienna, on n'est même pas sûrs de ce qu'avance Hanh. Après tout, il n'est que l'assistant de Jocelyn. Ses aptitudes n'ont rien à voir avec celles de Jocelyn.

Celles qu'elle avait, ai-je pensé.

Mon cœur s'est serré de douleur pour mon amie. Je ne pouvais pas imaginer ce qu'elle devait traverser. Mais Aiden marquait un point. Hanh était un guérisseur dévoué, mais il n'avait pas du tout le même don que Jocelyn.

– C'est vrai, ai-je concédé en observant le paysage glacé.

De la neige couvrait le sol d'un tapis de glace.

– Et si jamais il s'avère que nous sommes stériles…

Son usage du pronom « nous » m'a profondément touchée.

– Eh bien, nous y ferons face. Ensemble.

Même s'il trouvait les bons mots, ça ne passait pas. Je me suis écartée de lui, pour lui faire face.

– C'est tellement injuste ! me suis-je exclamée. Je suis abîmée. Tu mérites tellement mieux !

Les yeux d'Aiden se sont assombris et il m'a attrapé les bras, m'attirant à lui pour m'embrasser.

– Ne dis plus jamais ça ! a-t-il soufflé en grognant contre mes lèvres.

Il m'a embrassée à nouveau, et même si la Frénésie hivernale avait pris fin, mon corps s'est éveillé au désir. J'ai planté mes ongles dans ses épaules, lui rendant son baiser, mes lèvres en voulant toujours plus. Il a pressé mon dos contre le tronc d'un arbre. Ma veste en cachemire était assez épaisse pour me protéger de l'écorce.

Mais j'aurais voulu la sentir. Je voulais tout sentir. Aucune douceur. Pas la tendresse habituelle d'Aiden.

J'étais tellement *en colère* contre moi-même. Je voulais être punie. J'ai mordu ses lèvres, je l'ai provoqué, tourmenté.

Aiden m'a souri avant d'émettre un grondement profond. Sa main a glissé dans mon pantalon en soie, ses doigts ont repoussé ma culotte. J'étais mouillée et je voulais qu'il me prenne, juste là. Je me fichais que le sol soit froid, que la neige recouvre les racines des arbres. Je l'ai attiré à moi, ouvrant son manteau et sa chemise.

Aiden a baissé mon pantalon.

Cela ne suffisait pas. J'en voulais plus. Je l'ai libéré de son jean, entourant son membre brûlant et déjà dur d'une main. Puis, dans un seul geste, je me suis baissée, laissant courir mes lèvres sur son sexe. Aiden a haleté de surprise quand je l'ai avalé. Il m'a poussée contre le sol dur et j'ai croisé son regard. Ses yeux étaient sombres et tempétueux. Il avait compris quelle était mon humeur et avait calqué la sienne avec passion. Ses mains se sont transformées en griffes et il a arraché ma culotte. Ses yeux sombres plantés dans les miens, il a écarté mes jambes et m'a pénétrée.

Il était énorme en moi, et m'écartait comme jamais auparavant.

J'ai crié, en cambrant le dos, me fichant d'avoir de la neige plein les cheveux. Alors qu'il allait et venait en moi, ses griffes étaient toujours plantées dans mes cuisses. Il a grogné, sa voix se mêlant à mes gémissements alors que nous nous étreignions, sauvagement entourés d'arbres glacés. J'ai libéré une jambe de mon pantalon, et l'ai glissée autour de lui pour l'attirer encore plus près de moi. Il a plongé plus profondément.

Mes muscles se sont serrés contre lui à l'intérieur, provoquant un gémissement de sa part, et c'était tout ce dont j'avais besoin. J'ai joui, me cambrant à nouveau, griffant son torse, un long cri a émané de ma gorge. Ses hanches ont accéléré et, un instant après, il a haleté et je l'ai senti venir en moi. Son corps s'est relâché et il m'a entourée de ses bras.

Mais alors que le plaisir quittait mon corps, j'ai senti que quelque chose n'allait pas.

Qu'est-ce que je fabrique ? Je ne fais que fuir mes problèmes, comme toujours. Je me laisse aller à oublier à quel point tout est foutu. À quel point je suis mal fichue.

Je me suis écartée de lui. Les sourcils d'Aiden se sont rapprochés, l'inquiétude se lisait sur son visage. J'ai remonté mon pantalon en essayant de dire quelque chose pour le rassurer, mais mon esprit était vide.

Puis mon téléphone a vibré et j'ai regardé qui m'appelait.

Monica Birch.

– Oui ?

– Sienna ! C'est la catastrophe ! Mon imbécile de cameraman a raté l'enregistrement d'une des visites. Nous devons la tourner à nouveau immédiatement pour qu'elle puisse être mise en ligne ce soir.

Tout en regardant Aiden, j'ai dit :

– Je suis au parc de Mahiganote. Venez me récupérer à l'entrée Sud.

– Sienna… s'est exclamé mon compagnon, toujours assis sur le sol, à moitié nu.

J'ai raccroché.

– Je suis désolée, Aiden. C'est l'émission. Je te vois à l'hôtel tout à l'heure.

– Sienna, tu es sûre que tout va bien ? m'a-t-il demandé.

J'ai haussé les épaules.

– Pas vraiment mais… je ne sais pas. On peut en parler plus tard ? Je ne me sens pas très…

– Pas besoin de m'expliquer, a-t-il dit en me tendant la main. Quand tu seras prête, on en discutera.

Mon cœur s'est gonflé. Cela me touchait tellement qu'il ne me mette pas la pression. Je voulais lui dire là, tout de suite, ce qui n'allait pas et tout ce que je traversais, mais je ne voulais pas l'inquiéter encore plus, en tout cas, pas maintenant.

J'ai affiché mon visage le plus serein, je me suis penchée et je l'ai embrassé sur le front.

– Je vais bien. On se voit plus tard.

Et je suis partie avant qu'il ne puisse apercevoir les larmes dans mes yeux.

ÉPISODE 19
NE SAIS-TU PAS QUI JE SUIS ?

Aiden

Quand Sienna est revenue chez nous après son tournage avec Monica et les autres, elle était calme et avait l'air d'aller plutôt bien.

Je lui ai demandé plusieurs fois comment elle se sentait – si elle voulait discuter – et elle m'a finalement lancé un regard signifiant clairement « laisse tomber », alors j'ai obéi. Mais je ne pouvais pas m'empêcher de penser que j'avais fait quelque chose de mal. Comme si je n'étais pas le compagnon dont Sienna avait besoin, là, maintenant.

Putain, comment savoir ce qu'un bon compagnon ferait ? Mes parents ont toujours préféré ne pas parler de leurs sentiments. Et je n'ai jamais vraiment vu Aaron et Jen quand ils étaient ensemble…

La seule chose que je savais faire, c'était garder Sienna le plus près de moi possible. Je n'aurais jamais dû la laisser pendant si longtemps et je n'avais absolument pas l'intention de recommencer.

Nous nous sommes enlacés dans notre énorme lit d'hôtel et nous sommes endormis dans la position de la cuillère. C'était une des choses que je préférais. Mais quand je me suis réveillé, j'ai remarqué que l'oreiller de Sienna était trempé de larmes. Mon cœur s'est serré. Après notre conversation de la veille, j'aurais aimé qu'elle se sente mieux au sujet de sa discussion avec Hanh, mais clairement, ça lui pesait plus que je l'avais imaginé. Sienna avait besoin de moi et il fallait que je sois présent pour elle. Pour la protéger et la garder en sécurité et heureuse. Comme un compagnon est supposé faire.

Je suis parti à la Maison de la Meute à la recherche de mon Bêta. J'avais eu tort d'évincer Josh de l'enquête. Oui, il était imprévisible. Oui, il était trop proche de la situation. Mais en me mettant à sa place, j'ai réalisé combien je serais bouleversé si quelqu'un essayait de se dresser entre moi et ma recherche de Konstantin. De plus, si Josh prenait plus de responsabilités dans la traque du vampyre, cela me libérerait du temps que je pourrais passer avec ma compagne.

Quand je suis arrivé au bureau de Josh, son assistant Elijah m'a informé :

– Il n'est pas encore arrivé.

J'ai froncé les sourcils. Il aurait dû rentrer de Winston-Salem la veille.

Peut-être qu'il fait la grasse matinée ?

J'étais inquiet, mais j'ai décidé de lui laisser une heure.

Il y avait plein de choses à faire en attendant, le boulot s'était entassé pendant que je me concentrais sur Konstantin.

Vers dix heures, j'ai appelé le bureau de Josh.

– Toujours pas là, m'a répondu Elijah.

Ma bouche s'est asséchée. J'ai eu un terrible pressentiment.

– Est-ce qu'il t'a dit où il serait ?

– Je suis désolé, mon Alpha, je ne sais rien.

J'ai raccroché.

Aiden : Josh où es-tu ?

Aiden : J'ai besoin de te parler et on a des choses à voir.

Aiden : Rappelle-moi dès que tu auras ce message.

J'ai fixé mon téléphone, aucune réponse.
Ensuite, j'ai essayé une autre tactique.

Aiden : Hé Michelle. J'ai besoin de parler à Josh. Tu pourrais lui dire de me rappeler ?
Michelle : ...
Michelle : C'est toi qui l'as envoyé à l'autre bout du pays.
Michelle : Je c pas où il est.

J'ai grimacé.
Où est-ce que tu es, Josh ?

Sienna

J'ai bu deux tasses de café à l'hôtel, et j'en ai pris un allongé pour me rendre au centre-ville à ma galerie.

Je n'avais pas bien dormi. Même allongée en sécurité dans les bras d'Aiden, je n'avais pas pu arrêter les larmes qui coulaient lentement le long de mes joues sur l'oreiller.

Je me sentais épuisée. Essorée. Et, en même temps, complètement électrique. Mes mains tremblaient, la caféine n'aidait pas. J'ai balancé le tout à moitié bu dans une poubelle en approchant de ma galerie. Je n'y avais pas remis les pieds depuis plus d'une semaine. Une partie de moi voulait rester à distance, mais j'étais désespérée. Mon incapacité à me transformer, ma probable stérilité, mes échecs, ma rage intérieure... Il fallait que je trouve un moyen de catalyser tout cela. De le projeter sur la toile.

En entrant, l'odeur familière de la lavande et des oranges douces émanant des bougies sur le comptoir m'a accueillie. Pendant un instant, mon cœur s'est gonflé et la tension dans mes épaules a disparu. J'ai regardé autour de moi et j'ai repéré une série de tableaux Art déco sur le mur Sud, c'était ceux qui avaient attiré l'attention des gens de Miami.

J'ai eu le souffle coupé en les regardant.

Ils *étaient* bons. Sans réfléchir, je me suis approchée, mes yeux ont détaillé les lignes.

Je ne peux pas croire que j'ai décliné ce contrat. Est-ce qu'une autre opportunité comme celle-ci se représentera un jour ?

J'ai posé mes mains sur mes joues et j'ai frotté mes pommettes. Mon cerveau était hyperactif et passait d'une pensée à l'autre. Il fallait que je trouve le moyen de me remettre à la peinture. Je ne pouvais pas supporter toutes ces émotions bloquées à l'intérieur de moi.

Peut-être que si j'essayais une nouvelle méthode ? Avec une éponge au lieu d'un pinceau ? Ou des pastels à la place de la peinture à l'huile ?

J'ai avancé dans mon studio, ne me laissant pas le temps d'hésiter, et j'ai marché d'un pas déterminé vers le chevalet où j'avais mélangé quelques couleurs lors de ma dernière visite. J'ai tout enlevé et j'ai disposé une nouvelle toile à la place. Après avoir regardé cet espace vierge avec un esprit tout aussi vide pendant une bonne minute, j'ai laissé mes yeux errer.

Ils se sont posés naturellement sur la peinture que j'avais faite d'une tétine. C'était bordélique, expressionniste, et ça m'était venu après la fête que Selena avait organisée pour l'arrivée de son bébé, à l'époque où je pensais que j'étais peut-être enceinte. Quand Konstantin avait envahi mon esprit et l'avait manipulé.

J'ai tremblé, me détournant de la toile. Tout ça me semblait si lointain – j'avais été effrayée d'*être* enceinte. Et maintenant, j'avais peur de ne jamais pouvoir l'être. Il avait fallu la menace de la stérilité pour que je comprenne à quel point je voulais être mère. J'ai planté mes ongles dans mes paumes et j'ai une fois de plus regardé la toile vierge.

Comment pourrais-je peindre quelque chose qui exprime tout cela ?

Écrasée par le poids de toutes mes émotions, j'ai attrapé ma bouteille de gesso blanc et je l'ai ouverte, puis je l'ai jetée à travers la pièce. Une large éclaboussure a frappé le sol et les murs. J'ai crié et renversé le chevalet, puis j'ai piétiné la toile.

Perdant tout contrôle, j'ai lancé tout ce qui me passait sous la main : peinture, pinceaux, palettes… J'ai pulvérisé mon studio, arrachant les tableaux des murs et envoyant valser ceux qui étaient stockés sur le sol. Quand cette pièce a semblé avoir été traversée par un ouragan, je me suis finalement arrêtée.

Josh

J'ai attendu que la lune soit étincelante, et je suis retourné au Jalwitz. J'ai frappé à la porte jusqu'à ce qu'une femme âgée ouvre.

– Vous ne pouvez pas rester là, m'a-t-elle dit en fronçant les sourcils.

– Écartez-vous, ai-je ordonné en la poussant. Je suis ici en mission officielle de la MCE.

Elle s'est étouffée de rage.

– C'est quoi, cette scène de crime ?

– On a été cambriolés ! s'est-elle exclamée. La police n'a pas terminé son enquête.

– Madame, je *suis* la police, ai-je dit en entrant.

– Vous devez partir tout de suite ou j'appelle les flics, a menacé la vieille dame.

Je l'ai ignorée et je suis entré dans la pièce suivante. Aucune des lumières des vitrines n'était allumée, mais je pouvais discerner qu'elles étaient consacrées à l'art amérindien. L'autre côté de la pièce avait été aménagé pour qu'on le croie fait de terre et de pierre.

Au-dessus de la porte se trouvait un panneau qui indiquait : « *Les tombes de Stone Box* ».

Des bandes de rubalise barraient le passage. J'ai marqué l'arrêt et j'ai scanné un panneau qui était accroché au niveau de mes yeux dans le couloir.

« *Les tombes de Stone Box montrent un mode d'inhumation utilisé par les Amérindiens de la culture du Mississippi dans les régions du Midwest et du Sud-Ouest…* »

Un frisson a parcouru mon dos quand je suis entré dans la pièce en me penchant sous les rubans.

Ils avaient déterré les tombes et les avaient placées sous des vitrines en verre. Dans celle qui se trouvait la plus proche de moi, des dalles en pierre avaient été arrangées pour former un rectangle sur la terre. La matière qui couvrait le fond ressemblait à de la céramique craquelée. Des ossements se trouvaient à l'intérieur, disposés en position fœtale, entourés de petits objets : des pointes de flèche, des figurines, des perles…

Je ne pouvais pas croire qu'ils avaient excavé la dernière demeure d'êtres humains pour l'exposer ainsi aux yeux de tous dans un musée. C'était terrifiant. Pire encore, une des vitrines avait été brisée.

Je m'en suis approché doucement, frottant mes pouces contre mes doigts, au bord de la nausée. En regardant à l'intérieur, j'ai deviné immédiatement ce qui manquait.

Ça ne me disait rien qui vaille.

Le bruit de sirènes se rapprochait alors que je me couvrais la bouche de la main.

***

Quelques heures plus tard, je grinçais des dents et j'avais très envie d'enfoncer ces putains de portes. Je n'avais pas de temps pour ces conneries.

Konstantin s'apprêtait à faire quelque chose. Et il fallait que je découvre quoi.

Mais, évidemment, ça devrait attendre. J'avais une terrible gueule de bois. Je tremblais. J'essayais de rester aussi immobile que possible, espérant que j'avais enfin fini de vomir dans les toilettes en aluminium qui trônaient dans un coin de la pièce.

Je suis désolé, Michelle. Je ne devrais pas être là. Je devrais être à la maison, avec toi. Mon corps contre le tien.

Mais non. À la place, j'étais dans une cellule dégueulasse qui puait des décennies de vieille pisse.

– Hé, gardien ! Je veux passer mon coup de fil !

ÉPISODE 20

SAINTE SIENNA

Josh

Je savais que ce n'était qu'une question de temps avant que quelqu'un ne débarque et me libère de cette taule. Alors quand je me suis réveillé et que j'ai découvert Jeremy à travers les barreaux, j'y étais préparé.

– Quoi de neuf, mec ? ai-je dit d'une voix ensommeillée.

– Prends tes affaires. Il faut que je parle au juge et ensuite on y va.

Ses mots étaient secs et hachés. Pour un gars aussi cool que Jeremy, cela signifiait qu'il était *énervé*. Mais je n'étais pas d'humeur à me disputer avec lui. Je me sentais comme si quelqu'un m'avait vidé le cerveau.

– Ouais, ça marche, ai-je répondu en me levant et en essayant d'oublier la nausée qui me reprenait.

Jeremy est parti et, un moment plus tard, j'ai entendu les portes de sécurité s'ouvrir puis se refermer. Et puis le clic-clac de hauts talons sur le béton.

C'était Michelle.

Elle avait l'air fatiguée et pâle, les cheveux tirés en arrière dans un chignon échevelé et le visage sans maquillage. C'était la véritable Michelle. Celle qui était si belle, pleine d'espoir et seule, celle que peu de monde avait l'occasion de voir.

Et je pouvais deviner à ses yeux que je l'avais blessée.

J'ai baissé la tête.

– Qu'est-ce que tu fiches en prison, Josh ? a-t-elle demandé calmement.

J'avais déjà entendu cette question. Sauf qu'elle sortait de la bouche de ma mère, pas de celle de ma compagne.

Pourquoi est-ce que tu étais encore en prison, Carl ? disait-elle à mon père chaque soir, quand il rentrait en titubant d'un bar. *Pourquoi est-ce que tu ne peux pas te maîtriser ? Tu es un moins-que-rien, un alcoolo pathétique.*

C'était juste avant qu'elle le quitte. Qu'elle nous quitte tous les deux. Je ne pouvais pas laisser ce scénario se répéter. Il fallait que j'essaie de lui expliquer.

– Konstantin. J'étais après lui.

– Alors tu es entré par effraction dans un musée et tu as terrifié une vieille bique ? a-t-elle demandé, incrédule.

– Mais il était censé y être ! ai-je insisté.

Et il y était. Je suis juste arrivé trop tard… Encore une fois.

Michelle a soupiré longuement.

– Désolée, Josh, mais tu vas devoir m'aider à comprendre. Je conçois que tu étais en train d'essayer de retrouver Konstantin, mais qu'est-ce qui a pu te faire penser qu'il se trouverait dans un musée du Tennessee ?

– Parce que je… ai-je hésité.

Est-ce que je devais lui confier l'histoire de la boue ?

Si elle savait qu'on pouvait traquer le vampyre, cela l'aiderait sûrement à mieux dormir la nuit. Mais même si je l'aimais de tout mon cœur, il fallait admettre qu'elle n'était pas la plus douée pour garder les secrets. Et si elle laissait échapper quoi que ce soit au sujet de la boue, je serais encore plus dans la merde que je ne l'étais déjà.

–J'ai… j'ai eu un tuyau d'une source anonyme. Ils ont laissé un message à mon bureau.

–Visiblement, ce n'était pas super fiable.

–Et alors? ai-je rugi, en m'approchant pour attraper les barreaux.

Michelle a placé ses mains sur les miennes et ma peau s'est animée à son contact.

–Je me fiche qu'une piste soit mince. Je ferai ce qu'il faut pour mettre la main sur Konstantin. Tu comprends?

Ma voix devenait de plus en plus forte, de plus en plus éraillée, mais je m'en fichais.

–Michelle, tu as failli y passer, ai-je dit en tentant d'atteindre sa joue parcourue d'une larme. Je ne peux pas arrêter. Je ne peux pas abandonner. Pas tant qu'il n'est pas mort.

Elle a hoché la tête contre ma paume.

–Merci, a-t-elle murmuré.

–Je suis désolé de ne pas être là pour toi. Je suis désolé de tout ce bordel.

–Ce n'est pas grave, m'a-t-elle assuré, mais je sentais bien qu'elle mentait. Je vais bien mieux, a-t-elle continué.

–Et ça va s'améliorer encore, lui ai-je promis. Mais d'abord, je dois abattre Konstantin.

– Mais tu ne peux pas continuer à atterrir en prison! a-t-elle insisté. Aiden est dans tous ses états.

– Laisse-le. Depuis le début, il ne me prend pas au sérieux.

À ce moment, j'ai entendu la porte s'ouvrir et se fermer à nouveau.

– Jeremy est revenu, a dit Michelle.

J'ai serré sa main.

–Partons de cet endroit pitoyable.

Michelle: Hé Si!

Michelle: Monica voudrait qu'on filme davantage d'interviews confessions.

Michelle: Je sais que ça arrive un peu comme un cheveu sur la soupe…

Michelle : Si ?

Assise sur mon lit, à la maison, j'ai attendu, mais Sienna n'a jamais répondu. Monica a appelé à nouveau, mais j'ai laissé le répondeur se déclencher. Je n'avais pas envie de lui parler. Elle essayait de savoir où j'avais disparu toute la matinée. Mais je n'avais aucunement l'intention de lui apprendre que j'étais allée sortir mon compagnon de prison. Ou que je m'étais endormie sur mes couvertures après avoir pleuré pendant des heures.

Ce ne serait pas la meilleure image à renvoyer à la caméra, n'est-ce pas ?

Michelle : Hey les filles, vous avez des news de Sienna ?
Mia : Nope, mais de toute façon, moi je ne sors pas la tête des couches 💩💩💩
Erica : Je ne l'ai pas vue depuis la cérémonie.
Michelle : Elle ne répond pas à mes messages.
Erica : Est-ce que c'est à propos de l'émission ?
Michelle : ...
Michelle : Ouais.
Erica : 👻
Michelle : Quoi ?
Erica : Oh fais pas la naïve Mich !
Erica : Tu sais bien.
Michelle : Pas du tout.
Michelle : Quoi ?
Erica : Sienna n'apprécie pas vraiment de faire partie de cette émission, fais pas celle qui n'est pas au courant...

J'ai froncé les sourcils en regardant mon écran.

Si Sienna ne s'amusait pas, pourquoi est-ce qu'elle continuait, alors ? Est-ce qu'elle ne comprenait vraiment pas à quel point elle avait de la chance ? Tout le monde l'aimait alors qu'elle ne faisait pratiquement rien !

Monica était tout le temps à lui lécher le cul. Tous les gens sur les réseaux chantaient ses louanges.

Comment est-ce que Sienna pouvait ne pas apprécier tout ça ? Parce que c'était juste une façade. Rien de tout cela ne lui importait vraiment.

J'ai frissonné, essayant d'évacuer toute cette remise en question qui avait afflué depuis la cérémonie des Flammes.

Non.

C'était mon occasion de briller. Mais, comme d'habitude, Sienna me mettait des bâtons dans les roues. Elle ne méritait pas tout cela. Elle ne méritait rien.

Michelle : Si elle déteste ça, pourquoi elle le fait ?
Erica : OMG 😲
Mia : Elle s'inquiétait pour toi, Michelle.
Michelle : ???
Mia : Tu fais vraiment genre tu savais pas ?
Erica : Tu t'es réveillée d'un PUTAIN de COMA et d'un coup t'étais genre « je veux être une célébrité » !
Erica : Alors elle a joué le jeu.
Erica : Parce qu'elle t'aime.
Erica : Et c'est comme ça que tu la remercies…

J'ai jeté mon téléphone au loin en soupirant. Malgré mon énervement, je sentais une pointe d'inquiétude. J'avais été tellement concentrée sur l'émission, sur mon apparence devant les caméras, que j'avais dit des choses horribles. J'ai tenté d'appeler Sienna, et comme elle ne répondait toujours pas, j'ai essayé sa ligne à l'hôtel, sans plus de succès.

Peut-être était-elle à la galerie.

Je suis sortie.

***

Quand je suis arrivée à la galerie, la pancarte disait que c'était fermé, mais la porte était déverrouillée. Un sentiment de malaise s'est insinué en moi. Je suis entrée en appelant :

– Sienna ?

Pas de réponse. J'ai parcouru l'endroit. Tout avait l'air normal.

– Si ?

J'ai entendu du bruit venant de derrière. Pendant un moment, je n'ai plus bougé, une image de deux yeux rouges revenant en flash dans mon esprit. Ma respiration s'est accélérée et mon cœur a martelé ma poitrine.

Merde.

– Michelle ?

C'était Sienna.

Elle est sortie de son studio. Complètement échevelée. Son maquillage ruiné par les larmes, ses cheveux mal attachés, sa chemise maculée de peinture.

– Oh, mon Dieu, Si.

Elle a titubé vers moi et je me suis avancée vers elle en lui tendant les bras. Elle est tombée contre moi, en larmes.

– Qu'est-ce qui s'est passé ? ai-je demandé, toujours en alerte. Quelqu'un t'a fait du mal ?

Elle a secoué la tête.

– C'est le bordel. Je suis… complètement paumée.

Peu importe ce que je ressentais pour elle, je ne pouvais pas la laisser seule alors qu'elle était si bouleversée.

– Bon, ça, je peux m'en occuper, ai-je répondu, prête à passer à l'action.

Je l'ai conduite dans les toilettes et je l'ai aidée à nettoyer son visage. J'avais du maquillage et une brosse à cheveux et j'allais la remettre en état.

– Ce n'est vraiment pas possible que tu sortes comme ça, ai-je marmonné en m'occupant d'elle.

Sienna était assise et se laissait faire docilement.

– Est-ce que tu as été prise dans une tempête ou quelque chose comme ça ? ai-je plaisanté.

– Non, a-t-elle répondu d'une voix douce. J'ai… j'ai juste perdu le contrôle pendant un moment. J'étais… énervée à cause de la peinture.

J'ai hoché la tête en appliquant de l'anticerne.

– Toi et ton tempérament d'artiste…

– Ouais, a-t-elle lâché avec un petit sourire.

Je me suis assise et j'ai observé mon travail.

– Bien mieux, ai-je approuvé.

Puis j'ai pris ses deux mains et je les ai serrées. Elle m'a regardée, les yeux brillants, mais une expression neutre sur le visage.

– Il faut que tu passes à autre chose, Si.

La dernière chose dont je voulais qu'on discute, c'était *ce qui s'était passé*. Mais elle avait vraiment besoin de se reprendre.

– C'est terminé, c'est derrière nous, lui ai-je dit.

– Je n'arrive pas à dormir, a-t-elle confessé, la voix tremblante. Chaque fois que je ferme les yeux, tout ce que j'arrive à voir, c'est…

– Des yeux rouges, ai-je terminé à sa place.

N'y pense pas. N'y pense pas.

Mon pouls s'emballait.

– Tu rêves de la même chose ? a demandé Sienna, surprise.

– Ce n'est pas comme si on était liées psychiquement, ai-je répondu en tentant d'en rire.

Mais tout de suite après, j'ai hoché la tête.

– C'est comme si quelqu'un m'observait, tout le temps.

Alors je me suis entourée de caméras. Comme ça au moins, je savais qui me regardait.

Mais ça, je ne pouvais pas lui dire. Je ne pouvais vraiment pas l'admettre.

– Tu penses que Josh et Aiden vont l'attraper ? a-t-elle demandé dans un murmure.

J'ai hoché la tête avec énergie. C'était la seule chose que je pouvais faire.

– Bien sûr qu'ils vont réussir !

Sienna a détourné le regard. J'ai secoué sa main doucement.

– Allez, allons déjeuner. Je suis sûre que tu meurs de faim après tout cet… art.

– OK, a-t-elle dit en me regardant à nouveau avec un sourire. Merci, Michelle.

– Pas de problème.

Jocelyn

Après la scène dans le jardin avec Nina, elle avait gardé ses distances. Ce qui était une bonne chose. C'était ce que je voulais.

Mais quand je l'avais recroisée quelques jours plus tard, l'air complètement désespérée, mangeant seule à la cafétéria, mes pas m'ont portée jusqu'à elle sans que je puisse les en empêcher. Je me suis assise à côté d'elle. Les yeux de Nina se sont braqués sur moi, écarquillés de surprise.

On n'a rien dit. J'ai planté ma fourchette dans la nourriture sur mon plateau mais, comme d'habitude, je n'avais pas d'appétit. Nina a pris un morceau de toast dans son assiette et a placé quelques tranches d'avocat dessus.

– Allez, mange. Sois une digne milléniale.

Mes lèvres se sont courbées en un sourire.

– Ce n'est pas très drôle.

Je l'ai regardée, ne désirant qu'une chose : tomber dans ses bras et tout lui pardonner.

– Les excuses, c'est un peu comme perdre sa virginité, a enchaîné Nina. Tout est dans le timing et l'endroit.

– Si tu le dis.

J'ai porté le toast à mes lèvres et j'en ai croqué un bout.

– Ce n'est pas mauvais, ai-je admis.

– Tant mieux. Allez, mange avant de te transformer en Hulk.

– Arrête !

Nina a levé ses sourcils bruns et m'a souri.

– Ne le nie pas, ça t'arrive quand même… Genre « si je n'ai pas un morceau de pizza dans les cinq minutes, je vais cramer quelque chose ».

– Tais-toi, ai-je dit, mais mon sourire était béat maintenant.

J'ai soupiré profondément, sentant un poids quitter mes épaules.

– Ça m'avait manqué, ai-je admis.

Le masque de sarcasme de Nina s'est évanoui et sa bouche s'est tordue sur un côté.

– Moi aussi, a-t-elle murmuré, en plaçant sa main sur la mienne.

Je l'ai laissée faire et j'ai pris une autre bouchée de mon toast.

Aiden

Après avoir appris que Josh s'était retrouvé en prison, j'étais prêt à poursuivre l'enquête sans lui. Mais je n'ai pas eu le temps de m'y plonger avant le soir.

–Alors c'est ça? a demandé Sienna, le souffle coupé.

Elle était assise sur mon bureau, regardant nerveusement la bouteille de boue comme si elle pouvait sauter et l'attaquer.

Ce qui, pour ce que j'en savais, n'était pas impossible.

–Ouais, ne t'approche pas trop, ai-je répondu en enlevant le bouchon.

Nous nous sommes tous les deux immobilisés, mais il ne s'est rien passé. Sienna a poussé un soupir.

–OK, voyons voir de quoi cette chose est capable, ai-je continué.

J'ai sorti une petite boussole, puis j'ai versé la substance noire sur la surface. Et nous avons attendu. Toujours rien. La boussole était recouverte de boue, c'est tout.

–Qu'est-ce que c'est censé faire? a demandé Sienna en s'approchant.

–Je pensais que ça m'indiquerait la position de Konstantin…

–Peut-être qu'il faut plus de temps?

Alors on a attendu. On priait avec anxiété pour que l'aiguille se mette enfin à bouger. Dix minutes ont passé. Puis vingt. Toujours rien. L'aiguille pointait toujours dans la même direction: le nord.

Peut-être que Konstantin se cache dans le Nord?

Mais *rien* ne s'était passé. Rien n'indiquait que la boue avait eu un quelconque effet sur la boussole.

Je me suis enfoncé dans mon fauteuil en soupirant.

–Est-ce qu'on pourrait essayer avec une autre boussole? Ou un… GPS, un truc du genre? a demandé Sienna, en s'asseyant sur une chaise près de moi.

J'ai pris sa main et l'ai frottée contre ma joue.

– Je ne sais pas. Mais il faut qu'on essaye autre chose.

Elle a soupiré.

– Je sais, mais j'ai l'impression que c'est peine perdue…

J'ai hoché la tête. D'autres mots sont restés suspendus en l'air. Konstantin était toujours en liberté. Bien décidé à s'en prendre à ma compagne, à la tuer pour obtenir son pouvoir.

Et nous n'avions aucune idée du moment où il frapperait à nouveau…

EPISODE 21
UN JOUR, TU RESPIRERAS

Sienna

Le ciel, dehors, était d'un blanc pur et la journée s'annonçait glaciale et sans éclat. La chambre d'hôtel semblait y faire écho par sa froideur et son côté impersonnel.

Aiden était déjà parti travailler et je ne voulais vraiment pas être seule.

Sienna : Hé Erica.
Sienna : Tu as toujours cours mardi matin ?
Erica : Oui, lol.
Sienna : Ça te dérange si je passe ?
Erica : Pas du tout, ça commence à 9h45.

***

Personne n'allait me filmer aujourd'hui, alors je me suis autorisée à porter des leggings bleu marine et un sweat beige trop large. Quand je suis arrivée dans la classe d'Erica, elle s'est levée de son bureau et a couru vers moi, me serrant dans ses bras.

– C'est en quel honneur ? ai-je demandé avec un rire léger.

– Michelle a peut-être mentionné que tu étais un peu… bouleversée hier.

J'ai soupiré.

– Viens par ici, m'a invitée Erica en désignant un espace tranquille où elle avait installé un bean-bag et des chaises.

Un panneau disait « coin lecture ».

– J'ai une heure et demie devant moi, a dit Erica, glissant une mèche de cheveux bruns derrière son oreille. Raconte-moi *tout*.

C'est ce que j'ai fait. Je lui ai raconté que j'étais incapable de peindre. Incapable de me transformer. Probablement stérile. Je lui ai parlé du stress et des cauchemars. Et même que j'avais dévasté mon propre studio.

Erica m'écoutait calmement, les bras croisés sur sa poitrine.

– Waouh, Sienna, a-t-elle lâché quand je me suis finalement arrêtée. C'est… énorme.

J'ai hoché la tête.

– Maintenant que j'ai tout déballé à voix haute, *effectivement*, ça paraît énorme.

– Est-ce que tu en as parlé à Aiden ?

Le simple fait de penser à mon compagnon a fait surgir un sourire sur mes lèvres, malgré tous mes soucis.

– Pas tout. Mais il me soutient beaucoup.

– Pourquoi pas ?

Je n'avais pas de bonne réponse à lui apporter. J'en avais juste assez d'apparaître comme faible devant mon compagnon qui, lui, avait de véritables problèmes.

– Il est… très occupé en ce moment. Il essaie de trouver Konstantin.

Erica s'est penchée et m'a serré la main.

– Je pense que c'est tout à fait normal.

– C'est vrai ?

Elle a hoché la tête.

– N'importe qui ayant subi ce que tu as subi aurait du mal à gérer le stress. À revenir à… ce que les choses étaient avant. Regarde ce que fait Michelle !

– Ce n'est pas très juste, ai-je répondu en défendant instinctivement ma meilleure amie.

Elle a levé les yeux au ciel.

– Peu importe. J'espère juste que ses quinze minutes de célébrité vont finir par la calmer.

– Michelle traverse une période difficile, Erica. Il faut avoir de l'empathie. Konstantin l'a placée dans le coma. Et c'était…

Je n'ai pas pu finir ma phrase, parce que des sanglots montaient.

– Et c'était ma faute. Au moins en partie. J'ai laissé entrer ce vampyre dans nos vies et il a utilisé Michelle pour se rapprocher de moi.

Les larmes coulaient sur mes joues. Erica m'a tendu un mouchoir d'une boîte qui se trouvait sur la table.

– J'ai été stupide et égoïste et Michelle a failli mourir à cause de mon comportement, ai-je continué, complètement brisée.

Erica a secoué la tête doucement.

– Sienna, tu dis n'importe quoi.

J'ai tiré un autre mouchoir de la boîte. Erica s'est penchée et a pris ma main.

J'ai attrapé mon portable qui sonnait en me mouchant à nouveau. C'était Charlotte. Bizarrement, cela a suffi à m'oppresser un peu plus.

– Bonjour ?

– Où êtes-vous ? a demandé Charlotte, son agacement était évident.

J'ai séché mon nez avec le mouchoir.

– Je suis avec Erica, pourquoi ?

– Mais enfin, Sienna, vous êtes *supposée* être à l'hôpital. Vous avez oublié ?

Tout s'est remis en place dans mon esprit.

– Merde.

Nous *étions* censés tourner aujourd'hui, un passage où je devais me rendre au service gynécologique de l'hôpital pour bénir les femmes qui avaient des grossesses difficiles. Avec toute cette histoire de stérilité, j'avais complètement oublié. C'était un parfait *acte manqué*.

– Qu'est-ce qui m'arrive ? ai-je soufflé.

Erica m'a lancé un regard interloqué.

– J'arrive aussi vite que possible, ai-je répondu à Charlotte.

– Vous feriez mieux de vous dépêcher.

J'ai lâché mon portable sur mes genoux et j'ai couvert mon visage de mes mains en grognant.

– Quoi ? a demandé Erica.

Je lui ai expliqué la situation.

– Monica comptait en faire un live !

Erica secouait la tête.

– Je ne pense pas que ce soit une bonne idée – avec tout ce que tu traverses, Sienna…

– J'ai dit à Charlotte que je serais là.

– Rappelle-la et dis-lui que ce n'est pas possible.

Avec un soupir, j'ai lâché :

– Non, ce n'est pas grave, je vais y aller et prendre sur moi.

– Sienna…

Je lui ai tapoté le bras.

– Non, vraiment, Erica, ça va aller. J'avais vraiment besoin de me confier à quelqu'un, je me sens cent fois mieux. Merci. Cette conversation m'a beaucoup aidée.

Elle m'a dévisagée.

Puis elle s'est levée et s'est dirigée vers le téléphone fixe de son bureau. Après avoir pressé un certain nombre de boutons, elle a dit :

– Meredith ? Oui, c'est Erica. Tu as un cours, la prochaine heure ?

Une pause.

– Oui, ce serait formidable. Je t'en dois une.

Erica a raccroché et m'a regardée.

– Je viens avec toi.

Aiden

Je fixais des yeux la boussole inutile comme si je pouvais la faire fonctionner grâce à mon unique volonté. Quelqu'un a frappé à la porte de mon bureau et m'a tiré de ma concentration. Sayyid est entré l'instant d'après.

– Je crois que nous tenons quelque chose, mon Alpha, a-t-il annoncé.

Il avait une tablette dans les mains.

– Vas-y, l'ai-je encouragé.

– Il faut que vous veniez. Maintenant. Si nous partons immédiatement, on sera peut-être en mesure d'attraper Konstantin.

Sayyid a contourné le bureau, tenant sa tablette au niveau de mes yeux. En quelques clics, il m'a montré une liste de numéros de téléphone. Il en a pointé un du doigt.

– D'après ce qu'on sait, c'est la dernière personne à qui Konstantin a parlé après le bal de Yule.

– Qui est-ce ?

– Dorothy Seaver, elle est la propriétaire et dirige le Triple Creek Hotel, au nord-est de Mahiganote.

– Tu penses qu'il est là-bas ? ai-je demandé. Qu'il est revenu à Mahiganote ?

Ce serait un peu trop simple… Pourquoi est-ce qu'il reviendrait alors qu'il sait qu'on le cherche activement ?

Quelque chose clochait. Mais ce n'était pas le moment d'ignorer une piste aussi importante. J'ai hoché la tête en regardant Sayyid.

– Allons-y.

Sienna

Erica a marmonné des choses à propos de Michelle pendant toute la route jusqu'à l'hôpital. Toutes les deux n'avaient jamais été vraiment proches, alors j'essayais de ne pas trop me focaliser là-dessus, mais mon estomac faisait le grand huit au moment où nous avons mis les pieds dans le service obstétrical.

C'est le dernier endroit où j'ai envie d'être.

Et quand j'ai vu Michelle, son sourire électrique soigneusement appliqué sur le visage, riant en chœur avec Charlotte Norwood, je me suis sentie un peu nauséeuse. Cela m'a demandé un réel effort de respirer profondément, d'autant plus qu'elles ont eu la même expression dédaigneuse quand elles m'ont aperçue.

– Sienna, *enfin*, a dit Charlotte en s'approchant.

L'équipe de tournage avait installé des lumières et de l'équipement dans toute la pièce et il y avait une file de femmes en fauteuils roulants, attendant dans un couloir en face de nous.

Erica se tenait à mes côtés comme un garde du corps. À défaut d'avoir Aiden pendant tout ce cauchemar, c'était sympa de savoir que mon amie gardait un œil sur moi. C'était ainsi que tout ce bazar avait commencé, quand j'avais essayé de garder un œil sur une amie.

– Très bien, tout le monde, on peut commencer à tourner ! a dit Monica, ses cheveux frisés attachés.

Une vague de vertige s'est abattue sur moi. Je n'étais pas prête.

– Attendez, ai-je dit, mais Monica ne faisait pas attention.

Ma bouche était pleine d'amertume. Je me suis éclairci la gorge.

– Est-ce qu'on… est-ce qu'on peut attendre une minute ?

– Pourquoi ? a demandé Michelle.

Comment est-ce que je suis censée expliquer que si je parle à ces femmes enceintes, je pourrais leur vomir dessus ?

– Je pense qu'on devrait reprogrammer, a dit Erica en prenant doucement mon bras.

Charlotte l'a regardée comme si elle était une mouche agaçante qu'elle adorerait écraser.

– Impossible, a répliqué Michelle. Monica doit filmer quelque chose en live tous les jours cette semaine.

Une membre du staff a poussé une femme dans la pièce et un des cameramans a ajusté les projecteurs là où elle avait été placée. Mes yeux se sont posés sur le ventre arrondi de la femme. Je me suis imaginée assise dans ce fauteuil roulant, apeurée et désespérée, souhaitant préserver à tout prix la vie de mon enfant. De l'enfant d'Aiden. Mais j'ignorais si ce serait possible un jour. Si je serais en mesure de lui offrir un enfant. C'était comme si quelqu'un avait organisé cet événement exprès pour appuyer là où ça faisait mal.

Et si c'était le cas ?

Un cameraman s'est avancé vers nous. La lumière était rouge, il enregistrait. Et zoomait sur moi. On aurait dit les yeux de Konstantin. Mes genoux étaient faibles et menaçaient de céder, mais j'ai essayé de garder une voix égale.

– En fait… Erica a raison, je ne me sens pas bien…

– C'est pour ça que vous étiez en retard ? a demandé Charlotte.

– Non. Je suis… je suis allée à mon studio.

Le mensonge était sorti de ma bouche avant que j'aie pu réfléchir. Erica a tiré sur mon bras et j'ai reculé, regardant la sortie comme si c'était une oasis au milieu du désert.

– Votre *studio,* pfff, s'est étouffée Charlotte. Je ne peux pas croire qu'Aiden vous pousse à entretenir ce genre de hobby puéril. Si vous remplissiez vos obligations, vous verriez que vous n'avez pas le temps de jouer avec de la peinture…

J'ai fermé les yeux pour que Charlotte ne voie pas que je les levais au ciel. Quand je les ai rouverts, le cameraman s'était encore rapproché pour faire un plan serré sur mon visage. J'avais très envie de le pousser, de prendre sa stupide caméra et de l'exploser contre le mur jusqu'à ce que cette horrible lumière rouge arrête d'être pointée sur moi.

– On s'en va, a dit Erica en me pressant le bras.

Michelle s'est avancée, la mine renfrognée.

– Pourquoi tu ne t'en vas pas, Erica ? Tu n'es même pas censée être là.

– Pourquoi est-ce que tu fais ça, Michelle ? s'est emportée Erica. Personne ne croit en ces foutaises de nos jours. On a une médecine moderne !

– On n'en a rien à foutre de ton avis, a marmonné Michelle.

Ses yeux étaient soudain brillants, et son regard vide cherchait la caméra. Charlotte a relevé le menton.

– Les traditions signifient beaucoup pour les gens, a-t-elle dit. Ces femmes sont toutes volontaires pour recevoir la bénédiction. Je pense qu'aucune d'entre elles ne dirait que ce sont des *foutaises*.

Erica s'est tournée vers Michelle.

– Et pourquoi *toi*, tu es là ? Je ne me rappelle pas avoir vu de compagnes des Bêtas participer aux bénédictions de la cérémonie des Flammes quand j'étais gosse.

Les yeux de Monica se sont enflammés. Cela allait à coup sûr faire décoller les audiences. J'ai levé les mains.

– Pourriez-vous arrêter, toutes les deux ? Je suis contente que vous soyez là. Michelle a été d'une grande aide.

– Alors pourquoi est-ce qu'on ne la laisserait pas s'occuper des bénédictions ?

Les yeux de Michelle se sont illuminés.

– Ça pourrait être une solution, ai-je commencé, ravie de pouvoir mettre mon amie en avant.

– Absolument hors de question, s'est interposée Charlotte.

– Ces femmes sont là pour être bénies par la compagne de l'*Alpha*, a ajouté Monica.

Michelle a eu l'air de s'être pris une claque. J'ai jeté un coup d'œil aux femmes enceintes qui regardaient tout cela, les yeux écarquillés. Un muscle a commencé à battre dans ma joue. Ma gorge était nouée de tension.

– OK, ai-je dit. Je vais le faire.

Erica a commencé à protester, mais Monica avait l'air triomphante.

– Très bien, tout le monde, a-t-elle crié en regardant sa montre. On sera live dans 5, 4, 3…

Sa bouche a mimé les chiffres restants alors que ses mains comptaient jusqu'à zéro.

Nous étions en direct.

ÉPISODE 22

QUELLE CHANCE !

Aiden

Sayyid et moi sommes arrivés au Triple Creek hôtel en un quart d'heure. La propriétaire, une vieille femme aux cheveux gris, m'a reconnu dès que je me suis approché.

– Alpha Norwood ! s'est-elle exclamée en portant une main ridée à son col brodé.

– Et vous devez être Dorothy Seaver, ai-je répondu en lui tendant la main.

Elle a rougi et l'a serrée.

– Je dois voir l'un de vos clients.

– Un certain Monsieur Konstantin, a complété Sayyid.

– Oh, d'accord, a dit Dorothy en penchant la tête sur le côté, visiblement mal à l'aise. Normalement, je ne donne pas ce genre d'informations…

– Vous le feriez si un inspecteur venait avec un mandat, n'est-ce pas ? a argué Sayyid. Et la parole de l'Alpha est supérieure à celle d'un juge, donc…

Le visage de Dorothy est devenu pâle, elle a hoché la tête.

– Bien sûr.

Elle nous a tendu une clé.

– Il est dans la chambre numéro quatre. Passez ces portes et traversez la cour. C'est un passe-partout.

Enfin, me suis-je dit, et une vague de soulagement s'est emparée de moi.

Sayyid et moi avons passé les portes battantes que Dorothy nous avait indiquées. Elles menaient à une large et très charmante courette.

Le moment est enfin venu. Je vais affronter Konstantin et le détruire pour ce qu'il a fait à Sienna. À toute ma famille. À Michelle.

Un éclair de culpabilité m'a fait marquer une pause.

Josh devrait être présent.

Mais nous n'avions pas de temps à perdre.

C'était l'occasion unique d'en finir avec Konstantin une bonne fois pour toutes. Et je n'allais la manquer pour rien au monde.

Josh

Après une longue nuit à discuter avec ma compagne, nous nous sommes mis d'accord sur le fait qu'il était plus important pour moi de pourchasser Konstantin que de participer à l'émission.

C'était comme si un poids se retirait de mes épaules, mais je me sentais toujours coupable. Comme si je n'étais pas assez. Pas assez intelligent. Pas assez fort. Pas capable de trouver ce vampyre sans aide.

En plus, cette putain de montre ne fonctionnait pas. Quand elle m'avait mené au Musée de Jalwitz, toutes les aiguilles et les chiffres pointaient dans la même direction. Vers Konstantin. Mais maintenant, c'était comme si la boue était… confuse. Elle n'arrêtait pas de changer de direction, de pointer parfois au nord, parfois elle décrivait des cercles et s'orientait légèrement vers l'est. Puis elle s'arrêtait d'un coup. C'était insupportable.

J'avais passé vingt minutes à l'observer et j'étais prêt à éclater le cadran avec un marteau. Mais j'ai réussi à résister à la tentation. Peu importe si c'était une piste mince, il fallait que j'aille au bout.

J'ai attrapé la montre sur mon bureau et me suis dirigé vers mon 4x4.

Sienna

Chaque muscle de mon corps était tendu. La chaleur des projecteurs me faisait transpirer.

Une femme avec un ventre proéminent se tenait dans un fauteuil roulant au milieu de la pièce et attendait que je m'approche pour la bénir. J'ai observé la file de femmes, elle s'étendait plus loin que mon regard pouvait la discerner.

Je ne savais pas ce qui était pire : que je doive interagir avec des femmes enceintes alors que j'essayais de digérer la nouvelle que je ne pourrais peut-être jamais avoir d'enfant naturellement… ou que tout le monde pense que j'étais capable de faire quelque chose pour aider ces patientes. Comme si être la compagne d'Aiden me donnait des pouvoirs magiques.

C'était une imposture. *J'étais une imposture.*

Michelle a attrapé mon bras et m'a tirée loin d'Erica qui semblait sur le point d'exploser de colère.

– Écoute, fais juste le rituel, m'a murmuré Michelle avec impatience. Tout le monde attend.

Après notre conversation de l'autre jour, j'aurais cru qu'elle se montrerait plus compréhensive. Mais même moi, je savais que Michelle portait une nouvelle couche de peinture et arborait un masque stylé pour dissimuler son âme abîmée.

J'aimerais juste qu'elle ne projette pas son anxiété sur moi et sur moi seule.

J'en avais ras le bol de lui servir de punching-bag.

Finissons-en.

Tout en jetant un regard à Michelle, puis à Charlotte, j'ai essayé de bouger, mais la lumière rouge qui me suivait partout me paralysait.

– Qu'est-ce que je suis censée faire ?

Michelle s'est étouffée et Charlotte a secoué la tête, exaspérée.

– Ce n'est pas compliqué. Vous placez vos mains sur leur ventre, vous vous concentrez et vous récitez la bénédiction sacrée de la cérémonie des Flammes.

– Pourquoi elle devrait se concentrer ? a demandé Erica, marmonnant depuis l'autre bout de la pièce.

– Vous voulez dire « Divine flamme, fertile et brillante… », ai-je commencé à réciter.

– Oui, mais essayez de personnaliser un peu. Incorporez le prénom de chaque femme, a dit Charlotte. Au lieu de « ce soir, bénissez chacune des lumières de ces mères » dites quelque chose comme « aujourd'hui, bénissez la lumière d'une telle et d'une telle ».

Mon cœur s'est serré.

– Vous êtes absolument sûre que Michelle ne peut pas le faire ?

– Je connais le rituel par cœur après tout, est intervenue Michelle.

– C'est absolument *hors de question*, a dit Charlotte en insistant sur chaque mot. Sienna, c'est vous que tout le monde attend.

– Vous ne voulez pas les décevoir, n'est-ce pas ? est intervenue Monica en regardant directement vers la caméra.

Non, je ne le souhaite pas.

J'avais déjà laissé tomber trop de monde.

Michelle.

Aiden.

Emily.

Je ne pouvais pas reculer. Mais rien de tout cela ne me semblait simple.

Jocelyn

Depuis le déjeuner que nous avions partagé la veille, je n'avais pas cessé de penser à Nina. Je l'avais croisée une ou deux fois, même si on s'était contentées de se faire signe et de se sourire.

Elle me laissait de l'espace… ou elle m'évitait ?

Je voulais croire qu'on avait avancé.

J'étais venue prendre mon petit déjeuner à la cafétéria ce matin, espérant qu'elle serait là. Je m'étais forcée à manger, même en son absence. Je savais que les employés des cuisines lui rapporteraient si j'avais mangé ou non et, de toute façon, je *voulais* aller mieux. Je voulais guérir. Même si mes capacités ne reviendraient jamais. Même si j'avais tout perdu, tout ce qui faisait que j'étais moi. Même si personne ne me regarderait plus jamais comme avant. Pas même Nina…

Reprends-toi, Jocelyn.

Mais je ne pouvais pas m'en empêcher. Le sourire de Nina, son rire, ses blagues… et ses moments rares de sincérité… Ils s'insinuaient sous ma peau et, maintenant, il m'était impossible de l'ignorer. Elle me fascinait. Je n'en savais toujours pas beaucoup plus sur elle. Je ne savais pas comment ou pourquoi elle était devenue une louve solitaire, puis une voleuse.

Est-ce que j'aurais la chance, un jour, d'en savoir plus ? De vraiment la connaître ?

L'idée que cela n'arriverait pas, que dans un avenir proche je quitterais cet endroit et laisserais Nina derrière moi, m'était insupportable. Surtout maintenant que je n'avais plus aucun but dans la vie, que je ne pouvais plus exercer en tant que guérisseuse.

Après le petit déjeuner, j'ai marché dans le jardin givré. Je continuais à espérer la croiser, comme la fois où elle avait essayé de me présenter ses excuses. Mais je restais seule. En secouant la tête, j'ai croisé les bras sur ma poitrine, regardant ma respiration se transformer en nuage.

J'aimerais pouvoir barricader mon cœur. Nina est une menteuse. Elle a essayé de faire du mal à Sienna – plutôt que de demander de l'aide à qui que ce soit. Mais elle est aussi venue nous aider au bal de Yule, alors qu'elle n'y était pas obligée.

Cela rendait ses actions plus faciles à pardonner. Nina avait été désespérée et n'avait pas l'habitude qu'on lui vienne en aide, ça, au moins, c'était clair à mes yeux. Elle avait appris à ne compter que sur elle-même. Et maintenant… maintenant j'étais effrayée qu'elle s'éloigne de moi. Juste quand je commençais à croire que je pouvais enfin lui pardonner. Peut-être que ça prouvait à quel point j'étais une idiote. Après tout, elle m'avait déjà abandonnée par le passé.

Oh, Joce. Tu es la sainte patronne des causes perdues, n'est-ce pas ?

Mais cette fois, j'avais ce sentiment pesant que la cause perdue pourrait bien être mon propre cœur.

Erica

Je n'aimais pas du tout cette situation. Sienna était vulnérable émotionnellement. Et ce que ces gens lui demandaient allait puiser dans des réserves d'énergie qu'elle n'avait plus.

Elle s'approchait de la femme enceinte dans le fauteuil roulant, les trois cameramans l'ont suivie, pour capter différents angles. C'était diffusé en live. Mon anxiété a grimpé rien qu'à cette idée.

– Bonjour, a dit Sienna, en tirant un tabouret pour s'asseoir en face de la femme. Je suis Sienna Mercer-Norwood.

– Carlene Lamar, a répondu la femme.

Elle avait le teint hâlé et des boucles rousses qui formaient une sorte de halo autour de sa tête.

– Qu'est-ce qui vous amène à l'hôpital, Carlene ? a demandé gentiment Sienna.

– J'ai une placenta previa, a-t-elle indiqué. Ils disent que ça se résorbera peut-être tout seul, mais je ne suis plus qu'à un mois de l'accouchement et ce n'est toujours pas passé.

Le dos de Sienna s'est tendu, c'était presque trop subtil pour que les autres le remarquent.

– Et vous espérez que ma bénédiction vous aidera ? a-t-elle dit doucement.

Carlene a hoché la tête, son visage s'est tordu de peur.

– Je ne veux pas subir une césarienne. J'ai trop peur qu'on m'opère.

Sienna a avalé sa salive et hoché la tête, ses yeux bleus passant du ventre de la femme à son visage. Carlene s'est penchée en arrière. Les caméras se sont rapprochées. Sienna a placé ses paumes sur le ventre rond de Carlene.

– Divine flamme, fertile et brillante, a dit Sienna, d'une voix à peine audible.

Elle a plissé et cligné les yeux, luttant contre les larmes. Les caméras se sont encore rapprochées.

– Divine flamme… a tenté à nouveau Sienna.

Elle a mordu sa lèvre inférieure et l'a relâchée, se balançant légèrement. Mes mains se sont serrées. Je le voyais arriver sans pouvoir l'arrêter : Sienna était en train de défaillir.

Sienna

Ils diffusent ça en live. Il faut que je me maîtrise. Oh, comme j'aimerais qu'Aiden soit là…

Mes mains étaient molles. De la pression s'accumulait au niveau de ma poitrine. Ma vision commençait à s'obscurcir. C'était comme si j'observais Carlene depuis un tunnel. Son doux visage apeuré. Ses yeux me suppliaient de lui donner de l'espoir. Je me sentais si froide. Des larmes s'accumulaient dans mes yeux alors que j'essayais de me concentrer sur les mots.

Qu'est-ce qu'il fallait dire ? « Divine flamme, fertile et brillante… »

Je me suis mise à transpirer. Ma respiration était saccadée, mes oreilles bourdonnaient et la pression dans ma poitrine a empiré.

C'était comme si j'allais avoir une crise cardiaque.

Je ne peux pas péter les plombs maintenant. Pas devant tous ces gens. Monica filme tout cela en direct. Tu peux le faire !

Mais la panique avait fermé son poing sur moi et me privait d'air. Des sanglots sont arrivés, me secouant, déchirant mon corps. Je me suis levée, j'ai reculé et j'ai renversé le tabouret. Carlene me regardait, en état de choc. Les yeux de Michelle ne cessaient de passer de moi à la caméra, comme si elle ne savait pas de qui s'occuper. Personne n'allait me venir en aide.

Arrête ça, Sienna ! Reprends-toi !

Mais je n'y parvenais pas. Reculant et avançant, je cherchais désespérément une issue.

Monica se tenait devant la porte, les mains sur les hanches, m'observant avec une lueur malsaine dans le regard. Deux cameramans bloquaient l'autre issue.

Je perdais la tête et je ne pouvais pas sortir. J'étais prise au piège.

Aiden

Nous progressions silencieusement dans le couloir de l'hôtel, Sayyid quelques pas devant moi. Il avait déjà demandé des renforts, mais personne n'était encore arrivé. J'étais inquiet à l'idée que si Konstantin se doutait un instant de notre présence, il déguerpisse avant qu'on ait pu l'atteindre.

Nous avons tourné à un angle et Sayyid s'est immobilisé. Le sang a quitté son visage. Là, juste devant la porte de sa chambre, se tenait un homme habillé d'un costume trois pièces noir charbon. Ses yeux sombres ont plongé dans les miens. Ses lèvres courbées dans un minuscule sourire.

– Salutations, Alpha Norwood, a dit une voix tout droit sortie de mes pires cauchemars. Que me vaut le plaisir ?

ÉPISODE 23
L'ODEUR DE LA VICTOIRE

Sienna

Tout le monde me dévisageait comme si eux aussi étaient paralysés par le fait que j'étais en train de m'effondrer en direct à la télévision. Ma poitrine se soulevait et se baissait, des larmes coulaient le long de mon visage.

– OK, on arrête. Ça suffit, maintenant, a finalement déclaré Erica.

Elle a tenté de s'approcher, mais un cameraman s'est interposé.

– Hé ! a-t-elle crié.

– On est toujours en train de filmer, a dit Monica qui bloquait la sortie.

C'était un cauchemar et je ne savais pas quoi faire. Si j'essayais de m'enfuir, les caméras me poursuivraient.

– Je suis désolée, ai-je dit à Carlene qui me regardait comme si elle craignait que je l'attaque.

– Sienna, m'a appelée Erica, ignorant les caméras et faisant un pas vers moi. Tout va bien. Essaie de reprendre ton souffle.

– C'est *incroyable*, a persiflé Charlotte Norwood.

Une des caméras s'est aussitôt braquée sur elle.

– Vous humiliez toute la MCE en vous affichant ainsi !

Tout mon corps s'est mis à trembler. Je pensais que mes genoux allaient lâcher, mais ce sont les muscles de mes épaules qui se sont contractés. Le sweat beige que je portais s'est déchiré. Tout mon corps s'est tordu et contorsionné, mais dans mon esprit, j'étais en paix. De la fourrure rousse a jailli partout sur moi. Ma louve avait pris le dessus et je n'avais pas résisté un instant.

Je me suis précipitée hors de la pièce, faisant valser Monica au passage. Elle a hurlé aux caméras de me suivre, mais j'étais trop rapide.

J'ai fui l'hôpital aussi vite que mes pattes me le permettaient.

Aiden

Konstantin était toujours le même dans son costume taillé sur-mesure, ses cheveux bien coiffés et ses chaussures cirées dans lesquelles on pouvait certainement se regarder.

Il nous observait, Sayyid et moi, en souriant.

– Même si j'adorerais rester et vous faire la conversation…

Sa voix était basse et huileuse, comme dans mes souvenirs.

Des ombres se sont étendues comme des tentacules depuis l'arrière de son corps, l'enveloppant.

– À la prochaine, Alpha Norwood.

Mais j'étais plus rapide. Avant qu'il n'ait pu disparaître dans la fumée obscure, je me suis transformé et j'ai bondi en avant, atterrissant sur mes quatre pattes noires. Sayyid m'a imité. Son loup était d'un gris pâle, un peu plus petit que le mien. Ensemble nous avons encerclé le vampyre.

Konstantin a retiré un objet de la poche de sa veste. J'ai à peine eu le temps de comprendre qu'il s'agissait d'une arme à feu, mais Sayyid m'avait devancé, il a sauté devant moi.

BANG!

Le coup est parti, Sayyid s'est écroulé sur le sol, une balle dans sa tête de loup. Je n'avais pas le temps de m'appesantir. J'ai juste réagi et me suis précipité sur Konstantin. Mes mâchoires se sont refermées sur le bras du vampyre et l'arme est allée glisser plus loin dans le couloir. Mes crocs ont déchiré le tissu jusqu'à s'agripper à sa peau. J'ai relâché son bras pour m'en prendre à son flanc.

Konstantin était trop fort – il m'a repoussé, mais j'ai réussi à mordre son torse. De la fumée noire a jailli de sa blessure. De son autre poche, il a tiré une dague brillante. Il s'est précipité sur moi et je l'ai évité, la lame est passée très près si vite que je l'ai sentie trancher la fourrure de ma joue. Je me suis à nouveau jeté sur Konstantin et il a plongé le couteau dans mon poitrail, j'ai jappé mais sans le laisser partir, m'attaquant à son visage avec mes dents aiguisées comme des rasoirs. Il a réussi à libérer son couteau et j'ai senti du sang chaud jaillir hors de la blessure.

Tout près de nous, j'ai entendu des cris. Les renforts de Sayyid étaient finalement arrivés. Mais il était trop tard.

J'ai chargé Konstantin, faisant tomber sa lame. Dans un geste souple, j'ai déchiré la gorge du vampyre. Il est tombé à genoux avant de s'effondrer la tête la première sur la moquette de l'hôtel.

Pendant un moment, tout est resté calme. Je me suis transformé à nouveau et me suis appuyé sur un genou. Du sang cramoisi sortait de ma plaie, et du sang noir jaillissait de la gorge déchiquetée de Konstantin. Sa bouche s'ouvrait et se refermait, mais aucun son n'en sortait. À quelques pas de là, le loup gris de Sayyid était étendu, mort.

Puis Josh a débarqué dans le couloir, écrasant la porte contre le mur. Il a regardé autour de lui comme s'il s'imprégnait de la scène. Sayyid ne l'avait pas appelé.

Où étaient les renforts?

– Comment ça se fait que tu sois là ? ai-je demandé, confus.

– Qu'est-ce qui s'est passé, putain? a-t-il lâché, ignorant ma question.

J'ai ressenti une douleur aiguë dans mes côtes, là où Konstantin m'avait poignardé, mais je sentais déjà la plaie se refermer.

J'ai regardé le corps de Sayyid, puis celui de Konstantin.

– Ils sont morts.

Je ne trouvais pas d'autres mots. Konstantin était mort, enfin. Mais il avait fait une dernière victime. Un homme bon. Un loup d'exception. Ce qui aurait dû être une victoire me semblait dérisoire. J'ai regardé Josh, qui bouillonnait de rage.

Comment mon Bêta avait-il su où nous trouver ?

Là, maintenant, en voyant la flaque de sang autour du cadavre de Sayyid, je m'en fichais. J'étais juste content de ne pas être seul. Il fallait que je prévienne tout le monde. Que je prévienne Sienna. Au moins, ma compagne dormirait mieux, sachant que le vampyre qui lui avait causé tant de douleur était enfin mort.

J'ai pris mon téléphone dans la poche de mon manteau déchiré. Mais un message m'attendait déjà.

Erica : Aiden, c'est Erica.

J'ai froncé les sourcils. Erica était l'amie de Sienna. Elle ne m'envoyait jamais de message. Mon cœur s'est mis à battre la chamade.

Aiden : Qu'est-ce qu'il y a ?
Erica : C'est Sienna.
Erica : Elle était en live pour l'émission et…
Erica : Ils l'ont poussée trop loin, Aiden.
Erica : Cette connasse de journaliste. Et Michelle…
Erica : Sienna a essayé… mais…
Aiden : Erica. Viens-en au fait. Je suis inquiet.
Erica : Elle s'est transformée et s'est enfuie.
Aiden : Elle s'est transformée ?
Erica : Ouais ça, c'est plutôt une bonne nouvelle.
Erica : Mais je ne sais pas où elle est.

Erica : Et elle a laissé son téléphone.
Aiden : OK. Merci de m'avoir prévenu.
Aiden : Je vais la retrouver.

Une nouvelle vague de culpabilité s'est abattue sur moi. Un de mes loups les plus loyaux était mort. Et maintenant, ma compagne était en train de s'effondrer alors que j'avais à peine remarqué sa souffrance. Je l'avais laissée seule.

Tu as fait ce que tu devais faire. Konstantin est mort. Tout ira bien maintenant. Dis ça à Sayyid…

J'ai grimacé. J'ai ramassé mes vêtements déchirés sur le sol et me suis tourné vers Josh.

– Tu peux prendre le relais ? Quelque chose est arrivé à Sienna.

J'ai vu mon Bêta serrer les dents, mais il a hoché la tête.

– Bien sûr.

Je me suis à nouveau transformé en loup en quittant l'hôtel. Jocelyn m'avait prévenu. Sienna elle-même lui avait confié qu'elle ne se sentait pas bien. La question de sa stérilité lui avait mis un très gros coup, bien plus important que je l'avais deviné.

J'avais une idée d'où ma compagne pourrait se réfugier en cas de détresse. Je suis parti en courant.

Josh

Le voilà, le super leader de la meute de la côte Est. L'Alpha le plus dominé qui ait jamais vécu.

Mais, d'une certaine manière, Sienna m'avait rendu service. Quoi qui lui soit arrivé, ça avait distrait Aiden. Il n'avait même pas demandé comment je m'étais retrouvé à l'hôtel. Et s'il demandait plus tard, je pourrais toujours dire que j'avais entendu l'appel réclamant des renforts. Ils étaient en train de débarquer pour nettoyer tout ce bordel.

Le cadavre de Konstantin était immobile.

Est-ce que c'était tout ? Toutes ces recherches, ces chasses, cette incertitude – tout cela conclu par un coup de dents de l'Alpha ?

Je ne pouvais y croire.

Le corps de Sayyid était étendu dans une flaque de sang. C'était la faute d'Aiden. Il aurait dû m'inclure depuis le début. Peut-être que personne ne serait mort.

La blessure par balle m'interpellait.

Depuis quand les vampyres surpuissants utilisaient des armes à feu?

J'ai secoué la tête, une veine battait à ma tempe. Quelque chose clochait. Frottant la peau sous mes yeux, je me suis accroupi à côté du corps du vampyre qui suintait du sang noir. J'ai utilisé un stylo pour toucher la blessure sur sa gorge, mais impossible de le nier: Konstantin était bien mort.

Ça aurait dû être moi.

J'aurais dû être celui qui l'avait abattu! Pour Michelle.

Une bouffée de rage m'a parcouru et j'ai frappé son épaule inerte. Une clé avec une étiquette dorée est tombée de sa poche: numéro quatre. J'ai ramassé la clé et me suis relevé. Quand j'étais devenu Bêta, j'avais appris les procédures d'investigation et les protocoles d'application de la loi. C'est peut-être pour ça que j'ai utilisé la clé de Konstantin pour entrer dans sa chambre.

Qu'est-ce qu'il foutait au Triple Creek? Est-ce qu'il était revenu à Mahiganote pour terminer ce qu'il avait commencé? Pour tuer ma compagne après s'être loupé la première fois? Tout ça au nom de la précieuse Sienna Mercer?

Rien ne sortait de l'ordinaire dans cette chambre. Le lit était fait. Le placard était vide. Aucune valise.

Est-ce que Konstantin avait vraiment dormi dans cette chambre?

Il y avait une brosse à dents dans la salle de bains près d'un tube de dentifrice neuf.

C'était absurde. Comment en était-on arrivé là?

Bon, au moins, il était mort. Cela aurait dû me réconforter, mais mon cœur s'est serré d'amertume.

Ça aurait dû être moi, ai-je pensé à nouveau.

Secouant la tête, je suis retourné dans la chambre. Sans attendre grand-chose, j'ai ouvert les tiroirs. Quand je suis arrivé à la table de chevet, je m'attendais à y trouver une bible. À la place, il y avait un portefeuille et une bouteille de whisky. Instinctivement, j'ai tendu la main vers la bouteille.

Qu'est-ce que tu fous, Josh ? Konstantin a très bien pu empoisonner cette bouteille avec mille trucs !

J'ai attrapé le portefeuille et je l'ai ouvert en fronçant les sourcils. Sur le permis de conduire, la photo d'un homme entre deux âges qui semblait latino.

– Ernesto Ruis, était-il écrit.

Il y avait deux billets de vingt et une autre photo du type du permis, debout à côté d'une femme et de deux ados. Un portrait de famille.

J'ai observé le portefeuille dans ma main avant de ranger tout ce qu'il contenait.

Est-ce qu'il avait été laissé là par le précédent occupant de la chambre ? Konstantin avait-il fait du mal à son propriétaire ?

Je me suis dirigé vers l'accueil et j'ai fait claquer le portefeuille devant la vieille femme qui se tenait derrière le comptoir. Elle avait les yeux écarquillés, ce qui m'indiquait qu'elle était très consciente de ce qui venait de se passer entre ses murs. J'ai ouvert le portefeuille et je lui ai montré la photo du type et de sa famille.

– Vous reconnaissez cet homme ?

Elle a cligné des yeux, puis m'a dévisagé avant que son regard ne vire au vague.

– Je crois que je l'*ai* déjà vu, oui, a-t-elle répondu. Mais je ne saurais dire où.

– Je pense qu'il s'appelle Ernesto Ruis. Avez-vous eu des clients enregistrés sous ce nom ?

Elle a fait une grimace et a tapé sur son ordinateur.

– Oh, s'est-elle exclamée. Oui, en fait, mais…

Elle s'est tue. Je me suis penché et elle a tourné son écran pour que je puisse le voir.

– Ernesto Ruis est le nom de la personne qui séjourne dans la chambre quatre en ce moment, a-t-elle affirmé.

Elle a fait la moue et m'a regardé dans les yeux.

– Mais c'était bien un Monsieur Konstantin, n'est-ce pas ?

J'ai passé la main sur mon visage et j'ai ramassé le portefeuille pour l'emporter avec moi.

Je n'étais pas certain de ce que cela voulait dire. Plus rien ne faisait sens. Le mec avec la gorge déchirée ressemblait bel et bien au vampyre Konstantin. Mais au fond de moi, mon instinct me disait de ne pas me fier aux apparences. Aiden pensait peut-être que Konstantin avait été éliminé, mais je n'en étais pas si sûr. J'ai décidé de creuser ce mystère. De m'assurer que ma compagne serait en sécurité, que ce vampyre ne représentait plus une menace.

Une bonne fois pour toutes.

ÉPISODE 24
TOUT LE MONDE MÉRITE L'OCCASION DE VOLER

Sienna

J'ai couru jusqu'à la rivière, plus libre que je ne l'avais été ces dernières semaines. Je me sentais *si bien* sous ma forme de louve. J'ai perçu l'eau avant de la voir, j'étais en territoire familier.

L'air était frigorifique, presque solide. La neige atténuait les sons habituels de la forêt. J'étais là où je voulais être. Parmi le silence apaisant des arbres. Sauvage, une louve profitant d'une course dans la forêt hivernale. Pas la compagne de l'Alpha, pas Sienna Mercer-Norwood. Juste une louve.

Quand je suis arrivée sur la rive, j'ai immédiatement pensé à Aiden. À ce jour, où je l'avais dessiné, tout près d'ici. À l'époque, aucun de nous ne savait que nous étions faits l'un pour l'autre.

Quand est-ce que tout était devenu si… chaotique ?

J'avais tellement envie de me recroqueviller à ses côtés, de sentir la force et la sécurité qui m'entouraient chaque fois que j'étais proche de lui.

Je suis restée sous ma forme de louve, ravie d'éviter ma vie pendant un peu plus longtemps. D'oublier que je venais de péter les plombs en direct à la télé.

Avec un soupir tremblant, j'ai plongé ma truffe dans la rivière et j'ai bu. Quand j'ai relevé la tête, j'ai entendu des feuilles craquer. J'ai tendu les oreilles, immobile. Puis, comme si je l'avais invoqué, il a émergé dans un rayon de soleil de fin d'après-midi. Un énorme loup à la fourrure noire.

Aiden.

Mes narines se sont agitées. L'odeur du sang.

Il était blessé !

Je me suis précipitée vers lui en jappant. Je l'ai reniflé et j'ai trouvé sa blessure. Une coupure profonde à travers sa poitrine. Il s'est tourné et a frotté sa truffe contre moi pendant que je la léchais, mes yeux brillants de larmes. Il a poussé sa tête contre mes côtes et je me suis frotté les joues contre l'arrière de son cou.

J'aurais aimé qu'on se transforme pour que je puisse mieux voir son entaille, mais nous n'étions pas au meilleur endroit pour cela.

Notre maison n'est pas loin.

Je n'y étais pas retournée depuis que nous l'avions retrouvée en feu, la nuit de la bataille avec Konstantin. J'ai appuyé sur son flanc intact et je suis partie en courant. Il m'a suivie. Il ne nous a pas fallu longtemps pour arriver à la maison.

Des échafaudages recouvraient le côté est et des bâches s'agitaient sur les fenêtres brisées.

J'ai conduit Aiden vers la porte, me suis transformée puis je suis entrée. Aiden s'est transformé à son tour. Je l'ai poussé dans la maison et j'ai fermé la porte derrière nous. Il faisait toujours un froid glacial dehors, mais au moins, nous étions à l'abri du vent. Mes tétons étaient durcis par l'air gelé. Et aussi, pour être honnête, par la vision de son corps magnifique.

– Sienna, a-t-il soufflé. Est-ce que tout va bien ?

– Moi ? Je ne suis pas celle qui a une plaie de la taille du Texas !

J'ai examiné la blessure et vu qu'elle était déjà en train de se résorber. Une vague de soulagement m'a envahie et j'ai entouré le corps ferme et chaud d'Aiden de mes bras.

– Que t'est-il arrivé ? ai-je demandé.

Il m'a prise dans ses bras.

– Konstantin.

Mon cœur s'est serré, mais il a continué.

– Je l'ai tué.

J'ai reculé pour pouvoir mieux le regarder. Dans les yeux verts d'Aiden grands ouverts brillait un éclat de triomphe. Mais il y avait autre chose, une douleur sombre qu'il essayait de dissimuler.

– C'est vrai ? ai-je demandé. Tu l'as tué ?

Il a hoché la tête.

– Avec mes propres crocs.

J'ai laissé échapper un soupir de soulagement, perdant presque l'équilibre. Un poids, bien plus lourd que j'aurais jamais pu imaginer, s'est retiré de mes épaules.

– Il est vraiment mort ?

– Vraiment, a confirmé Aiden, mais son visage s'est tordu en grimace. Il a tué l'un de mes hommes. Sayyid Hamdi. Il a pris une balle qui m'était destinée.

Je l'ai regardé, confuse.

– Konstantin t'a *tiré* dessus ?

– Cela m'a surpris aussi, a admis Aiden. Je ne m'en serais jamais douté… mais j'aurais dû. J'ai commis bien des erreurs, Sienna. Sayyid est mort à cause de ça. Et toi… je suis désolé de ne pas avoir été là pour toi.

– Mais de quoi tu parles ? Tu as tué Konstantin !

Je pensais chaque mot. Bien sûr qu'Aiden m'avait manqué ces derniers jours. Mais Konstantin était mort. Parti. Pour toujours.

– Tu es formidable, ai-je soufflé.

Il frissonnait.

– Allez, va prendre une douche chaude, ai-je proposé.

– Seulement si tu m'accompagnes.

Aiden m'a embrassée. Je lui ai souri largement, puis je l'ai conduit en haut des escaliers, vers la salle de bains. Nous sommes passés devant les murs noirs de suie et la moquette carbonisée, mais la salle de bains avait été à peu près préservée. J'ai fermé la porte et ouvert les robinets à fond.

Aiden m'a attirée sous le jet, et j'ai ri, la joie explosait dans ma poitrine.

Konstantin était mort. Il ne pouvait plus me faire de mal – il ne pouvait plus faire de mal à *personne*.

J'ai pressé mon corps, déjà couvert d'eau brûlante, contre celui d'Aiden, entourant sa blessure de mon bras tandis que nos lèvres se rencontraient. Mon corps est devenu rouge. De légers frissons irradiaient de mes doigts à mes orteils. Aiden m'a attirée encore plus proche de lui par les hanches, son excitation évidente, son membre pressait contre mon ventre.

Il a fait courir sa main sur mes fesses puis a soulevé une de mes jambes, exposant mon intimité. De l'eau jaillissait en torrents sur moi.

De ma main libre j'ai touché sa blessure, puis son ventre et enfin son sexe, profitant de la chaleur de l'eau qui se mêlait à celle de son corps. Aiden a gémi contre ma bouche. J'ai laissé courir mes doigts de haut en bas sur son membre, caressant sa crête de mon pouce. Sa main retenant ma cuisse s'est serrée, m'attirant plus près. Son autre main est venue prendre mon sein en coupe. Dans un grognement, il a lâché ma jambe et attrapé ma main, plaçant mon poignet contre le mur carrelé. Il s'est penché et a pris l'un de mes tétons dans sa bouche puis est passé à l'autre.

Sa main libre a voyagé sur tout mon corps, caressant la peau nue de mon ventre, de mes hanches, jusqu'à mon entrejambe. Il a plongé deux de ses doigts en moi et j'ai haleté. Alors qu'il les faisait aller et venir, mes genoux ont failli lâcher, je me suis accrochée à lui.

– Oh, Aiden, je te veux, ai-je murmuré.

Ses lèvres sont arrivées sur ma bouche, sa langue a rencontré la mienne. Puis, de sa main, il a écarté mes jambes et glissé sous ma cuisse à nouveau. Il a pressé sa bite contre moi, comme une exigence silencieuse. J'ai penché la tête en arrière pour m'offrir à lui, mon désir était à son apogée.

Finalement, il m'a pénétrée et j'ai crié alors qu'il glissait en moi de plus en plus profondément. Le fracas de l'eau se mêlait à mes gémissements de plaisir.

– Sienna, a-t-il soufflé à mon oreille.

Entendre mon nom dans sa bouche m'a fait fondre. Alors que ses muscles se raidissaient, je me suis sentie décoller du sol. Je me suis laissée aller, ayant pleinement confiance dans la force de ses bras. La chaleur qui se déversait sur nous n'avait rien à voir avec celle qui m'animait. J'ai cédé, l'extase se frayant un chemin hors de moi dans un cri. Les yeux d'Aiden ont roulé, ses mouvements se sont accélérés et il m'a accompagnée dans le plaisir. Nous avons joui ensemble.

Je me suis noyée dans le ravissement, la sensation effaçant tout sur son passage. Cela a duré une éternité… en tout cas, c'est ce qu'il m'a semblé. Enfin, je suis revenue à moi, toujours dans les bras d'Aiden, sous le flot de l'eau de la douche.

***

Nous nous sommes enveloppés dans de gigantesques serviettes de bain et sommes restés dans la salle de bains le temps de sécher, le chauffage à fond, assis par terre, adossés à la baignoire.

Aiden suivait du doigt les contours de ma paume. Nous étions tous les deux calmes et pensifs. À son regard distrait, je devinais qu'il pensait à la mise à mort de Konstantin. Au meurtre de Sayyid. Au prix terrible qu'il avait dû payer pour notre liberté.

Face à une telle tragédie, mon pétage de plombs semblait tout à fait insignifiant. Pour la première fois depuis des lustres, j'avais enfin les idées claires Je m'étais punie pour des crimes que je n'avais pas commis. Ceux de Konstantin. Tout ce stress et cette anxiété avaient consumé ma vie : l'émission, ma soumission aux moindres désirs de Michelle, de Monica, de Charlotte… Mes craintes concernant mon éventuelle infertilité… Tout cela était imputable à Konstantin. À ma culpabilité de l'avoir laissé pénétrer dans ma vie.

C'était la même sorte de culpabilité déplacée et terrible que j'avais ressentie après la mort d'Emily. J'avais pensé que si je réussissais à devenir la parfaite compagne de l'Alpha, je pourrais éviter les erreurs qui avaient permis au vampyre de s'approcher si près de nous.

C'était irrationnel. C'était Michelle que Konstantin avait mordue. Il lui avait sauté dessus comme un immonde serpent. Personne n'aurait pu l'en empêcher, peu importe ce que je me disais, combien j'aurais dû être vigilante. Ce n'était pas ma sortie avec mon amie pour aller boire des Mimosas qui avait causé l'attaque de Konstantin. Ce n'était pas mon envie de devenir une artiste à succès qui avait provoqué son invasion de mon esprit.

Est-ce qu'il avait utilisé mon ambition contre moi ?

Oui.

Mais est-ce que cela signifiait que je méritais de perdre mon art pour toujours ?

Non.

Et soudain, alors que j'observais le mur blanc devant moi, j'ai senti l'urgence de peindre. Je peindrais une fresque juste là. Je pouvais déjà la voir. Des loups. Un noir et une rousse, près de la rivière, en hiver. Je commencerais dès que les rénovations seraient achevées.

Et j'allais quitter cette émission stupide. J'en avais marre d'être la star de Monica. Le punching-bag de Charlotte. Et quant à Michelle… même si je l'aimais énormément, je ne pourrais jamais lui apporter ce qu'elle désirait. Je n'étais pas certaine que qui que ce soit le pourrait…

En tout cas, j'avais fini de prétendre être quelqu'un que je n'étais pas. Là, maintenant, en l'absence de Jocelyn, il n'y avait personne pour me soigner. Alors il fallait que je le fasse moi-même.

En étais-je capable ?

***

Aussitôt que nous sommes arrivés dans notre chambre, j'ai cherché mon sac à main en cuir noir. Je ne l'avais pas utilisé depuis la cérémonie des Flammes et j'avais complètement oublié le petit paquet niché à l'intérieur. Je l'ai saisi avec précaution, le libérant des couches de soie qui l'entouraient. À l'intérieur se trouvait un bracelet en argent martelé et finement ouvragé. Je l'avais vu de nombreuses fois au poignet de mon amie. Au centre du bijou se trouvait un message plié. Des larmes m'ont piqué les yeux quand j'ai lu le mot.

Sienna,

Ce bracelet appartenait à ma grand-mère. Il m'a apporté de la force plus de fois que je ne saurais les compter… J'espère qu'il te rappellera que l'amour t'entoure. Et que beaucoup croient en toi.

Maintenant, va déchirer comme tu sais si bien le faire!

Avec tout mon amour,

Jocelyn

J'ai glissé le bracelet à mon poignet, sentant l'énergie et la chaleur se disperser dans tout mon corps. J'étais plus forte que Monica Birch. Plus forte que Charlotte Norwood.

Et j'en avais ras le bol d'être malmenée.

Josh

Hanh m'a retrouvé dans mon bureau l'après-midi suivant.

– J'ai reçu les résultats des tests ADN que vous avez demandés, Bêta Daniels, a-t-il annoncé.

– Et?

– Les cheveux du corps identifié comme étant celui de Konstantin correspondent au fichier que nous avons le concernant.

– Merci.

J'ai regardé l'écran de mon ordinateur: Ernest Ruis était porté disparu depuis deux semaines, selon sa famille. Les preuves démontraient qu'Aiden avait tué Konstantin dans cet hôtel, mais mon instinct me disait que ce n'était pas lui, malgré les résultats ADN.

J'ai vérifié mon téléphone et je me suis aperçu qu'il était presque dix-huit heures. J'étais censé retrouver Michelle à notre restaurant préféré ce soir-là. On avait enfin trouvé le temps pour s'organiser une soirée en amoureux et elle avait même accepté de laisser les caméras à la porte pour qu'on puisse être véritablement seuls. J'ai souri à l'idée de passer toute une soirée avec ma compagne.

Mais quelque chose me tiraillait, une intuition qui me disait que le vampyre n'était pas loin. Que ce soir, j'aurais peut-être ma chance. En ouvrant un tiroir de mon bureau, j'ai ramassé la montre. Les aiguilles n'étaient plus confuses. Elles pointaient dans la même direction : nord-ouest.

Pourquoi est-ce que la montre fonctionnait si Konstantin était mort ?

Il fallait que je découvre ce qui se passait. Mais si je ratais notre rendez-vous, Michelle serait dévastée.

Merde.

J'ai fixé la montre, déchiré par l'indécision. Tout ce que je voulais, c'était être un bon compagnon. Et parfois, cela impliquait des sacrifices.

Qu'est-ce que j'allais faire ?

ÉPISODE 25
DÉFIER LA GRAVITÉ

Michelle

Kristy @KWayne1992
Ah là là j'avais jamais vu une louve péter un plomb comme ça à cause d'une meuf enceinte #Sienna a perdu la boule dans le #MonicaBirchShow C'est vraiment pas sexy ! Les filles et leurs crises d'hystérie ! #Sienna a été #trauma et personne ne sait pourquoi ! LOL j'adore le #MonicaBirchShow maintenant vous savez pourquoi !
Étienne Tremblay @CanadaAlpha
Incroyable fiasco hier pendant le #MonicaBirchShow Encore une preuve que #Sienna n'est pas taillée pour être #compagnedelAlpha

J'ai posé mon téléphone sur la table du restaurant avec une grimace de dégoût. Qui parmi les autres clients, avaient vu la vidéo qui était déjà devenue virale ?

Nous étions en milieu de soirée et j'attendais Josh dans un resto chic du centre-ville. Nous avions planifié une soirée romantique et j'avais trop hâte de lui montrer les remontées qui affluaient déjà.

Sienna n'avait pas pu supporter de bénir une poignée de ventres de femmes enceintes, incroyable ! Je me sentais trop mal pour elle. Je veux dire, elle était toujours ma meilleure amie, je n'étais pas complètement sans cœur. Mais je n'étais ni sa baby-sitter ni sa mère. Et ce n'était pas de ma faute si elle était incapable de prendre sur elle. Surtout quand, en l'occurrence, tout ce qu'on lui demandait, c'était de prononcer quelques mots.

J'aurais pu le faire en dormant ! Mais personne ne me voulait, moi. Ils réclamaient tous Sienna.

Et où était passé Josh, putain ?

Il avait presque quarante minutes de retard et les serveurs commençaient à me regarder de travers. Je savais qu'ils pensaient « oh, pauvre petite, elle s'est fait poser un lapin ».

Je les ai dévisagés.

Je n'ai pas besoin de votre pitié. Je n'ai pas besoin de mon compagnon. Je n'ai besoin de personne.

Je me suis levée et précipitée hors du restaurant. Heureusement, je suis arrivée à ma voiture avant que les larmes ne commencent à couler.

Josh

Ma flasque était vide. Dégoûté, je l'ai jetée sur le siège passager. Je me sentais complètement con d'avoir planté Michelle. Mais elle me pardonnerait.

Après tout, je me rapprochais du but. Je ne pouvais pas faire demi-tour maintenant. Pas alors que j'étais si près de l'emporter. Si la montre continuait de s'agiter encore pendant longtemps, il faudrait que je refasse le plein. Je m'achèterais une bouteille à ce moment-là.

Il faut vraiment que j'arrête de boire.

J'allais devoir affronter Konstantin, et il me faudrait tous mes réflexes. Mais le whisky m'aidait à avancer, il me gardait concentré et déterminé. Aiden avait tué *quelqu'un* hier. Quelqu'un d'assez dangereux pour abattre un capitaine des chasseurs comme Sayyid Hamdi. L'ADN prouvait que cette personne était Konstantin, mais quelque chose clochait.

Pourquoi est-ce que Konstantin, un « Saint » si puissant chez les vampyres, se serait servi d'une arme à feu ? Où étaient passés ses jeux de l'esprit ? Qui était Ernesto Ruis ? Quel rôle avait-il joué là-dedans ? Et quelle signification avaient les os volés au musée ?

Quelque chose n'allait pas dans cette histoire, et j'allais découvrir quoi.

J'ai appuyé plus fort sur l'accélérateur, roulant de plus en plus vite sur l'autoroute.

Sienna

Si tout s'était bien déroulé la veille, alors j'aurais dû retrouver Monica, Charlotte, Michelle, Blair et Selena aujourd'hui. Un autre épisode des « Vraies compagnes » devait être diffusé en live cet après-midi. Le sujet était un thé censé réunir des fonds pour aider l'aile obstétrique de l'hôpital. C'était Blair qui l'organisait.

Mais elles devraient se débrouiller sans moi. Car plutôt que les rejoindre, je suis allée directement à ma galerie. Le studio était toujours dévasté après ma crise d'il y a quelques jours. J'ai commencé à nettoyer. Je me sentais mieux. Plus ancrée dans la réalité. J'avais confiance en ma décision. Pendant trop longtemps, j'avais essayé de me faire rentrer dans un moule qui ne me convenait pas. Je m'étais laissé happer par la peur et le doute. Et Konstantin avait utilisé cela pour me manipuler. Mais il était mort. La menace omniprésente du vampyre avait enfin disparu de ma vie. Des vies de tous ceux qu'il avait blessés.

Et je pouvais enfin voir la vérité.

Je ne serais jamais une *parfaite* compagne d'Alpha, pas selon la définition de la plupart des gens. Mais quoi qu'il arrive, que cela colle à mon rôle ou non, il *fallait* que je sois moi-même. Tout le reste était intenable.

J'ai jeté les toiles déchirées et les boîtes de peinture renversées et j'ai passé la serpillière sur le sol. Pendant que je nettoyais, j'ai repensé à la crise que j'avais eue la veille. J'avais de l'empathie pour ces femmes. Elles étaient là pour que je les aide et je les avais fuies sans la moindre explication. Mais peut-être qu'il y avait quelque chose d'autre que je pourrais faire pour elles.

La pensée de ma possible stérilité m'égratignait constamment, comme une blessure qui ne voulait pas se refermer. Mais cela n'était pas forcément une mauvaise chose.

Avec précaution, j'ai ôté le magnifique bracelet que Jocelyn m'a offert et je l'ai glissé dans ma poche. Je ne voulais pas risquer de projeter de la peinture sur un aussi beau cadeau.

Quand j'ai eu fini de nettoyer, j'ai installé une série de petites toiles et j'ai commencé à travailler sur elles, les unes après les autres. Pour chacune de ces femmes, j'allais créer quelque chose d'unique. Un tableau, dans lequel j'allais verser tout mon amour et tout mon espoir pour elles. Peut-être que ce n'était pas de la magie. Peut-être que cela n'allait pas les sauver de la façon dont elles rêvaient. Mais c'était le mieux que je pouvais faire pour leur apporter ma bénédiction, à ma façon.

La peinture coulait de mon pinceau, et j'espérais que ce geste ferait une différence.

Aiden

Les membres du conseil sont arrivés dans mon bureau pour notre réunion quotidienne.

J'avais demandé à Sienna si elle voulait se joindre à nous. Maintenant que Konstantin était mort, j'espérais qu'elle s'investirait un peu plus dans la vie de la meute, mais elle avait dit qu'elle comptait se rendre à sa galerie. J'avais remarqué une légèreté nouvelle dans ses pas, c'était sans doute parce qu'elle avait dormi une nuit entière pour la première fois depuis des semaines, et dans mes bras.

Espérons que les cauchemars sont partis pour de bon…

Il y avait un absent remarquable dans la pièce.

– Où est Josh ? ai-je demandé.

Personne n'a répondu. J'ai levé les yeux au ciel. Maintenant que la menace de Konstantin était derrière nous, j'allais devoir avoir une conversation avec mon Bêta sur les responsabilités qui lui incombaient. Plus de disparitions.

Tout le monde s'est assis et j'ai deviné que Nelson était impatient de démarrer.

– Il se passe quelque chose ? ai-je demandé.

– J'ai eu un appel de l'Alpha du Millénaire, m'a-t-il informé.

Je me suis redressé.

– Et ?

Nelson s'est éclairci la voix.

– Il était censé être à Lumen jusqu'en mars mais… apparemment, il a écourté sa visite pour venir, eh bien… ici.

La pièce était plongée dans un silence pesant. Tous les yeux étaient braqués sur moi. Si Raphael Fernandez prévoyait de venir à Mahiganote, cela ne pouvait vouloir dire qu'une seule chose : il y avait un problème.

– Est-ce qu'il a mentionné pourquoi ?

Nelson a remué dans son siège, mal à l'aise, les yeux baissés vers le sol.

– Quoi ? Qu'est-ce que je loupe ?

– C'est… à cause de l'émission, a dit notre porte-parole, Beatrice.

Je lui ai lancé un regard confus.

– Hein ?

– Il y a eu des protestations dans les cercles les plus… traditionalistes, a-t-elle expliqué. Avez-vous eu l'occasion de visionner la conférence de presse donnée par Étienne Tremblay ?

– L'Alpha canadien ?

Beatrice a hoché la tête.

– Tremblay a beaucoup commenté l'émission. Et il parle de plus en plus fort… à qui veut bien l'entendre.

– Et alors ?

–Et alors, d'après nos infos, Tremblay est celui qui a informé l'Alpha des Alphas de ce qui se passe. Il compte aussi venir à Mahiganote. Tremblay semble avoir convaincu Fernandez que c'était une farce loufoque.

Il n'a pas dû avoir à beaucoup insister.

Il était temps de mettre fin à ce cirque. Pour de bon.

–Beatrice, appelez Monica Birch pour moi, s'il vous plaît. Dites-lui que son émission est annulée. À partir de maintenant.

–Mais, et…

–La liberté d'expression ? Elle en garde le droit. Mais pas avec ma compagne, pas dans la Maison de la Meute.

Beatrice a hoché la tête et quitté la pièce. J'ai regardé les autres.

–Vous, mes pauvres amis, allez devoir m'aider à trouver un moyen de retourner la tête de Raphael Fernandez. Et, Nelson, trouve-moi toutes les informations que tu pourras sur Tremblay.

J'ai essayé de me remémorer ce que je savais de l'Alpha canadien. En fait, je me souvenais de lui surtout comme d'une couille molle. Mais si Raphael pensait que mon leadership sur la meute de la côte Est était en train de s'affaiblir, il n'hésiterait pas à débarquer ici pour me faire la tête au carré. Et ça semblait être ce qui allait très exactement se passer.

–« Les vraies compagnes de la MCE » ne sont officiellement plus diffusées, j'ai informé mon conseil. Maintenant, essayons de réparer les dégâts.

Jocelyn

À la Retraite des Guérisseurs, j'étais assise devant l'âtre de la bibliothèque. Un livre ouvert sur mes genoux, le regard absorbé par les flammes. La peau nue de mon poignet me semblait légère et bizarre. Mais Sienna avait besoin de ce surplus de force plus que moi, je le sentais dans mes os. La meute de la côte Est avait besoin de moi.

Je peux rester ici pour toujours. Mais à un moment donné, il va falloir que je revienne à ma vie d'avant.

Ou à ce qu'il en restait, maintenant que je n'étais plus guérisseuse.

Il y a eu un petit bruit derrière moi et, un moment plus tard, des mains ont recouvert mes yeux. Mon cœur a sauté un battement.

– Hé, a dit Nina, en arrivant devant moi avant de s'asseoir sur le sofa à mes côtés.

– Hé, ai-je répondu.

Je ne savais pas trop comment me comporter avec elle. Nous avions partagé un moment sympa, à la cafétéria, et puis je ne l'avais plus vue pendant des jours. J'ai tiré sur la couverture qui m'enveloppait les épaules.

– Je ne peux pas croire que tu aies encore froid, a ri Nina. Ce feu est hyperpuissant pourtant.

– Ça gèle, ces jours-ci, ai-je répliqué.

Elle a soupiré, puis a pris mes mains dans les siennes.

– Je suis désolée, Jocelyn, a-t-elle murmuré.

Ses yeux ont rencontré les miens.

– Je ne savais pas vraiment quoi faire. C'était comme si... tu ne me détestais peut-être plus autant. Je ne voulais pas faire de connerie et ruiner ça.

– Alors tu m'as évitée ?

Elle a haussé les épaules, les yeux baissés.

– Je suis vraiment nulle pour ce genre de choses. Je suis plutôt du genre à fuir devant le moindre obstacle.

– Je suis un obstacle ?

Elle m'a regardée de ses grands yeux.

– Non !

Dans un grognement, elle s'est adossée au sofa.

– Oh là là, je suis si nulle pour ça... Non, Jocelyn, tu n'es pas un obstacle. C'est moi qui ai un problème. Ou plutôt, plusieurs. Je me suis toujours débrouillée pour faire fuir les gens à qui je tiens le plus. Je fais souffrir les gens que j'aime.

Ces mots m'ont coupé le souffle. Ses yeux se sont plongés dans les miens.

– Merde, a-t-elle sifflé.

– Que tu aimes ? ai-je murmuré.

– S'il te plaît, ne panique pas, a-t-elle dit doucement.

L'engourdissement que je ressentais… le froid… semblait se dissiper quelque peu. Elle me tenait la main et j'ai serré mes doigts autour des siens. En avalant ma salive, j'ai dit :

– Est-ce que c'est pour ça que tu as peur ? Parce que tes sentiments pour moi sont… intenses ?

Elle a soutenu mon regard et, très doucement, elle s'est mise à hocher la tête. L'air entre nous s'est tendu. J'ai appuyé ma joue contre le dossier du canapé. Elle a penché son visage vers le mien et a déposé un baiser léger sur mes lèvres.

Je savais que Nina était une arnaqueuse. Je savais qu'elle mentait.

Mais quelque chose dans la façon qu'elle avait eue de m'embrasser… m'indiquait que ça, en tout cas, c'était vrai.

Sienna

J'avais achevé le troisième tableau et commençais à peindre le quatrième quand mon portable a sonné. C'était Charlotte Norwood. Prenant une profonde inspiration, j'ai décroché.

– Bonjour Charlotte, je ne viendrai pas.

Il y a eu une pause. Puis elle a dit :

– Il faut qu'on parle.

– Non, je ne pense pas. Je quitte l'émission. Je n'aurai donc plus besoin de votre *aide* à l'avenir.

Charlotte a laissé échapper un soupir irrité.

– Ce n'est pas possible, a-t-elle déclaré.

Je me suis pincé l'arête du nez.

– Eh bien, il va falloir l'accepter.

– Vous me forcez la main, a-t-elle dit.

J'ai froncé les sourcils. Qu'est-ce qu'elle entendait par là ?

– Vous devez venir me voir, Sienna.

– Je n'ai absolument aucune obligation envers vous, ai-je déclaré passablement énervée.

– Oh que si, a-t-elle répliqué. Si vous voulez garder Aiden, alors vous viendrez me voir tout de suite.

ÉPISODE 26

ENGELURE

Michelle

Je fixais l'écran de mon téléphone, incrédule.

Annulé. Aiden Norwood avait annulé « Les vraies compagnes ». Des larmes me sont montées aux yeux. *Comment était-ce possible ?*

Michelle : Est-ce qu'il y a la moindre chance qu'il change d'avis ?
Monica : Je ne pense pas, non.
Michelle : Mais ça ne peut pas se terminer comme ça !
Monica : Désolée mais c'est comme ça.
Monica : Je suis très occupée, Michelle.
Michelle : Mais est-ce qu'il a dit POURQUOI !!!??
Monica : ...
Monica : Quoi ? Vous n'êtes pas au courant ?
Michelle : De quoi ?
Monica : C'est Sienna.

Monica : Elle ne voulait plus tourner avec nous.
Monica : Alors Aiden a tout annulé.

J'ai jeté le téléphone sur mon lit, puis je me suis levée et j'ai marché lentement et délibérément jusqu'à la salle de bains.

Je me suis regardé dans le miroir. Mes yeux étaient brillants de larmes.

Sienna. Elle aurait pu me laisser ça. Mais non, elle n'a pas pu s'empêcher de tout foutre en l'air encore une fois.

Tout bon sentiment envers mon amie s'est évaporé, me laissant tremblante et furieuse.

Elle ne mérite pas d'être la compagne de l'Alpha. Et moi ? Qu'est-ce que je deviens ?

Tout le monde se fichait bien de moi. Je n'étais rien.

En hurlant, j'ai frappé le miroir de mon poing.

Sienna

Je me suis rendue à l'hôtel Posey, où Charlotte et Daniel résidaient. Ou, en tout cas, Charlotte résidait. Daniel Norwood était toujours en voyage d'affaires hors du pays.

La mère d'Aiden était assise à une table, dans un coin, souriant aimablement à qui d'autre ? Monica Birch. J'ai regardé autour de moi : pas de caméras. Et pas de Michelle. Quelque chose n'allait pas. Un malaise m'a parcouru l'échine, mais j'ai redressé les épaules en essayant de dissimuler mon hésitation. Quoi que ces deux-là aient prévu, cela n'allait pas fonctionner sur moi.

– Sienna, que c'est gentil de votre part d'avoir bien voulu vous joindre à nous, a dit Charlotte d'une voix traînante en me voyant arriver.

– On pensait que vous alliez nous poser un lapin, a continué Monica.

Je l'ai dévisagée.

– Finissons-en. Que voulez-vous ?

Monica a laissé échapper un petit couinement de surprise.

– Waouh, Sienna, pourquoi une telle hostilité ?

– J'ai déjà annoncé à Charlotte au téléphone que c'est fini, j'arrête, ai-je déclaré. Je quitte l'émission. Michelle et vous pouvez continuer, je m'en fiche, mais pour moi, « Les vraies compagnes », c'est terminé.

Les yeux de Monica se sont plissés.

– « Les vraies compagnes » a été annulée. Sur décision de l'Alpha. Aiden ne vous a pas prévenue ?

Je n'en revenais pas. Je n'avais pas vu Aiden depuis ce matin. Nous n'avions pas échangé un mot sur le sujet.

– Clairement, mon fils ne partage pas tout avec vous, n'est-ce pas ? a dit doucement Charlotte.

Je l'ai fixée. Sa paupière tressautait, son visage était tendu et ses traits tirés. De l'extérieur, elle avait l'air d'une femme ravie de sa victoire, mais j'avais l'impression que les apparences étaient trompeuses. Je l'ai regardée de haut.

– Si l'émission est annulée, alors qu'est-ce que je fais ici ?

Les lèvres de Charlotte se sont courbées en un sourire.

– Eh bien à cause d'un autre élément qu'Aiden n'a vraisemblablement pas partagé avec vous : certaines, euh… particularités de la loi de la meute.

– Quoi, c'est écrit quelque part que je dois me mettre à genoux et me soumettre complètement à ma belle-mère ? ai-je demandé avec sarcasme.

Monica nous regardait toutes les deux, l'air surexcitée. Je me demandais si elle filmait notre échange avec un genre de caméra cachée. Mais les yeux de Charlotte se sont faits plus froids.

– Non, mais il est précisé que la compagne de l'Alpha doit être capable de lui apporter des enfants.

Le silence a retenti quand elle a fini sa phrase. Mon cœur s'est arrêté net dans ma poitrine.

– Cela fait… quoi ? Trois Frénésies que vous passez avec mon fils ? Cet automne, ce printemps et cet automne à nouveau. Et toujours pas l'ombre d'une grossesse.

– Ce ne sont pas vos affaires.

Tout mon corps était tendu, comme si on venait de me transformer en pierre.

–En fait si, ce sont les affaires de toute la meute, a renchéri Monica. Nous avons le droit de savoir si la compagne de l'Alpha est capable de procréer.

–Après tout, il s'agit de son devoir le plus sacré, a ajouté Charlotte.

Elle a reniflé de sa manière snob habituelle mais, en même temps, j'ai vu son regard se tourner nerveusement vers Monica. Leurs mots semblaient avoir été consciencieusement répétés et j'étais maintenant certaine que j'étais filmée.

J'avais marché tout droit dans un piège.

Mais étais-je la seule ? Pourquoi Charlotte avait-elle l'air si mal à l'aise ? Je ne l'avais jamais vue aussi secouée.

–Et il est écrit dans la loi de la meute que si la compagne de l'Alpha n'est pas capable, pour quelque raison que ce soit, de porter un enfant, eh bien, elle devra être écartée.

Mon pouls battait furieusement à mes oreilles.

–C'est impossible, un lien de compagnons ne peut être brisé.

Charlotte a laissé échapper un petit rire.

–Personne n'a parlé d'une telle chose, petite sotte.

–Vous pourriez toujours rester proche d'Aiden, comme sa maîtresse par exemple, a expliqué Monica. Pendant que quelqu'un de plus…

–Convenable remplira la fonction de véritable compagne, a terminé Charlotte.

Monica la dévisageait et je voyais bien que Charlotte grimaçait discrètement.

J'en étais sûre, à présent. Charlotte voulait peut-être me voir déguerpir, mais ceci n'était pas son idée. Cela ne changeait rien au fait que ces mots pouvaient signer la fin de ma relation avec Aiden.

Ils n'ont absolument rien de solide à me reprocher. Trois Frénésies sans grossesse, c'est suspect, certes, mais ce n'est absolument pas une preuve.

Je me suis forcée à respirer. À rester calme.

–Vous savez à qui il incombe de faire appliquer la loi de la meute dans des situations pareilles ? s'est enquise Charlotte.

–Je suis certaine que vous allez vous empresser de me le dire, ai-je répondu sèchement.

–À l'Alpha du Millénaire, a-t-elle répondu. Et vous savez qui arrive demain à Mahiganote ?

Avant de me laisser l'occasion de répliquer, elle a fourni la réponse elle-même :

–Raphael Fernandez.

Je l'ai fixée.

Quand tout cela était-il arrivé ? Et pourquoi Aiden ne m'avait-il rien dit ?

–C'est pour cela qu'Aiden a annulé l'émission. Mais je pense que j'ai une histoire bien plus juteuse, juste ici, a affirmé Monica en me servant son sourire de requin. Et je pense que l'Alpha des Alphas sera très intéressé par ce que j'aurai à lui révéler.

En direct à la télé, je pariais. Devant des millions de téléspectateurs. Avait-elle planifié ça depuis le début ? Et réussi à embringuer Charlotte avec elle en cours de route ? Pas étonnant qu'elle ait autant insisté pour que j'appelle ma belle-mère. Ce devait être son intention dès le départ. Mais ça n'avait pas d'importance. Ils n'avaient aucune preuve.

Je me suis levée.

–Je ne vais pas vous laisser me menacer. Ni l'une ni l'autre. La loi de la meute n'a pas à interférer avec ce qui se passe dans ma chambre. Et vous, avec ce qui se passe dans ma vie.

J'ai tourné les talons pour m'en aller, mais Monica a laissé échapper une toux et s'est penchée vers son sac à main pour en sortir un dossier.

–Je pense que vous allez vouloir y réfléchir à deux fois.

Monica

Ça avait été presque trop facile.

Sienna se tenait debout, immobile, Charlotte avait les yeux rivés sur ses pieds. Elles ne faisaient qu'aboyer sans jamais mordre, surtout l'aînée des deux. Tout ce dont j'avais eu besoin, c'est d'un tête-à-tête au bon moment avec Charlotte Norwood pour lui rappeler quel était son meilleur intérêt et obtenir sa coopération.

Je l'avais vue il y avait des semaines. Elle s'était assise en face de moi dans un café, regardant d'un air horrifié les déclarations que j'avais déposées devant elle.

– Comment avez-vous mis la main là-dessus ? s'était-elle étonnée.

– Oh, j'ai mes sources.

Une journaliste respectable ne les révélait jamais. Et certainement pas quand cette source était un hacker free-lance que j'avais engagé des mois auparavant pour déterrer des dossiers sur Charlotte et Daniel Norwood. Apparemment, la petite maman de notre Alpha utilisait la carte de crédit de la meute pour des choses qui n'étaient pas exactement liées à ses missions. Sauf si on trouvait vraiment nécessaire de dépenser 400 000 dollars par an dans des vêtements haute couture.

J'avais su, en découvrant ces chiffres, que Charlotte Norwood serait mon atout. Et dès que je l'avais menacée d'exposer ses agissements au monde, elle avait été plus qu'enthousiaste pour m'apporter son aide. J'avais à peine eu à lui forcer la main. Je pense que c'était parce que mon objectif final était d'écarter Sienna. Et qu'Aiden Norwood se trouve une nouvelle compagne.

– Après tout cela, vous me rendrez la copie de mes comptes, n'est-ce pas ? m'avait-elle pressée, défaite mais volontaire.

– Bien sûr, je tiens toujours parole, avais-je menti.

Et maintenant, j'étais là, tendant l'enveloppe à Sienna. Je les ai observées, Charlotte et elle, lutter pour dissimuler la peur dans leurs yeux.

Je les tenais.

Aiden

Le soleil de fin d'après-midi commençait à se transformer en pénombre quand Felix m'a appelé.

– L'Alpha Étienne Tremblay est là pour vous, Monsieur, a-t-il annoncé.

– Fais-le entrer.

Tremblay avait le visage allongé, des yeux bleus tombants et des cheveux grisonnants. Son costume hors de prix était déformé par son ventre proéminent.

– Aiden, c'est un plaisir de vous voir, a-t-il affirmé en s'avançant pour me tendre la main.

Je l'ai serrée.

– Bienvenue à Mahiganote.

– C'est un ravissement d'être ici ! Il y fait si bon, comparé à Ottawa. Quand je suis parti, les températures étaient négatives.

– J'imagine que c'est un changement plaisant.

– Oui, avec un temps pareil, on pourrait attraper des engelures.

Je me demandais bien ce qu'il cherchait.

Pourquoi était-il dans mon bureau maintenant, quand il pourrait s'installer à son hôtel et attendre de me voir demain, en même temps que Raphael ?

Étienne déambulait dans la pièce, observant les peintures – toutes signées Sienna –sur les murs. J'ai soupiré.

– Mais je doute que vous ayez fait le déplacement pour parler météo, Étienne.

Il s'est arrêté et s'est tourné vers moi.

– Non, en effet. Je suis ici parce que, comme j'en ai averti l'Alpha des Alphas, je suis profondément inquiet de cette affaire de téléréalité.

– L'émission a été annulée. Toute cette situation est derrière nous. Ne pensez-vous pas avoir un peu surréagi en mêlant Raphael à cela ?

Les narines d'Étienne se sont gonflées.

– Votre compagne traîne le titre d'Alpha dans la boue, vous devez la maîtriser, avec une laisse s'il le faut !

De la colère a déferlé dans mes veines. Je me suis levé. J'étais bien plus imposant qu'Étienne et ses yeux se sont écarquillés de surprise. J'ai penché la tête en le regardant de haut.

– Je vais vous donner une chance de retirer vos paroles.

Étienne a eu un sourire en coin et a soutenu mon regard.

– Bien entendu, Alpha Norwood, je suis certain que votre compagne est… tout à fait apte à occuper sa position. Je ne voulais rien sous-entendre par là.

Son choix de mots était pour le moins étrange et a fait se dresser les cheveux sur ma nuque.

– J'ai eu une conversation assez intéressante avec une femme du nom de Monica Birch. Vous la connaissez, je présume ?

Je n'ai rien dit, mais ma mâchoire s'est serrée.

– Elle m'a donné quelques… informations très intéressantes hier. C'est en partie à cause de cela que j'ai saisi Raphael au sujet des tourments agitant votre meute.

– Ah vraiment ?

Étienne a hoché la tête.

– Je pense que c'est une chance que l'Alpha du Millénaire vous rende visite maintenant. Sa présence va sûrement se révéler nécessaire.

– Et pourquoi cela ?

Ma voix était grave et menaçante. Si Étienne savait ce qui était bon pour lui, il aurait déjà tourné les talons et fui. À la place, il avait l'audace de me sourire à pleines dents.

– On se voit demain, Aiden.

Je l'ai regardé partir, un malaise grandissant dans ma poitrine. Monica Birch et lui… Ils devaient mijoter quelque chose. *Mais quoi ?*

Sienna

Je me tenais entre la chaise dont je venais de me lever et la table. Je savais que Monica attendait que je lui demande ce que contenait le dossier. Nous nous sommes défiées du regard. Ma bouche est restée fermée. Finalement, elle a lâché :

– Ceci est un dossier médical, Sienna.

J'ai été prise de vertige.

– Quel dossier médical ?

Monica a souri.

– Le vôtre, bien sûr.

Le mien ?

– Où est-ce que vous avez trouvé ça ? Comment est-ce que…

Il m'a fallu un bon moment pour mettre le doigt sur ce qu'elle sous-entendait. L'examen d'Hahn. La preuve que je pouvais être stérile. Elle connaissait la vérité. Et Charlotte aussi.

ÉPISODE 27

QUAND TON REFLET TE FIXE EN RETOUR

Monica

Sienna semblait avoir perdu toute capacité de bouger. Ou de respirer. Ou de parler. Tant mieux. Cette saleté de rouquine ne la fermait jamais. Je me suis détendue, le dossier toujours en main. Les joues de Sienna avaient viré au rouge écarlate.

– Vous ne pouvez pas l'avoir, c'est confidentiel.

– Oh oui, sacrément confidentiel. Certains diraient que c'est accablant. Exactement le genre de chose qu'on ne voudrait pas voir tomber entre les mains de l'Alpha du Millénaire…

– Permettez-moi d'être très claire, a dit Charlotte à Sienna. Je connais mon fils. Il aime se considérer comme quelqu'un de « noble ». Il aurait tendance à ignorer tout problème légal.

– Mais il ne pourra pas le faire, pas quand Raphael Fernandez recevra ce document dès son arrivée.

Et je serai juste là, pour tout enregistrer.

Une fois de plus, j'ai remercié silencieusement Sienna d'avoir été assez naïve pour me laisser inviter sa belle-mère à faire partie de l'émission. Charlotte Norwood était la clé de voûte de la fin de son couple. Et pour que j'obtienne le plus grand scoop que la meute de la côte Est ait jamais connu. Dans un mois, j'aurais ma propre émission. Dans un an, ma propre chaîne. Les possibilités étaient sans fin.

Et ça avait été un jeu d'enfant! Surtout depuis que j'avais *découvert* un certain secret au sujet de la compagne de l'Alpha. Si j'avais appris une chose lors de ma carrière, c'était que l'information était le pouvoir. C'était ainsi que j'avais fait de Charlotte Norwood ma marionnette. Et que j'étais sur le point de faire chuter Sienna.

J'ai jeté un œil à caméra que j'avais cachée dans le vase posé sur la table. Elle était dirigée parfaitement pour capturer l'expression de détresse sur le visage de Sienna.

– Qu'est-ce que vous voulez de moi? a demandé cette dernière. J'imagine que vous allez vous en servir pour me faire chanter?

Charlotte a reniflé, comme si ce genre de méthode était bien trop basse pour elle.

– Sûrement pas, je suis ici pour vous donner l'occasion de quitter la position de compagne d'Aiden pendant que vous le pouvez encore. Je préférerais que le nom des Norwood ne soit pas traîné dans la boue. En tout cas – elle a lancé un regard de mépris à Sienna –, pas plus qu'il ne l'a déjà été.

J'ai mordu ma lèvre inférieure pour dissimuler mon enthousiasme. Tout ce petit monde me mangeait dans la main.

Josh

La montre m'avait conduit au théâtre historique Metropolitan de Morgantown, en Virginie-Occidentale. Debout devant le bâtiment, j'ai vu les aiguilles se mettre à décrire des cercles chaotiques sans arriver à s'accorder sur une direction. J'étais arrivé.

Les fenêtres du théâtre étaient illuminées. Une bannière au-dessus des portes annonçait : *« Le Fantôme de l'opéra » d'Andrew Lloyd Webber.*

Michelle adorerait. Peut-être qu'une fois que j'en aurai fini avec Konstantin, je l'amènerai ici pour assister à une représentation. Elle pourra porter une robe époustouflante et moi je me forcerai à rentrer dans un costard. Je pourrai lui montrer l'endroit exact où je l'aurai abattu. Une fois qu'il sera mort...

La peau de mon dos et de mon cou me démangeait. Je me suis redressé et je suis entré dans l'édifice. J'ai acheté un ticket hors de prix et j'ai fait semblant de me diriger vers mon siège. Mais dès que l'ouvreur a regardé ailleurs, je me suis glissé derrière une porte menant aux coulisses et j'ai commencé ma chasse.

Les aiguilles continuaient leur cirque, alors j'ai utilisé mon flair, tentant de débusquer la trace du vampyre à son odeur. Il n'allait pas se cacher longtemps. J'ai senti quelque chose presque immédiatement et j'ai couru dans une coursive. Il était vraiment ici.

Les lumières se sont éteintes et le rideau s'est levé. Je me suis arrêté et j'ai observé la scène, saisi par le spectacle. Les comédies musicales n'étaient pas vraiment mon truc, mais je n'avais jamais rien vu de pareil. Une série de panneaux descendaient du plafond, formant un fond qui rappelait l'intérieur d'un théâtre.

L'odeur venait d'un côté de la scène. Je me suis dépêché de suivre la trace, me cachant dans une alcôve, contre le mur, dès que j'apercevais un membre du personnel. L'odeur était présente dans les coulisses. Il y avait une porte sur le côté qui semblait n'être gardée par personne. Je me suis approché le plus discrètement possible et j'ai attendu que la musique monte crescendo et que les panneaux du décor commencent à bouger.

L'auditoire était captivé. C'était ma chance de me glisser par la porte sans que personne ne me remarque. L'arrière-scène était sombre et encombrée, des régisseurs allaient et venaient. Personne ne faisait attention à moi, alors j'ai pris l'air affairé, essayant de donner l'impression que j'avais ma place à cet endroit.

Puis la scène s'est mise à tourner.

Je me suis immobilisé, choqué.

Le décor faisait la taille de la galerie de la Maison de la Meute – qui était *gigantesque* – et tout tournait : les rideaux et le grand lustre avaient été remisés pour laisser place à un décor représentant un genre de catacombes dont les éléments bougeaient sur scène.

J'ai réalisé qu'il y avait une troisième section, un labyrinthe de miroirs. C'est dans l'un d'entre eux que j'ai repéré un homme en costume dont la moitié du visage était recouverte par un masque blanc. Si je m'étais fié à mes yeux, j'aurais pu le prendre pour un des acteurs. Mais mon nez ne me trompait pas :

Konstantin.

Le triomphe me brûlait les veines.

Je savais qu'il était toujours en vie !

Ma gorge s'est serrée et je me suis rapproché. C'est là qu'il a croisé mon regard. Ses yeux étaient animés de deux flammes rouges. Pendant un moment, je suis resté paralysé. J'ai enfin réussi à détourner le regard. Mais quand j'ai voulu le suivre des yeux, il s'est multiplié. Une douzaine d'hommes en costume portant un masque me dévisageaient.

C'est quoi ce bordel ?

Avant d'avoir pu réagir, le groupe s'est divisé et s'est enfui dans le labyrinthe de miroirs.

Des reflets partout. Super.

J'ai bondi en avant et frappé la première image que j'ai vue, mais tout ce que j'ai touché, c'était un miroir. J'ai plongé vers un autre, mais même résultat.

– Merde ! ai-je crié, furieux.

Mais à ce moment-là, j'ai capté du mouvement du coin de l'œil. Sans réfléchir, j'ai sauté et attrapé l'un de ces *fantômes*. J'ai arraché son masque. C'était Konstantin, ses yeux étaient comme des brasiers.

Il ne m'échapperait pas cette fois.

Mes dents se sont transformées en crocs, mais alors que je l'avais entre mes mains, j'ai aperçu Konstantin à vingt mètres. Et ce n'était pas un reflet. Ce deuxième vampyre me faisait un petit signe arrogant de la main. J'ai relâché mon emprise sur le type que je tenais et il a reculé. C'était Konstantin, lui aussi. Des braises brûlaient au fond de leurs yeux. Puis j'en ai repéré un autre, identique aux précédents, s'enfuyant par des escaliers. Et un autre, bougeant parmi les ombres, à l'arrière.

Mon esprit s'est embrouillé. Je n'arrivais pas à comprendre. Soudain, des mains m'ont attrapé par-derrière avec force. Des doigts se sont refermés sur mon cou, s'enfonçant dans ma chair.

Michelle. Je suis désolé…

Tout est devenu noir.

Sienna

J'ai retrouvé Hanh à l'étage médicalisé de la Maison de la Meute. Je tremblais de colère en débarquant sans prévenir dans la pièce où il était.

– Sienna, a-t-il dit en levant la tête. Est-ce que tout va bien ?

– Comment avez-vous pu ? ai-je réussi à articuler.

Hanh s'est levé.

– Je ne sais pas de quoi vous voulez parler, a-t-il dit.

– Qu'est-ce qu'elle vous a donné en échange ? De l'argent ? Autre chose ? ai-je exigé de savoir.

La fureur me parcourait, animée par une angoisse désespérée. Il fallait que je fasse quelque chose. Maintenant.

Le quitter. Elles voulaient que je quitte Aiden. Avant que Raphael Fernandez ne se charge de nous séparer à cause de ma possible stérilité. Mon cœur battait si fort que j'en avais mal. Tout ce à quoi je pensais, c'était trouver la personne à blâmer pour tout cela. La personne qui avait révélé mon secret à Monica Birch.

– Sienna, je vois bien que quelque chose de très déstabilisant a dû se passer, mais je vous assure que je n'ai aucune idée de…

– Connerie ! Ne faites pas l'innocent ! ai-je hurlé.

Hanh a essayé de me toucher le bras, mais j'ai reculé.

– Sienna, a dit Hanh avec calme et autorité. Il faut que vous vous asseyiez.

Quelque chose à l'intérieur de moi a décidé d'obéir à l'ordre –les guérisseurs ont leur propre façon de dominer, on dirait. Mes jambes ont cédé et je me suis laissée tomber dans un fauteuil.

–Vous faites une crise de panique, a déclaré Hanh d'une voix égale. S'il vous plaît, laissez-moi vous toucher un court instant.

Dépassée par les événements, j'ai hoché la tête. Il a pressé une main sur le sommet de mon crâne et une dans mon dos. De la chaleur s'est répandue en moi. La pression est tombée. Ma respiration s'est calmée. Ce n'est pas *ainsi* que je m'étais imaginé notre confrontation.

–Maintenant, quand vous serez prête, reprenez depuis le début. Qu'est-ce qui s'est passé ?

Il m'a fallu encore une minute ou deux pour que je retrouve suffisamment de confiance en moi pouvoir parler.

–Mon dossier médical. Monica Birch l'a.

Le visage de Hanh s'est assombri.

–Comment cela ?

–Elle s'est procuré mon diagnostic de stérilité ! Vous le lui avez donné !

Hanh a doucement secoué la tête.

–Sienna, c'est impossible.

–Et pourquoi ?

–Parce que je n'ai jamais rien retranscrit par écrit. Je voulais obtenir l'avis de Jocelyn avant ça. Je n'ai jamais rien mentionné dans votre dossier.

J'ai cligné des yeux.

–Alors comment quelqu'un d'autre pourrait être au courant ?

Hanh a pris le temps de réfléchir.

–Je l'ignore. Pensez-vous que Monica pourrait bluffer ?

–Si c'est le cas, c'est la meilleure actrice que je connaisse.

–Soit ça, soit…

Hanh n'a pas terminé sa phrase. Sa bouche s'est ouverte et ses yeux se sont fixés sur le tiroir de son bureau. Mon estomac s'est serré.

–Soit quoi ?

Hanh a ouvert le tiroir et l'a regardé avec incrédulité.

–Mon journal. Il a disparu.

Tout le calme que Hanh m'avait transmis s'est évaporé.

–Votre journal?

–Oui. Je ne suis que l'assistant de Jocelyn. J'ai gardé des notes détaillées sur tous les patients que j'ai vus. Pour lui montrer quand… quand elle reviendra.

C'était comme si des vagues de chaleur et de froid se succédaient à l'intérieur de moi.

–Et vous ne verrouillez pas cette pièce?

–Si, mais parfois… j'ai besoin de partir rapidement… Je… Sienna, je suis désolé…

Hanh avait l'air défait. J'ai secoué la tête, incrédule.

Cette voleuse, menteuse et salope de manipulatrice!

–Est-ce qu'il y a quoi que ce soit que je pourrais faire? a demandé Hanh.

Son visage était l'image même de la détresse.

–Je… je ne pense pas, ni vous ni personne.

Ma voix était à peine audible. Tout était terminé. Ma tête a plongé dans le chagrin, mes poings se sont serrés.

Non. Je ne me laisserai pas faire aussi facilement.

Si Monica Birch était capable de coups aussi bas, alors moi aussi.

Sienna: Tu savais?
Sienna: Michelle, tu savais ce que Monica s'apprêtait à faire??
Sienna: Tu ferais bien de me répondre MAINTENANT!

Michelle

Les messages sont arrivés les uns après les autres. J'étais au lit, je n'avais ni l'énergie de m'habiller ni même celle de me lever. Josh n'était jamais rentré. Mon émission était annulée. Ce n'était pas comme si on m'attendait quelque part. Plus maintenant.

Avant que j'aie pu me demander de quoi voulait bien parler Sienna, mon téléphone a sonné. C'était elle. J'ai répondu, dans l'optique de lui dire de me foutre la paix. Mais à la place, Sienna a commencé à parler d'une voix grave, son ton était celui de l'urgence. J'ai écouté. Quand elle a eu fini, j'ai rejeté les couvertures et je me suis jetée sous la douche. Je ne pouvais pas croire ce qu'elle venait de me dire.

J'étais folle de rage. Monica Birch s'en était prise aux mauvaises meufs. Il était temps de lui régler son compte.

ÉPISODE 28

MAIN PERDANTE

Monica

– Ne le vois-tu donc pas, Curtis ? ai-je dit en faisant les cent pas dans mon petit bureau.

L'espace était étroit et je ne comptais *pas* y rester beaucoup plus longtemps. Dès que je le pourrais, je volerais de mes propres ailes. Enfin, avec Curtis. Jusqu'à ce qu'il cesse de m'être utile.

– Je me demande combien de temps il faudra attendre avant que les offres n'affluent, ai-je dit. LoupInfo, WolfTV. Dans peu de temps, on pourrait avoir notre propre chaîne !

– Je n'aime toujours pas qu'on ait volé le journal de ce guérisseur, a rétorqué Curtis, avec nervosité.

Pff. Il fallait toujours qu'il doute. Je n'avais jamais croisé de loup plus soumis. D'habitude, ça me rendait bien service. Mais de temps en temps, j'aurais aimé qu'il ait un peu plus de couilles.

– On s'en fout, Curtis ! Personne ne va nous soupçonner. Tout le monde sera trop occupé à assister à la rupture du siècle ! Et nous, on passera dans la cour des grands !

Curtis a haussé les épaules, se mordillant la lèvre comme un bambin apeuré. Ses yeux ont croisé les miens avant de s'en détourner très vite. J'adorais qu'il ait peur de moi. Ça m'excitait à mort. Je me suis approchée de lui et j'ai laissé courir un doigt sur le devant de sa chemise.

– Curtis… je croyais que tu savais depuis longtemps qu'il ne vaut mieux pas me remettre en question… ai-je susurré à son oreille. On a pris ce journal. La preuve est entre nos mains. La petite pute de l'Alpha va tomber. Charlotte pourra retourner à ses affaires. J'aurais enfin ce que je veux. Tout se passe à la perfection.

Curtis a grogné quand j'ai posé ma main sur son entrejambe avant de le serrer entre mes doigts.

– Il n'y a aucune inquiétude à avoir. Nous avons gagné.

– Mais tout pourrait encore mal tourner ! a-t-il protesté.

Son visage était tordu dans une moue qui n'avait rien d'attirant.

– Rien ne va se passer, ai-je affirmé. Continue à suivre mes ordres et nous serons riches.

J'ai à nouveau pressé son membre à demi dur à travers son pantalon. Curtis a laissé échapper un son plaintif et bas. J'ai ri doucement en commençant à défaire sa ceinture.

La porte de mon bureau s'est ouverte à la volée, faisant presque se briser le verre. Je me suis retournée pour voir qui était là.

Ah, Sienna… Et sa pathétique meilleure ennemie…

– Sale voleuse ! a crié Sienna.

Curtis est devenu pâle et a reculé.

– Tu penses vraiment que tu vas t'en sortir ? Si tu tentes de donner ce dossier à Raphael, je lui dirai comment tu l'as volé à Hanh !

– Et il arrachera ta tête de tes épaules ! a ajouté Michelle.

C'était adorable. Elles pensaient pouvoir me dominer ! Comme si je n'avais pas déjà tout prévu.

– Est-ce que vous avez une preuve que j'ai volé quoi que ce soit ? ai-je demandé, d'une voix sucrée.

– Tu n'aurais aucune preuve si tu ne l'avais pas volé ! a-t-elle répliqué vivement.

– Ah oui, ça, j'ai bel et bien des preuves. Mais toi, as-tu une preuve que c'est moi qui m'en suis emparée ?

Elle m'a dévisagée.

– J'aurais pu trouver le journal ouvert sur le bureau, auquel cas, le consulter n'aurait rien eu d'illégal.

– Mais…

– Ou bien j'aurais pu l'obtenir grâce à une source anonyme inquiète de l'avenir de la meute de la côte Est.

– Sauf que ce n'est pas le cas ! a dit Sienna.

Son visage était maintenant de la même couleur que ses horribles cheveux.

– Tu l'as volé dans le bureau de Hanh ! l'a appuyée Michelle.

Je l'ai fixée.

Garce ingrate. Je lui ai apporté la célébrité, ou ce qui s'en approche le plus, et c'est ainsi qu'elle me remercie ? Tant pis. Après tout, elle n'a jamais été qu'un pion, de toute façon. Et les pions ne sont pas indispensables.

– Mais, comme je l'ai déjà dit, vous n'avez aucune preuve. Aucune vidéo de caméra de surveillance. Aucun témoin. Rien.

Je m'en étais assurée.

Parce que Sienna marquait un point. Si Raphael découvrait mon occasionnel… manque d'intégrité journalistique, j'aurais de graves problèmes. Sauf qu'on ne fait pas d'omelette sans casser des œufs, et on ne pouvait pas monter en grade dans la meute sans prendre quelques risques. Je n'ai pas laissé mon sourire vaciller, ne serait-ce qu'une seconde.

– Je pense que nous en avons fini. Mais vous êtes mignonnes, les filles. Vraiment mignonnes.

Sienna m'a jeté un regard de haine pure avant de laisser Michelle l'entraîner au loin.

– On n'en a pas fini ! a-t-elle craché.

Elle a claqué la porte en sortant.

– Oh mais si. En tout cas pour toi, Madame Norwood, c'est terminé.

Je me suis tournée vers Curtis.
– Où en étions-nous ?

Josh

Le chemin vers la maison était assez flou. Tout ce que je voulais, c'était retrouver Michelle.

Honnêtement, je n'en revenais pas d'être toujours en vie. Je m'étais réveillé sur le sol des coulisses, avec plusieurs régisseurs autour de moi.

– Qu'est-ce qui s'est passé ? ai-je demandé en passant une main sur ma gorge.

La peau de mon cou était intacte. J'ai soufflé de soulagement. Je n'avais pas été mordu.

– Il y avait un homme ou… genre des jumeaux… des triplés ? m'a expliqué une des techniciennes en m'aidant à me relever.

– Sheila et moi, on a cru que c'était Ramon ! s'est exclamé un autre. C'est notre Fantôme. Ces mecs étaient habillés pareil.

– Aidez-moi à me tenir debout, ai-je demandé.

– Il faut appeler les flics ! a dit quelqu'un.

– Le spectacle reprend dans vingt minutes ! a argué la technicienne.

– Et alors, Sheila ? Un homme vient d'être attaqué !

J'ai levé une main.

– Non, elle a raison. Le spectacle doit continuer.

Et les flics ne feront rien d'autre que me freiner.

J'ai repris la route direction Mahiganote aussi vite que j'ai pu.

Konstantin avait été interrompu avant de pouvoir s'attaquer à moi. Je n'avais aucun souvenir de lui. La peur emprisonnait mon cœur. Il fallait que je voie Michelle. Que je vérifie qu'elle allait bien.

Mais quand je suis arrivé chez nous, elle n'était pas là. Un message sur la table de chevet m'indiquait qu'elle était avec Sienna.

Une vague de fatigue s'est emparée de moi et je me suis laissé tomber sur notre lit.

***

Le lendemain matin, je me suis rendu à la Maison de la Meute, et je suis rentré en plein dans Elijah, mon assistant, dès que j'y ai posé le pied.

– Bêta Daniels, j'ai besoin de vous débriefer immédiatement, a-t-il dit.

Fronçant les sourcils, j'allais le conduire dans mon bureau quand j'ai remarqué une magnifique femme avec des cheveux noirs et des yeux violets qui se baladait dans le hall.

Je me suis tourné vers Elijah.

– Qu'est-ce que Ève Knox fiche ici ? Est-ce que Raphael Fernandez est là, lui aussi ?

– C'est ce que je devais vous dire, a sifflé Elijah. Vous êtes parti pendant deux jours ! L'Alpha du Millénaire est là, tout comme le leader de la meute canadienne. L'Alpha Norwood vous a cherché partout, il est remonté.

Je sentais mon sang commencer à bouillir, mais mes yeux se sont posés sur Ève. J'ai repris mon souffle et, sans un autre mot pour mon assistant, je suis allé à sa rencontre.

Ève Knox était une vampire – pas une vamp*yre*. Les vampires sont nés ainsi, les vampyres sont engendrés. Mais elle aurait quand même davantage d'informations sur les événements des jours précédents que je pourrais en découvrir par moi-même.

– Excusez-moi, Madame Knox ? ai-je dit en convoquant mon sourire le plus charmeur.

Ses yeux violets se sont posés sur moi.

Son regard m'a hérissé les poils, mais j'ai essayé de ne rien laisser paraître.

– Vous êtes le Bêta de la MCE, a-t-elle déclaré.

– Oui, ai-je dit avec un autre sourire. Le Bêta Josh Daniels. Me feriez-vous le plaisir de me rejoindre un instant dans mon bureau ? J'ai une question dont, je crois, vous seule avez la réponse.

Quand nous nous sommes assis sur mon canapé, je lui ai tout raconté sur notre chasse de Konstantin.

–Aiden est persuadé qu'il l'a tué, lui ai-je confié. Je ne lui ai rien dit hier parce que je parie qu'il ne me croira pas. Il pensera que je n'ai pas vraiment vu ce que j'ai vu.

Ève me dévisageait, son expression était impassible. De la chair de poule recouvrait mes bras.

–Mais je suis certain de ce dont j'ai été témoin, Madame Knox. Konstantin était là, trois fois là.

Elle ne disait toujours rien.

–Et ce décor était rempli de miroirs, vous voyez ? Je comprends que ça ait l'air… que je pourrais avoir l'air de me tromper…

Tout en parlant, je me rendais compte du ridicule de ce que je racontais. Mais les yeux d'Ève étaient alertes et fixés sur moi.

–Qu'y avait-il d'autre dans les tombes de Stone Box ? a-t-elle demandé.

–Euh…

J'ai fermé les yeux, essayant de me rappeler.

–… De la poterie… des… bourses en cuir. Un arc et des flèches… tout était très ancien…

Ève a hoché la tête.

–Les bourses en cuir suggèrent qu'il s'agissait sans doute de la tombe d'un sorcier. Les gens de cette époque l'auraient considéré comme un chaman.

Mon visage s'est relâché.

–Il a volé les os d'un sorcier ?

Elle a encore hoché la tête.

–Et avec de tels artefacts, on peut faire un tas de choses. Générer toutes sortes de magies différentes.

–On peut les utiliser comme ingrédients ? Pour des sorts ?

–Exact, a-t-elle confirmé. Ce qui pourrait expliquer ce dont vous avez été témoin, Bêta Daniels.

–Vous dites qu'il aurait vraiment pu se dupliquer ? Que la personne qu'Aiden a tuée pouvait ne pas être le véritable Konstantin ?

Ève a levé une main.

–Je n'ai pas dit cela. Je l'ignore. Mais je pense que c'est possible.

Elle a soupiré.

– Une certaine forme de magie pourrait permettre à la personne l'utilisant de transformer ses victimes en… simulacres de lui-même… des clones, en quelque sorte. Et avec l'habileté de Konstantin pour maîtriser les esprits…

– Je le savais, putain, ai-je lâché.

Ève m'a jeté un coup d'œil.

– Je serais vous, j'attendrais d'avoir une forme de confirmation, a-t-elle conseillé. Parce que ce que nous avons là ne sont que des hypothèses.

Merde. Elle avait raison.

Sienna

Ce soir-là, Michelle et moi nous sommes rendues au cimetière de Mahiganote. La lune était brillante, et il ne nous a fallu que quelques minutes pour trouver la tombe que nous cherchions. Je n'avais plus mis les pieds ici depuis longtemps. Trop longtemps.

J'ai tendu la main et laissé courir mes doigts sur les lettres gravées de son nom.

– J'aurais aimé que tu puisses la rencontrer, ai-je dit à Michelle alors que nous nous tenions ensemble devant la sépulture d'Emily.

– Nan, j'étais une vraie connasse au lycée. Vous n'auriez pas voulu traîner avec moi, a dit Michelle avec sincérité.

Elle m'a regardée et j'ai remarqué que ses yeux brillaient sous le clair de lune.

– Mon comportement n'était pas beaucoup mieux ces derniers temps, je suis désolée Sienna.

J'ai secoué la tête. Si j'avais appris quelque chose récemment, c'était que se pardonner à soi-même pour ses erreurs passées était la seule façon d'avancer. Je n'allais plus laisser les tragédies qu'avaient vécues Emily et Michelle me peser.

Il était temps de lâcher prise. À l'instant où je l'ai formulé, j'ai senti le poids que j'avais porté pendant si longtemps se retirer de mes épaules. Je me suis sentie rassérénée et libre. J'ai souri à mon amie.

– Essayons juste d'être meilleures l'une envers l'autre à partir de maintenant.

– Promis, a-t-elle répondu.

On s'est serrées dans les bras, là, dans ce cimetière si calme, et j'ai eu l'impression qu'Emily nous souriait de l'au-delà.

Après cela, Michelle et moi nous sommes frayées un chemin à travers l'air glacial de l'hiver jusqu'à ma chambre d'hôtel où nous sommes restées éveillées la moitié de la nuit à discuter. Sans maquilleurs. Sans caméras. Sans public. Seulement mon amie et moi, essayant de reconstruire notre relation. On a tout mis sur la table. Nos erreurs et nos triomphes, nos failles et nos inquiétudes.

Pendant tout ce temps, j'attendais au bord du gouffre, me demandant si Monica Birch était vraiment prête à aller aussi loin pour obtenir ce qu'elle voulait.

Aiden était au courant de tout. Il avait voulu rentrer pour être avec moi, mais je lui avais demandé de rester à la Maison de la Meute. Près de Raphael Fernandez, au cas où il se passerait quelque chose.

Alors Michelle et moi étions seules, assises sur mon lit, essayant de nous rappeler comment être amies à nouveau. Parfois je pleurais, parfois c'était Michelle. Au bout de quelques heures, nous étions toutes les deux vidées et épuisées.

Je n'avais aucune idée d'où notre relation irait à partir de maintenant. Il y avait beaucoup de blessures à soigner, des deux côtés. Mais au moins, nous voulions y travailler main dans la main.

Nous avons débattu sur quoi faire à propos de Monica Birch jusqu'aux premières heures du jour. Notre plan reposait sur un sol instable.

Qui sait si nous réussirions à le mettre en place ?

Et, si j'échouais…

Si Aiden était contraint de me mettre de côté pour prendre une autre compagne « officielle »… Non, nous refusions ne serait-ce que d'y penser. C'était le seul sujet que nous n'avions pas abordé. Comme si prononcer ces mots terribles pourrait donner vie à cette idée.

Le lendemain, j'ai été convoquée à la Maison de la Meute pour rencontrer l'Alpha du Millénaire.

ÉPISODE 29
L'AMOUR EST LA LOI

Aiden

L'Alpha du millénaire était assis à la table en bois d'acajou. Étienne Tremblay était installé à sa droite, l'air fier de lui et dans l'expectative.

Nous attendions ma compagne. Je m'étais préparé à recevoir un sermon de Raphael concernant l'émission désormais annulée, mais je ne m'attendais pas à cela, surtout après ce que j'avais appris récemment. Ma mère avait essayé de faire du chantage à ma compagne. De l'évincer. Et pire encore, elle avait détourné des fonds appartenant à la meute. J'avais vérifié les comptes moi-même.

Comment ma mère avait-elle pu se montrer aussi stupide ?

C'était ma faute, je n'avais pas réalisé qu'elle s'était engagée dans de sombres affaires. J'avais laissé la porte grande ouverte pour que Monica Birch s'y engouffre et tente de se servir de la situation.

De toute façon, ma mère aurait dû venir me voir avant de coopérer avec cette pétasse manipulatrice de Birch. Sauf que, soyons francs, elle rêvait de voir Sienna tomber.

Elle était assise à quelques chaises de moi, le menton haut. Mais elle n'avait pas encore osé croiser mon regard. La nouvelle que la potentielle stérilité de Sienna pourrait interférer avec la loi de la meute m'avait heurté comme une brique en plein visage. Je n'arrivais toujours pas à me faire à l'idée. Mais il n'y avait aucune chance, aucune putain de chance, pour que je permette que ma compagne soit évincée. Qu'elle puisse ou non être en mesure de donner un héritier ne voulait absolument rien dire. Elle était ma compagne, mon amour, et elle dirigerait la meute à mes côtés.

Malgré tout cela, une vague de chaleur m'a envahi quand Sienna a fait son entrée dans la salle à manger. Hanh Nguyen était derrière elle. Elle m'a adressé un petit sourire, puis a regardé l'Alpha des Alphas. Raphael a hoché la tête dans sa direction.

– Bien, commençons. Si je suis venu ici, c'est pour régler un problème négligeable, mais une tout autre affaire a été portée à mon attention.

Près de lui, Tremblay a opiné du chef :

– Pour parler franchement, je dois dire que j'ai été perturbé et déçu des derniers événements concernant la meute de la côte Est. Et après m'être entretenu avec Madame Birch, je suis plus qu'inquiet.

– Et moi, je ne vois pas en quoi ça vous concerne. D'autant plus que vous n'arrêtez pas de piquer des crises sur Yapper comme un ado. Ce n'est pas un comportement digne d'un Alpha, ai-je asséné en retour.

J'avais passé des heures à me demander ce que Tremblay avait à gagner dans tout cela. Sa meute était des plus traditionalistes, les femmes y avaient très peu de liberté et étaient encouragées à s'accoupler dès quatorze ans. S'il voyait mes idées progressistes pour la côte Est comme une menace, cela faisait sens qu'il essaie de me décrédibiliser. Mais je me demandais s'il se rendait lui-même compte de jusqu'où il devrait aller.

–Cela *me* concerne, Alpha Norwood, a répondu Raphael. Il s'est tourné vers Sienna.

–Commençons par cette histoire de téléréalité.

–Excellent, faites-les entrer, a dit Tremblay à Felix, mon assistant, et mes griffes ont menacé de sortir en entendant comment il s'adressait à mes loups, mais je n'en ai rien laissé paraître.

La porte de la salle s'est ouverte et Michelle est apparue, l'air terrifiée, cherchant Josh des yeux. Mais après qu'il avait disparu pendant deux jours, je ne lui avais pas permis d'assister à la réunion, elle ne pourrait pas compter sur lui pour la réconforter.

Michelle était suivie de près par Monica Birch et son cameraman. Même maintenant, elle filmait absolument tout.

Pendant qu'ils prenaient place, j'ai jeté un regard encourageant à Sienna. Elle avait l'air forte et en confiance, alors même qu'elle allait affronter ses ennemis. Mon cœur martelait ma poitrine tant je l'aimais, et je me suis promis une fois de plus que personne ne l'éloignerait jamais de moi.

Sienna

L'expression de Raphael était neutre.

Monica a souri de toutes ses dents à l'assemblée en s'approchant de la table.

–Je pense que l'on peut tous avouer que « Les vraies compagnes » était une expérimentation des plus divertissantes ! Et si je l'ai poussée un peu trop loin, eh bien, c'était pour le plaisir des téléspectateurs !

Elle a levé le même dossier qu'elle m'avait montré plus tôt. Mes doigts se sont recroquevillés dans mes paumes.

–Ici se trouvent des extraits du journal d'un guérisseur de la meute, qui décrivent spécifiquement que Sienna Norwood se révèle être stérile. Elle a tenté de dissimuler cette information, mais mon enquête a permis à la vérité d'éclater.

Elle a continué :

– Selon la loi territoriale : « La compagne ou le compagnon d'un ou d'une Alpha doit être capable de procréer ou sera écarté. »

– Je suis familier de ces lois, allez droit au but, a réagi l'Alpha du Millénaire.

J'ai joué avec le bracelet en argent sur mon poignet. Le bracelet de Jocelyn. Un talisman, la preuve du soutien de mon amie.

Je suis assez forte pour les battre à leur propre jeu.

Mes genoux tremblaient, mais j'ai levé la main.

– Puis-je intervenir, mon Alpha ?

Raphael a hoché la tête en me dévisageant.

– La seule preuve dont dispose Monica Birch vient de l'assistant de Jocelyn, Hanh Nguyen.

J'ai jeté un œil à Hanh.

– C'est un guérisseur talentueux, mais il n'est encore qu'assistant et ses découvertes ne sont le résultat que d'un examen superficiel et très bref.

J'ai porté mon regard sur Monica qui s'était assise, l'air très fière d'elle.

– Et nous n'aurions absolument rien à discuter si Monica Birch n'avait pas volé son journal personnel.

Je m'attendais à ce que les gens soient choqués, mais la pièce est restée silencieuse.

Seulement pour un moment, cela dit.

– C'est une accusation outrageante et sans fondement ! s'est exclamée Monica qui s'était parfaitement entraînée à jouer les victimes face à Michelle et à moi, la veille au soir. Je pourrais vous poursuivre pour diffamation !

– Je pense que vous aurez de bien plus gros problèmes très bientôt, ai-je ajouté calmement.

– Mon Alpha, rien ne justifie ce qu'elle avance, j'ai reçu le journal de la part d'une source ano…

– Elle l'a volé, et je peux le prouver, ai-je simplement dit en parlant directement à Raphael Fernandez.

Il a lentement déplacé son regard vers l'Alpha canadien.

– Est-ce que vous êtes en train de me dire que j'ai été traîné ici parce que la compagne de l'Alpha a une *faible chance* d'être infertile ?

Étienne a pâli.

– Je… elle… On m'a assuré…

Charlotte a dégluti, son visage est devenu rouge.

– Sienna n'est pas taillée pour être la compagne d'un Alpha ! a-t-elle explosé. Pensez donc au fiasco qu'a été le festival de la Fertilité ! Et elle a invité un *vampyre* à rejoindre la MCE. Elle n'a cessé de démontrer au monde à quel point elle était immature, puérile…

Raphael n'a eu qu'à lever un doigt pour que ma belle-mère la boucle.

J'ai soupiré. Même alors que Monica la faisait chanter, elle ne parvenait pas à dépasser la détestation que je lui inspirais. Mais elle ignorait qu'Aiden et moi connaissions son petit secret. Peut-être que son ton changerait si je révélais qu'elle avait fourré de l'argent de la meute dans les poches de ses vêtements de luxe. À nouveau, Raphael a tourné son attention vers moi :

– Vous disiez que vous aviez des preuves que vos droits ont été bafoués ?

J'ai sorti mon téléphone et j'ai tapoté l'écran pour lancer la vidéo de Michelle et moi que j'avais enregistrée devant le bureau de Monica. J'ai tendu l'appareil à l'Alpha du Millénaire qui l'a pris en plissant le front.

Deux silhouettes floues ont commencé à parler.

– « Je me demande combien de temps il faudra attendre avant que les offres n'affluent », a dit Monica sur l'écran.

Je l'ai défiée du regard par-dessus la table. Son visage est devenu blanc comme un linge.

– « Je n'aime toujours pas qu'on ait volé le journal de ce guérisseur », a déclaré la voix de Curtis sortant du téléphone.

Le cameraman m'a regardée et a hoché la tête. Cela n'avait pas été difficile de le convaincre de trahir Monica et de la pousser à balancer des informations pendant que nous filmions. Il n'était pas aussi soumis qu'elle voulait bien le croire.

Sur la vidéo, la voix de Monica transpirait de fierté.

– « On a pris ce journal. La preuve est entre nos mains. La petite pute de l'Alpha va tomber. »

– Y a-t-il d'autres choses ? a demandé Raphael en relevant les yeux de l'écran.

– Vous avez visionné l'essentiel, ai-je répondu.

Il m'a rendu le téléphone, puis a fixé Monica Birch.

– Je… euh…

Ses yeux passaient de lui à moi. Puis, sans prévenir, elle a pris ses jambes à son cou et a quitté la pièce. Son cameraman est resté, la lumière rouge de sa caméra était toujours allumée.

J'avais prédit que Monica fuirait, alors j'avais spécifiquement demandé à Curtis de rester. Après tout, on ne pouvait pas décevoir les téléspectateurs qui regardaient tout ceci en *direct*.

– Laissez-la partir, a déclaré Aiden. La sécurité va se charger d'elle. Nous avons toujours un gros problème sur les bras.

Aiden

– Peu importe que les preuves aient été volées. Ou que le diagnostic concernant ma compagne soit réel ou non.

J'ai regardé Sienna, qui avait mis sur pied un plan pour battre Monica en seulement vingt-quatre heures.

Mon cœur se consumait d'amour pour elle – pour elle, pour sa force et son courage.

– Le problème, c'est cette loi.

Les sourcils de Raphael se sont levés, il s'est appuyé contre le dossier de sa chaise.

– Même il y a des siècles de cela, elle n'aurait jamais dû être promulguée, ai-je continué. En raison de la tragédie que représente la mort d'un compagnon quand son autre décède, nous avons bien assez d'orphelins dans notre société. Qui oserait dire que ces enfants, s'ils étaient élevés par un Alpha, ne feraient pas de dignes héritiers ?

J'ai croisé le regard de Sienna. Ses yeux étaient remplis d'émotion.

– J'aime ma compagne, ai-je déclaré. Je l'aime plus que ma propre vie. Et vous voudriez que je l'évince, que je mette une autre femme dans mon lit, tout cela pour… me *reproduire* ?

Je me suis penché vers Raphael.

– Vous savez mieux que quiconque ce que c'est que de trouver sa compagne après des années à la chercher. Vous connaissez cette étincelle divine, ce don unique et précieux qu'est l'union. Qui pourrait vouloir souiller ce lien pour quelque chose d'aussi politique et bas qu'assurer une lignée ? Sienna est *faite* pour moi, et je suis *fait* pour *elle.*

Je me suis levé pour rejoindre ma compagne. Elle s'est levée et s'est jetée dans mes bras.

– Personne ne me séparera d'elle, ai-je asséné.

J'ai quitté les bras de Sienna et je me suis tourné vers Raphael Fernandez.

– Vous avez le pouvoir de retirer cette loi. Je vous demande de le faire. Aujourd'hui.

Raphael nous dévisageait avec son regard habituel, calculateur.

– C'est une déclaration émouvante, Alpha Norwood.

J'ai retenu mon souffle. Les doigts de Sienna se sont entremêlés aux miens.

– Est-ce que quiconque ici présent s'oppose au retrait de cette loi de la Constitution de la meute ? a-t-il demandé, son regard s'appesantissant sur Étienne Tremblay.

L'Alpha du Canada n'a rien dit, mais j'ai senti l'humiliation et la soumission exhaler de lui par vagues successives.

– Très bien, Aiden, cette loi n'est plus, a déclaré Raphael.

Pour la première fois, j'ai décelé une trace d'humour dans ses yeux. Il s'est levé et a regardé Étienne.

– Tremblay, il faut que vous et moi ayons une petite discussion sur ce qui constitue une « urgence morale ».

– Oui, mon Alpha, a répondu Étienne en tremblant visiblement.

Ils ont quitté la pièce. Hanh également et Michelle après lui, même si elle n'avait pas prononcé un mot, je l'avais sentie soutenir Sienna tout du long.

Je me suis tourné vers ma compagne et je l'ai embrassée avec toute la ferveur qui rugissait dans mes veines.

Monica

–Tu as *tout* filmé *en direct*? ai-je hurlé à Curtis.

J'étais toujours entre les mains du service de sécurité de la meute et mon cameraman venait de sortir de la salle à manger. Il fallait que je m'en aille d'ici, et vite. Aiden Norwood allait me chercher.

–À quoi tu pensais?

–Peut-être s'est-il souvenu qu'il avait une responsabilité envers vos téléspectateurs, Monica, a asséné une voix forte derrière moi.

Mon cœur s'est figé.

C'était l'Alpha Norwood. Je me suis tournée et je lui ai fait face, la mâchoire serrée.

–De leur montrer qui vous êtes vraiment, a-t-il continué.

Sienna était à ses côtés, et j'avais envie de lui rentrer dedans, toutes griffes dehors, pour lui arracher ses putains d'yeux.

Malgré tout, je suis restée immobile. Mon instinct de survie était plus fort que ma colère. À chaque mot, il faisait un pas vers moi:

–Vous. Allez. Quitter. Mon. Territoire.

Il s'est penché.

–Vous. Ne. Reviendrez. *JAMAIS.*

J'ai essayé de répondre, mais j'ai trébuché sur chaque syllabe. Rien n'est sorti.

–Vous ne me contacterez plus jamais. Ni moi, ni ma mère, ni personne de ma famille.

Il était au courant pour Charlotte… Mon esprit était vidé par la peur, une émotion que je n'avais plus ressentie depuis des années. Aiden s'est penché, sa voix n'était plus qu'un murmure.

–Et si vous le faites malgré tout, je vous tuerai. Ou mieux encore: je laisserai Sienna le faire.

Sienna

Mon téléphone a vibré, les SMS de mes amis ne cessaient d'affluer pour me féliciter – ils avaient vu l'intégralité des événements en direct.

Aiden et moi nous tenions la main, il s'apprêtait à retourner à la réunion, mais Charlotte est apparue. Michelle la suivait de près. Mon dos s'est tendu. Aiden a froncé les sourcils, son regard passant de moi à sa mère.

– Mère, il semblerait que tu aies caché un certain nombre de secrets honteux.

Charlotte a pâli.

– Comment as-tu su ?

– Sienna a entendu Monica en parler. Nous avons l'enregistrement si tu souhaites le consulter. Mais heureusement pour toi, Sienna a décidé de supprimer cette partie pour que Raphael n'apprenne rien de tes petites manigances.

Sa bouche s'est ouverte et refermée sans qu'un mot n'en sorte.

– Je t'avais prévenue de te tenir à l'écart, a asséné Aiden.

Charlotte a secoué la tête, les mains levées.

– S'il te plaît, mon fils, j'essayais simplement de faire ce qui était le mieux pour toi. Cette fille… elle n'est tout simplement pas convenable !

Aiden lui a adressé un sourire menaçant.

– D'une certaine manière, je suis ravi que tu aies décidé de détourner des fonds. Cela signifie que tu ne seras plus jamais en mesure de me dire ce qui est « convenable » ou pas.

Charlotte semblait déchirée par la honte et la colère. Finalement, elle a baissé les yeux et je me suis interposée entre eux.

– Vous en avez assez fait, ai-je dit en m'adressant à Charlotte. Et vous en avez assez dit. Il est temps de prendre votre mari avec vous et de faire vos valises pour Tahiti ou n'importe où.

– Comment *osez-vous* essayer de me bannir ?

– Ce n'est pas ce que je fais. Vous n'êtes pas bannie. Après tout, je suis celle qui vous a invitée à revenir dans ma vie.

Mais c'était une *erreur*, une erreur que je ne reproduirai pas. Et si vous voulez préserver la moindre chance de poursuivre une relation avec votre fils, je vous le dis sans détour : faites-vous petite pour un bon *moment*. Et dans le futur, ne vous avisez pas de me traiter comme si j'étais votre inférieure. Sauf si vous souhaitez que la *version non éditée* de l'enregistrement de Monica n'atterrisse sur Internet.

Elle m'a dévisagée pendant un moment, puis elle a tourné les talons et elle est partie.

Dans le couloir, dansant d'un pied sur l'autre nerveusement, se trouvait Michelle.

–Je n'ai pas vraiment aidé, a-t-elle déclaré.

–Ce n'est pas grave, l'ai-je rassurée. C'est déjà bon de savoir que tu es à nouveau de mon côté.

–Bien sûr, a-t-elle dit avec un sourire. On est meilleures amies pour la vie, pas vrai ?

Quand je l'ai serrée fort dans mes bras, j'ai remarqué qu'elle était toujours beaucoup trop maigre.

–Je pense que je ferais mieux d'aller retrouver Josh, a-t-elle dit avec hésitation.

Ces deux-là auraient du travail pour réparer leur relation, mais je savais que leur amour était toujours fort. Tout comme celui qui nous unissait, Aiden et moi. J'étais certaine qu'ils s'en sortiraient.

–OK, on s'appelle bientôt, lui ai-je dit.

Michelle est partie. Je n'étais pas certaine que notre amitié serait la même à partir de maintenant, mais j'avais pensé tous les mots que j'avais prononcés.

Je me suis tournée vers Aiden.

–Tu vas probablement devoir y retourner, n'est-ce pas ?

Il a pris ma main.

–Je vais demander à Josh de gérer la situation. Il est temps que mon Bêta commence à prendre plus de responsabilités à la Maison de la Meute.

Puis il m'a regardée, avec des yeux cajoleurs.

–Je pense qu'on a besoin, toi et moi, de sortir d'ici.

Je lui ai souri tandis que le désir enflait en moi.
–Je n’aurais pas dit mieux.

ÉPISODE 30
TARTE AUX POMMES ET NUDITÉ

Sienna

Alors que je nous conduisais à notre hôtel, Aiden a appelé le room-service pour commander une tarte aux pommes pour notre chambre. J'étais ravie – de la joie pure parcourait mon corps.

On a attrapé nos assiettes et nos couverts et on s'est assis ensemble sur le lit, souriant comme des idiots en dégustant notre tarte de la victoire. J'étais trop heureuse pour faire attention à ce que je faisais et un morceau de tarte a sauté dans ma chemise, juste entre mes seins.

Les yeux d'Aiden n'ont rien manqué de l'incident et il a posé sa part sur le côté, l'assiette a tapé contre l'armature du lit dans un bruit métallique.

Il s'est penché vers moi, laissant échapper un grognement sourd. Mon cœur a commencé à battre la chamade quand il s'est mis à lécher les dégâts que j'avais provoqués. Puis, dans un flou de mains et de vêtements, nous nous sommes déshabillés entièrement. J'avais plus chaud que lors de la Frénésie.

Mon compagnon. Mon amour. Pour toujours.

Personne ne pourrait nous séparer.

Sa bouche était sur ma peau nue, mes seins, mon ventre. Il est descendu plus bas et a écarté mes cuisses pour plonger sa langue en moi, la laissant courir le long de mon sexe alors que j'enfonçais mes doigts dans les couvertures, le dos cambré. Ma main s'est agrippée à ses cheveux, ma respiration s'est faite plus courte alors qu'il me donnait du plaisir. Puis il a dégagé sa bouche pour la remplacer par ses doigts tandis qu'il couvrait mon corps du sien. Je l'ai dévoré des yeux, ses épaules fortes, son torse large, les tressautements de ses muscles quand il soulevait mes hanches.

– Tu m'appartiens, a-t-il soufflé. Personne ne t'arrachera à moi.

– Personne, ai-je confirmé, hypnotisée par son regard.

J'ai senti son sexe pousser contre le mien. J'ai écarté un peu plus mes jambes pour l'inviter en moi. J'avais besoin de lui. Il m'a taquinée quelques instants supplémentaires, ses yeux parcourant mon corps nu – je pouvais sentir leur caresse. Mon épiderme a répondu, se couvrant de chair de poule.

– Prends-moi, Aiden, l'ai-je supplié. Prends-moi maintenant.

– Tu m'appartiens, a-t-il dit en s'enfonçant en moi d'un coup puissant qui m'a fait haleter.

Ses deux mains se sont emparées de mon cul, il me pénétrait plus fort à chaque coup de reins. Je le voulais, en entier, et j'ai entouré ses hanches de mes jambes. Mes bras autour de son cou, je venais à lui, peau contre peau. Alors que ma jouissance approchait, j'ai planté mes griffes à moitié sorties dans son dos.

J'étais sienne, oui. Mais il était *à moi* également. Une vague de plaisir m'a arraché un cri et je me suis accrochée à lui.

– Marque-moi ! ai-je demandé, essoufflée.

Il m'a regardée, l'air choqué.

– Fais-le encore, ai-je supplié. S'il te plaît !

De la faim a traversé son regard et, en un instant, j'ai senti ses canines percer la chair de mon cou. J'ai crié alors qu'un liquide chaud se répandait sur ma poitrine. Je pouvais à peine respirer. Mais je n'avais pas fini. Catalysant mon plaisir dans un hurlement guttural, j'ai utilisé toutes mes forces pour transformer mes canines et percer le cou de mon compagnon en retour. Il a laissé échapper un gémissement de douleur et de plaisir mêlés et m'a mordu encore plus fort alors qu'il s'enfonçait en moi une dernière fois. Un frisson a dérivé à travers moi alors que nous allions et venions ensemble, transis d'euphorie. J'ai cédé à mon plaisir et, un moment après, Aiden en a fait de même. Nous avons convulsé l'un contre l'autre, l'extase brûlant tout ce qui nous séparait, la chair, les os. Nous n'étions plus qu'une seule âme, en fusion.

Je voudrais être ainsi pour toujours. Unie à lui, pour l'éternité.

Et c'est là que j'ai réalisé, Aiden avait raison. Cette connexion était bien divine.

Quand le plaisir s'est enfin dissous, nous nous sommes recroquevillés l'un contre l'autre, allongés sur le côté, il m'enveloppait de ses bras, ses mains sur mes seins.

Aiden a été emporté par le sommeil de manière quasi instantanée. Je l'ai suivi, enfin en sécurité.

***

Nous avons passé le restant de la journée terrés dans notre chambre d'hôtel, à commander des plats au room-service.

Le matin suivant, cependant, j'ai regretté toute cette nourriture riche, sans parler de la tarte aux pommes. Je me sentais nauséeuse en prenant ma douche. Aiden m'a souri et m'a embrassée et, bien trop tôt, nos chemins se sont séparés pour la journée.

Il avait des affaires de la meute à régler et j'avais des tableaux à peindre. J'ai tenté d'oublier mon malaise et me suis dirigée vers ma galerie. Alors que je mélangeais les couleurs sur ma palette, j'ai observé la pièce autour de moi, un profond bien-être m'a envahie. Quelle douce vie je menais. J'en étais vraiment, vraiment reconnaissante. Et pour la première fois depuis très longtemps, j'avais hâte de voir ce que l'avenir me réservait.

Josh

Inspirant profondément, je me suis engouffré dans le bureau d'Aiden. Il lisait un paquet de documents que j'avais compilés pour lui au sujet de la réunion qu'il avait préféré zapper.

Mon agacement devant son irresponsabilité s'est mêlé à ma satisfaction d'avoir été choisi pour le remplacer. Pendant un petit moment, assis à cette table, j'avais eu un avant-goût de ce qui se passerait si *moi*, j'étais l'Alpha de la MCE. Mais cela n'avait pas duré et à présent, j'étais là, plaidant ma cause devant Aiden pour pouvoir faire quelque chose de mes découvertes concernant Konstantin et les os volés.

– Qu'est-ce que je peux faire pour toi, Josh ? a-t-il demandé enfin.

– Je ne pense pas que Konstantin soit vraiment mort, ai-je dit.

Puis je me suis assis et je lui ai tout raconté. Le musée de Jalwitz, les tombes de Stone Box, les clones du théâtre de Morgantown et ce qu'Ève m'avait révélé. J'ai peut-être gardé pour moi ce qui concernait la boue et la montre. Après tout, je ne cherchais pas à me faire virer pour faute grave.

Aiden a secoué la tête.

– Konstantin est mort, a-t-il affirmé, malgré tout ce que je venais de lui expliquer. Je l'ai tué de mes propres crocs.

– Aiden…

Il a levé une main.

– Josh, tu peux t'apaiser maintenant. Michelle aussi. Et Sienna. Nous sommes tous en sécurité. Konstantin est mort.

– Mais les clones…

– Tu as dit toi-même qu'il y avait des miroirs de tous les côtés. Et, honnêtement, Josh, tu bois trop…

J'ai toussé et je me suis levé.

– Je te le dis en tant qu'ami, a poursuivi Aiden en se mettant debout, lui aussi. Va parler à un guérisseur. Renseigne-toi sur un programme de désintox, peut-être…

– Incroyable !

Je l'ai défié du regard.

–Tu ne peux pas supporter l'idée d'avoir tort ! Qu'il t'ait trompé *encore une fois* ! Et tu essaies de me faire passer pour un alcoolique...

–Combien de verres as-tu bus aujourd'hui ? a demandé Aiden, les yeux froids.

J'ai grincé des dents, refusant de répondre.

–Il est dix heures du matin, Josh. Et on est jeudi.

–Va te faire foutre, Aiden, ai-je soufflé.

Ses sourcils se sont haussés.

–Pardon ?

J'étais trop en colère pour m'excuser, mais je savais que j'avais dépassé la ligne rouge. Il était mon Alpha, encore et toujours. Il a contourné son bureau pour s'approcher de moi.

–Je vais te le dire une fois et une seule, Josh. Et c'est un ordre, à présent. Va parler à un guérisseur. Renseigne-toi sur une cure de désintoxication. Ou je me trouverai un nouveau Bêta.

J'ai levé les mains et j'ai tourné les talons.

Sienna

Jocelyn : Hé Sienna.
Sienna : Joce !
Sienna : OMG !
Sienna : On a pas parlé depuis des lustres ! Comment tu vas ?!
Jocelyn : Bien mieux.
Jocelyn : Ils disent que je fais de gros progrès.
Jocelyn : Je vais bientôt aller assez bien pour revenir à la maison.
Sienna : C'est super !
Sienna : Je ne pense pas avoir pris le temps de te remercier.
Sienna : Sans toi, Michelle ne serait plus là.
Jocelyn : 😆
Sienna : Je suis si heureuse que tu ailles mieux. Je suis contente que les guérisseurs aient bien pris soin de toi...

Jocelyn : Oui, eh bien… Ils ne sont pas la seule raison de ma remise sur pied…
Sienna : ?
Sienna : 😲
Sienna : (quel suspense)
Jocelyn : Disons juste que quelqu'un est revenu dans ma vie
Jocelyn : Et que j'en suis aux anges.
Sienna : 😍
Jocelyn : Bref, on n'est pas censé utiliser nos téléphones !
Jocelyn : Je voulais juste te faire coucou, et te dire que je suis en vie.
Sienna : OK ! C'était super d'avoir de tes nouvelles !
Jocelyn : Des tiennes aussi. On se parle bientôt.
Sienna : ❤️

J'étais tellement heureuse d'avoir pu échanger avec Jocelyn à nouveau. J'ignore ce que j'aurais fait si les choses ne s'étaient pas bien terminées pour elle…

***

Ce soir-là, Aiden et moi nous sommes rendus chez mes parents pour un dîner en famille. Ma mère nous a accueillis à la porte avec des câlins et des baisers. Elle a adressé un sourire rayonnant à Aiden.

– Toutes ces choses que tu as dites lors de cette réunion m'ont vraiment fait plaisir, Aiden, a-t-elle déclaré, les larmes aux yeux. Cela signifie tant pour nous !

Puis elle m'a serrée contre elle à nouveau.

– Je n'avais aucune idée qu'ils essayaient de t'évincer, a-t-elle soufflé dans mes cheveux. J'aurais écorché vive cette Monica Birch, si j'avais su !

– Je sais que tu l'aurais fait, maman, ai-je répondu alors qu'elle me tenait assez fort pour m'étouffer.

Je me suis dégagée de son étreinte.

J'ai aperçu mon père derrière elle. Je lui ai souri et fait un gros câlin.

– Comment vas-tu ma chérie ? a-t-il demandé doucement. Ça n'a pas été trop dur ?

J'ai pris ses mains dans les miennes et j'ai plongé mon regard dans le sien.

– C'était dur pendant un moment, mais tout va mieux, à présent.

– J'en suis ravi, a-t-il dit en soupirant.

Selena et Jeremy sont arrivés dans l'entrée. Jeremy portait bébé Vanessa et la montrait à Aiden.

– On n'arrête jamais vraiment de s'inquiéter, a confié mon père à Jeremy en entourant mon épaule de son bras. On s'inquiète juste de choses différentes, a-t-il ajouté avec un petit rire.

Je souriais aussi, mais une étincelle d'anxiété m'a poussée à glisser ma main dans celle d'Aiden.

Connaîtrons-nous jamais les joies et les soucis de la parentalité ?

– Allez, tout le monde, passons à table, a déclaré mon père, nous poussant dans la salle à manger.

Mon estomac s'est retourné en sentant l'odeur de la nourriture, mais je me suis accrochée. La nausée allait et venait depuis le début de la matinée.

– Ça va, sœurette ? a demandé Selena en prenant mon bras alors que je lâchais la main d'Aiden, le laissant aller aider en cuisine.

Je lui ai souri.

– Je me sens juste un peu patraque aujourd'hui. Sûrement la conséquence de tout ce stress…

Selena a levé un sourcil doré.

– Tu penses ? Ou est-ce que ça pourrait être autre chose ?

Mon front s'est plissé, j'étais sincèrement perdue.

– Tu ne pourrais pas être enceinte ? a-t-elle murmuré en se penchant à mon oreille.

Ma gorge s'est serrée.

– Impossible, ai-je répondu.

Selena a secoué la tête.

– Hanh n'était pas *certain*… Peut-être qu'il faudrait que tu fasses un test ?

J'ai toussé de gêne, mais mes yeux sont restés fixés sur les siens.

– Allez, je sais que tu en meurs d'envie !

– Je… je n'en ai pas…

– Moi oui. J'en ai un vieux qui traîne dans une poche de mon sac depuis genre, un an…

Elle a attrapé son sac à main et en a sorti un bâton, toujours enveloppé. J'ai cligné des yeux en voyant cette chose. On aurait dit un tampon. Sauf que ce petit bout de plastique pouvait me révéler quelque chose de très, très important.

Et s'il s'avérait négatif ? Cela ne veut rien dire, prends une bonne inspiration.

C'est ce que j'ai fait, mais j'ai aussitôt senti l'odeur du poisson frit qu'apportait Aiden à table et mon estomac s'est retourné.

– OK, très bien, ai-je dit en lui prenant le test de la main.

Je suis allée dans la salle de bains du rez-de-chaussée, j'ai entendu qu'elle riait doucement.

C'est stupide.

J'ai fermé la porte et baissé mon jean.

Je me sens juste un peu mal, je ne suis pas enceinte !

Marmonner semblait apaiser mes nerfs, alors j'ai continué à le faire tout en faisant pipi sur le bâtonnet.

Selena est juste obsédée par les bébés. Elle en voit partout. Je ne suis pas enceinte.

J'ai posé le test sur le meuble à côté de moi, j'ai refusé de le regarder pendant que je me lavais les mains.

Ce test est probablement foutu d'avoir été trimballé dans le sac de Selena pendant des siècles, de toute façon. Il ne va rien dire. Et puis, il n'y a aucune chance que je sois enceinte…

Mais alors, après une autre minute, j'ai regardé ce petit objet.

Un signe plus rose est apparu.

Putain.

Je SUIS enceinte.